# 死の黙劇

雄



月のない夜、華奢な欄干を破り、一台のタクシーが崖下に転落した。運転手は一命を取り留めたが、乗客の男は即死する。死者は顔いちめんに包帯を巻きつけていたものの、その下にはなぜか傷ひとつなかった。さらに死者の所持品からは探偵砧順之介の名刺が発見されたが、その名刺を死者が所持することは論理上不可能だった——奇怪な謎が読者を魅了する表題作ほか、書籍未収録の犯人当て短編などを所収。職業作家の道を選ばず、生涯に亙って緻密極まりない作品を執筆、巨匠鮎川哲也も畏敬した本格推理作家、山沢晴雄。その作風を一望できる作品を精選して贈る〈山沢晴雄セレクション〉。

# 死の黙劇

〈山沢晴雄セレクション〉

山沢晴雄
戸田和光編

創元推理文庫

# DEATH PANTOMIME
# AND OTHER STORIES

by

Haruo Yamazawa

目次

# 死の黙劇

〈山沢晴雄セレクション〉

# 砧最初の事件

1

「ぼくがこれまでに手がけたうちで、いちばん印象的なのは、やはりあの事件だろうね。なにしろ、私立探偵を開業したばかりで、いきなりバラバラ死体に出くわしたもんだから……。いまでもハッキリ思いだすよ」

私もそう思う。あれほど奇術的で、ショッキングなケースはあまりないだろう。

たまたま私が、依頼者第一号の現場に居あわせたものだから、臨機のワトソン気取りで、この事件の記録を取りはじめたのがきっかけである。

砧《きぬた》や須潟《すがた》警部の活躍を、多分に戯画化して、一篇の探偵小説にまとめると、《JEWEL》誌の懸賞に応募したものだ。これが、難解にして、むしろ晦渋《かいじゅう》と悪評たかいまぼろしの迷作「砧最初の事件」である。

私にいわせれば、この事件の組み立ては、砧がいうほど難解ではないと思っている。むしろ、記述者である私の不手際に責任があったようだ。しかし、ニセの電話にあちこち振りまわされたり、黒眼鏡《くろめがね》の男が、やたらに車を乗り継いだりするものだから仕方がない。少々読者が煩《わず》らわしくても、その時間的経過を、刻明に書かないわけにはいかないのだ。

あれからもう何年にもなる。いや三十年も昔のことだ。オールドファンにとって懐かしいひとつのモニュメントともいえるこの記録を、そのまま埋もれさすにはしのびない。《JEWEL別冊》も、いつしか風化し、散逸《さんいつ》して手許にない。しかしながら、砧にとって、この機会に、古い資料を整理して、あの事件をリライトしてみたいと思った。私は、こ

砧順之介《じゅんのすけ》が、堂島《どうじま》北町にある貸ビルにささやかな探偵事務所を開いたのは、一九五一年のはじめであった。

開業はしたものの、さっぱり依頼者はあらわれない。たまに私が事務所をのぞくと、砧は、いつも、山と積みあげた内外の探偵小説にひたりきっている。そこで、不運にも、私が恰好の獲物にされるというわけだ。「しかし、君、紐《ひも》と鍵孔《かぎあな》が奇術のネタとばかりは限らない。時間的に白であるために、犯人はいろんな工夫をこらすわけだが……」と、例によって砧の持論がはじまるのだ。

およそ世間ででっちあげるアリバイなるものは、彼は、日曜の晩、いつもの連中とアパートでカードをやっていたことになっている。最も有力な容疑者である某教授は、実験室で研究に没頭していたり、離れの書斎で内密の手紙をしたためていたり、或いは思索にふけり、また、音楽を楽しんでいたりする。

これは、キッカリ九時三十分にコーヒーを運んだお手伝いさんが証言する。廊下で談笑の声を耳にし、レコードの音をもれ聞いた証人は来客があったと信じこんでいる。

まあこんな程度のは我慢できるとして、いよいよ黒眼鏡の男が登場して、そいつがＮＨＫの番組を組み直したみたいに神経質なアリバイを提出する。なかばお義理で頁をくっている読者は、旅行案内と時刻表を手引きに、甲駅で乗車した犯人が、乙駅で支線にすばやく乗り換えたり、丙ホテルから丁医院の角までタクシーをとばすのを、いちいちメモしながらつきあってくれるほどひまな時間を持ちあわせていない……。

日頃、アームチェア・ディテクティブを気取る砧のことだから、こういった調子で時刻表探偵小説をこきおろし、靴底をすりへらす老刑事をあわれんだりする。

それが皮肉なことに、砧が最初に遭遇したこの《バラバラ死体トランク詰めの怪事件》からして、アリバイ、またアリバイ、そして、探偵雑誌から抜けだしたような黒眼鏡の怪しげな行動――といった具合で、さすがの砧も、犯人の巧妙な計画に、さんざん振りまわされるはめになるのだ。

★

その年の四月二日月曜日の夕方であった。

例によって、その日もなんの依頼もなく、無為に終わろうとしていた。私は、景気づけに彼をバーに誘い、それではと、砧も腰をあげたところであった。事務所の扉がそっと開いた。

訪問客は、室内に入ったものの、ちょっとためらうような素振《そぶ》りで、こちらを見た。砧も私も、第一号氏の来訪に、一瞬、信じられないという表情をしたのかもしれない。

客が切り出さないうちに、機先を制して、砧が日頃ご自慢の〝観察による分析と推理〟を働かそうとしたらしい様子だったが、残念なことに、これといって特徴のない四十恰好《かっこう》の紳士で、手入れの行き届いた靴の爪先にも踵《かかと》にも赤土が付いていないし、ぴったり身に合った洋服の膝《ひざ》も袖口も色が変わっておらず、チョッキから香港製のメダルなんかぶらさがっていなかった。

男がさしだした名刺には、《旭《あさひ》産業株式会社　営業課長　細井耕造《ほそいこうぞう》》とあった。

「ちょっとした書類なんですが、昨晩アパートの私の部屋で盗難にあったのです。それが、警察には話しにくい事情がありまして、同じアパートにいる評論家の巣村明夫《すむらあきお》さんに打ち明けたところ、それなら、私の知り合いで、最近、これこれの事務所を開いた探偵さんがいるから、というわけで、お訪ねしたのですが」

「なるほど、それはようこそ。巣村氏とは奇術クラブで知り合いになったのですが、それ以来ゲーム仲間です。第一日曜が例会日なので、私も昨夜は彼の部屋にいたのですよ。五号室というと、巣村の部屋とは向かい側の並びになりますね。で、いったい何時頃――」

砧がせっかちに尋ねると、紳士は、かえって落ち着いた様子で、おもむろにたばこに火を点《つ》けた。

「はじめから、順序だててお話ししましょう。一昨日、土曜の昼頃でした。会社に小野《おの》という男から電話があったのです。明晩八時に、扇橋《おうぎばし》の喫茶店『エース』でお会いしたいが、ご都合はどうか、と尋ねるのです。小野にはしばらく会っていなかったのですが、以前ちょっとした付き合いがありました。私も、さしあたって予定はなかったものですから、承知したのです。それで、昨晩、アパートを七時すぎに出ました……」

細井耕造は、いつも時間をキチンと守るほうであった。だから、喫茶『エース』には、約束の八時ジャストに現れた。

ところが、どうしたことか、先方で指定しておきながら、当の小野はなかなか姿をみせないのだ。

(遅いじゃないか、なにかあったのかな)

細井は、何度も腕時計を気にしながら、一杯のコーヒーを二十分かかって、飲みほした。

喫茶店の扉が開くたびに、入ってくる客に視線を向けた。

(もう、三十分待ったぞ……)

温厚な細井耕造といえど、少々イライラしてきたが、そのとき、ウェイトレスが側《そば》にやってきた。

「細井さんとおっしゃるのは、あなたですか、お電話です」

「やあ、ありがとう」

なぜか、ホッとして細井は、レジのそばにある電話機をとりあげた。

「やあ、失敬、失敬、だいぶお待ちになったでしょう、実は、急に変更になりましてね。細井さん、勝手なことをいって申し訳ないんですが、九時半に大同ホテルにお出《い》で願えませんか、訳は、そのときお話ししますが、とにかく……こちらで、お待ちしていますから、是非お願いします」

相手は、こちらに有無《うむ》をいわせぬ口調で、言うだけ言うと電話を切ってしまった。いつもの小野とまるきり人がちがった感じの声も気にはなった。それでも、まだこのときは、それほど疑っていなかった。

天満《てんま》駅から国電の環状線に乗って、天王寺《てんのうじ》でおりた。駅の近くにある大同ホテルに、指定された九時半に着いた。

しかし、ホテルのロビーで細井を待っている筈《はず》の小野の姿はなかった。なにか手違いがあったのだろう。善意に解釈して、彼は辛抱強く、十時近くまで待っていた。

今度は、電話ではなかったが、タクシーの運転手が、先刻乗せた客に頼まれたといって、一通の手紙を持参したのである。

《細井様――なんども予定を変更して恐縮です。なにぶん、先方の都合もありますので、あしからず。これから、中川町《なかがわ》までご足労願えませんか。国電、桃谷《ももだに》駅東へ五百メートル。角の派出所で、中川町×丁目×番地屋形ビルを尋ねてください。ビルの裏の酒場『ミユキ』でお待ちしています。小野》

なんとなく奇妙な成り行きであったが、疑えばきりのないことである。どうせ此所《ここ》まで来たのだから、ついでに行ってみようか。細井はそんな気持ちになっていた。

細井耕造は、その手紙どおり、桃谷駅で下車すると、乾いた道路を東に向かって歩いた。そこは、中川町でも最も淋《さび》しい区画のようであった。人影もほとんどない。しばらく行くと、角に派出所の灯《ひ》が見えた。

「中川町×丁目というと、此所からまだかなりありますよ。二十分はタップリあります。そのへんに建物はあるけど、酒場はあったかなあ」

巡査は首をひねった。それでも、一応、その所番地だからというので、行ってみることにした。

暗い闇のなかに、ようやくそれらしい建物を見つけたが、気がついてみると、そこは町の外れで、周囲は工場地帯なのだ。

二階にぼんやり灯の見える問題の建物は、なにかの事務所らしいが、扉はピタリ閉ざされ、手紙にあった酒場『ミユキ』らしきものは、影も形もなかった。

細井は、念のため、その事務所の扉をたたいた。やっと、宿直員らしい若い男が出てきて、こちらを怪しむように見た。

「番地は、たしかにそうですが、このへんはごらんのとおり工場ばかりですよ。お尋ねの所は、どうも思い当たりませんな」

「そうですか……いや、どうもお邪魔しました」

どうも様子がおかしいのである。

腕時計を見ると、もう十一時になる。さっきの派出所に寄って、もう一度尋ねてみたけれど、やっぱり同じことだった。

細井耕造が、疲れきって、岡崎橋《おかざきばし》にある『都ハウス』にたどりついたときは、もう十二時に近かった。アパートも寝静まっている。気の毒だが、管理人の村上《むらかみ》さんを、たたき起こすより仕方がない。

「誰です、いま時分――やあ、細井さん、あなたでしたか」

管理人は、首をかしげた。

「ずっと、お部屋かと思ってましたよ。だって、九時半頃あなたにお客がありましてね」

「私に――？」

「黒眼鏡をかけた男です。アパートの前にタクシーを待たせておいて、あなたの部屋を聞くので、二階を教えました。十分ほどすると、戻ってきて、こちらに、ちょっと会釈《えしやく》して出て行かれましたよ」

「名前をいってませんでしたか」

「いえ、別に――」

細井は、急に不安になって、自分の部屋である二階五号室へかけ上った。

「なるほど、そいつは、あなたを不在にしておいて、空巣《あきす》を狙ったというわけですね。よくある手口ですが、でも、少々念がいってますね」

「お恥ずかしい次第です。あんな見えすいたペテンにひっかかったのですから、全くどうかしていましたよ」

細井耕造は、一応、れっきとした会社の課長でもあり、どこからみても、温厚な紳士である。そんな彼が〝副業〟に手を染めたのは、やむを得ぬ事情があったのだろう。盗まれた書類というのは、その裏商売の顧客のリストであった。だから、なんとか内密に取り戻したい、というのである。

「事情はわかります。まあ、できるだけやってみましょう。それにしても、驚きましたね。ゆうべ私達が、巣村の部屋でトランプをやっているときに、向かい側のあなたの部屋に泥棒がはいったなんて」

「でも、巣村さんの話では、昨夜、その黒眼鏡の男を廊下で見ているんです」

「ほう、彼が……」

「なんでも九時四十分頃、巣村さんはケーキや果物などを買いに行く心算《つもり》で、裏口から出ようとしたとき、その男が管理人室の前を通って、玄関を出て行くのを、こちらからチラと見たそうです」

★

翌四月三日――まずはじめに、細井氏に面会の電話をかけてきた小野という人物が、この話とまったく関係のないことを調査したあと、砧は、〝現場〟である『都ハウス』を訪れた。

管理人の村上さんとは、顔見知りである。

「その男は、黒眼鏡をかけていました。それに、近頃はあまり見かけませんが、白いガーゼのマスクをしていましてね。それで、ソフト帽を目深《まぶか》にかぶり、コートの襟をたてて顔をかくすようにしていましたので、年恰好はよくわかりませんナ」

村上さんは、多少、不審をいだきながらも、二階の細井氏の部屋を教えると、黒眼鏡の男はそのまま階段を上っていった。管理人は、細井氏が在室しているとばかり思っていたのだ。十分ほどすると、男は降りてきて、ちょっと村上さんに頭を下げ玄関から出て行った。表に待たせてあったタクシーで、そのまま立ち去った様子である……。

村上さんからは、細井氏の申し立て以上のことは、たいして聞き出せなかった。

砧は、もう一人の証人である巣村明夫の部屋を訪ねた。

「細井氏の件で、もうそろそろ名探偵の御入来《ごにゆうらい》かと、待ちかねていたところだ。ちょうどよかった。到来もののウイスキーがある」

巣村は、愛想よく砧を迎え入れた。

「いや、あんたの口ききがあったから、こちらも開業以来はじめての仕事にありついたようなものさ。礼を言うよ」

いかにもいま売り出しの〝文化〟評論家の仕事場らしい、快適なワン・ルームである。砧は、ソファーにすわり、あらためて室内を見渡した。四月一日、日曜の夜、この部屋に四人が集まり、トランプに打ち興じていたのだ……。

　巣村は、メンバーに女友達の大木《おおき》エリと声優の志賀《しが》正子《まさこ》を連れてきた。エリと巣村、正子と砧がパートナーになって、コントラクト・ブリッジを戦わせた。

　ゲームが一区切りついたとき、巣村は、買い物があるからといって、しばらく中座した。その間、砧は肩のこらないページ・ワンで女性たちのお相手をつとめていた。

「ぼくの記憶では、きみが中座したのは、たしか九時半だったように思うが……」

「そう、九時半だったね」

「管理人の村上さんの話だと、黒眼鏡の男が来たのが、九時半。出て行ったのが九時四十分、というのだが」

「それがどうかしたのかね」

「だって、きみは黒眼鏡が玄関から出て行くところを、裏口の方から見たわけだろう」

　巣村明夫は、一瞬、ハッとした表情をみせたが、すぐに口許《くちもと》をほころばせた。

「なにを言い出すのかと思ったよ。ぼくは、あのとき、席をはずして直《す》ぐ外出したわけじゃないんだ。少し気分が悪かったものだから、トイレへ行って、それから洗面所で顔を洗ったりしていた。だから、買い物に出かけたのは、九時四十分ころだった。商店街で、ケーキと果物を買って、戻ったのが、九時五十五分だ。これでいいかね」

　巣村が部屋に戻ったあと、コーヒーを飲みながら軽いゲームをやって、十時半には散会している。

「いや、ありがとう。一応確認しておきたかったのだ」
「まあ、せいぜい頑張ってくれたまえ」
砧は、これといって収穫のないまま『都ハウス』をあとにした。

この一時間あと、砧は、扇橋の喫茶店『エース』のカウンターで、コーヒーを飲んでいた。細井氏の当夜の行動を、一度自分の足で確認するつもりだった。作り話ではないかという疑いがないではない。一応〝裏付け〟はとっておかねばなるまい。砧は、手帖をひろげた。

七時頃　岡崎橋『都ハウス』を出る。
八時　扇橋、喫茶『エース』に着く。
八時三十分　電話あり。国電天満二十一時七分→天王寺二十一時二十五分
九時三十分　天王寺『大同ホテル』に着く。
十時　タクシー運転手から手紙を受けとる。国電天王寺→桃谷。
十一時　中川町工場地帯を歩きまわる。
十二時　『都ハウス』に戻る。書類盗難を発見する。

砧は、ウェイトレスから、〈当夜、細井氏らしい客に電話を取り次いだ〉という、証言に満足して、喫茶店を出た。そして、同じコースをたどるため、天神橋筋《てんじんばしすじ》商店街を通り、国電の天

満駅に出た。実のところ、喫茶店から天王寺のホテルまで、半時間もあれば充分なのだ。しかし、細井氏は一時間かかっている。彼の話だと、指定された時刻の九時半に合わすため、商店街をブラついて時間をつぶしてから、二十一時七分の電車に乗った、といっている。この電車は天王寺に二十一時二十五分に着く。だから、これは本人の言葉を信用するしかない。

天王寺駅近くにある『大同ホテル』を訪れた砧は、ここで、思わぬ収穫があった。

細井氏の話によると、ホテルのロビーで待っていたとき、〈タクシーの運転手が、一通の手紙を届けてきた〉ということであったが、幸い、ホテルの係員が、このことを覚えていたのだ。その運転手は綜合《そうごう》タクシーの制服を着ていた、という。細井氏は、イライラしていたから、そんなことまで気を付ける余裕がなかったのだろう。

綜合タクシー営業所を訪ねた砧は、運よく、当の大山《おおやま》という運転手に会うことができた。乗せたのは、黒眼鏡をかけた男で、白いガーゼのマスクをして、ソフト帽をかぶり、コートの襟《えり》をたてて顔をかくすようにしていたという。

「大同ホテルの横で乗せました。そうです、一日の晩九時十五分でしたナ。それで、岡崎橋まで行ったんです。『都ハウス』いう高級アパートに着けました。それが、九時半です。〈すぐ戻るさかい、このまま待っててほしい〉いうて玄関入っていかれました。それで、私は十分ほど待ちました。もう一度乗って来て、こんどは、地下鉄の本町《ほんまち》駅まで行ってくれいわれました。ところが、ほんの二、三分走ると、山内《やまうち》外科病院の前で、オイ、ストップやいいまんねン。〈用事思い出したから、ここで降りる。キミ済まんけど、この手紙届けてほしいねん。さっきの大同ホテルで細井いう人が待ってる筈やから〉そう言って、チップはずんでくれました。私も、それくらいの用事やったら、ええと思うて、天王寺まで引きかえしたんですわ」

　こうしてみると、黒眼鏡の男が、小野氏の名をかたり、細井氏をあやつっていたように思える。砧は、手帖に黒眼鏡の男の行動を書きとめた。

九時十五分　『大同ホテル』附近で綜合タクシーに乗る。（大山運転手）

九時三十分　『都ハウス』に着く。車を待たせてアパートに入る。（このとき、細井耕造の部屋に侵入して書類を盗んだと思われる）

九時四十分　再び、タクシーに乗る。

九時四十三分　途中で下車し、運転手に手紙を託す。それ以後行方不明。

十時頃　大山運転手は『大同ホテル』ロビーで細井氏にその手紙を渡す。

初陣《ういじん》に張りきってはいたものの、砧の初日の調査は、せいぜいそこまでだった。さすがに疲れて、事務所へ引きあげてきたのだが、夕刊を取りあげた砧は、三面に派手に報道されたバラバラ死体事件の記事に、思わず引きつけられた。

《三日午前九時頃、西成《にしなり》区北吉田《きたよしだ》町×番地、朝日荘アパート＝管理人、上田勉《つとむ》さん（四九）＝方で、五号室、小《お》原庄助《はらしょうすけ》さん（三八）が地方行商から帰り、留守中に同氏あてに届けられた大型トランクを開けると、胴体、首、手足とバラバラに切断された男性の死体があらわれたので、驚いた上田さんは警察に急報した。なお、死体を発見した小原さんは、この騒ぎにとりまぎれ、いつのまにかアパートから姿が見えなくなり、当局は、死体の身許確認を急ぐ一方、発見者の小原さんも事件に重大な関係があるものとみて、行方をさがしている》

　およそこんな内容で、巷《ちまた》の一角に起こった猟奇的《りょうきてき》な殺人事件を報道していたが、なによりも砧の興味をひいたのは、問題のトランクを、オート三輪車で運んだ青井《あおい》運送店の主人の談話であった。

〈あのトランクは、一日の夜九時ごろ寺田町《てらだちょう》の昭和クラブから、黒眼鏡の男に頼まれて運びました。はじめ、荷台に男も一緒に乗りましたが、天王寺の大同ホテルの角で、男だけ降りました。あとは、私が荷物を朝日荘まで運んだのです〉

　黒眼鏡の男――大同ホテル――しかも、車を直ぐに降りて、荷物を運送屋に託した〝手口〟は、まさに同じではないか。

　どうやらこのバラバラ事件と、細井氏の盗難事件は関連があるのではなかろうか。そんな砧の思案をよそに、その頃、捜査当局は逸早《いちはや》く、容疑者として細井耕造をマークしていた。

2

翌々日、砧は、思いがけず友人須潟警部の非公式の来訪を受けた。

「やあ、しばらく、なかなかやっているようじゃないか」

「ごらんの通りさ。いったいどういう風の吹きまわしだ。一課の花形警部どのが、直々御入来とは——まあ、かけたまえ」

砧は、電話をとりあげて、近くの喫茶店にコーヒーを注文した。

「いや、お構いなく。早速だがね、細井耕造という男のことで、ちょっと聞きたいんだ」

「やっぱりね——さすがに、警察は早いなあ。例のバラバラ事件だね」

須潟警部は、うなずいて、椅子をひきよせると大柄な身体を沈めた。

いったい、探偵小説に登場して、私立探偵と推理を競う現役の警察官は、頑迷な実際派とされている。彼等は、鍵のかかっている部屋で発見された死体を、簡単に自殺であると断定し、ニセの足跡を信じ、現場の指紋を唯一の証拠と尊重し、裏口のガラスが割れていると盗賊侵入説を固持してやまない。だが、うれしいことに、わが須潟警部は、本格探偵小説を愛好し、論理の遊戯におぼれ、型破りの推理をひねくるさまは、友人の砧に決して劣らぬものがあった。

「被害者の身許が判った。いずれ夕刊には出るが、バラバラ死体にされたのは、札付きの金融ブローカーで篠木晃一《しのきこういち》という男だ。詐欺《さぎ》と恐喝《きょうかつ》の前科がある。寺田町に『奈美』という小さなバーがあるんだが、ここのマダムの奈美を、篠木と細井耕造が張り合っていた」

「ほう——細井氏がねえ。まさか、それだけのことで、細井氏をマークしたわけじゃないだろう」

「砧、いまきみは、ぼくが細井の名前をもち出すと、例のバラバラ事件だね、といったじゃないか。きみが結びつけた理由というのは、私的な盗難事件のことで、細井氏がきみに調査を依頼した。ところが二つの事件には、黒眼鏡の男という共通項があった——そうだろう」

「そのとおりだ」

「きみのカンは正しいよ。当局は、きみとは反対に、黒眼鏡の男のあとをたどって、『都ハウス』に到達したことになるが」

「なるほど、すると、ぼくは細井氏のアリバイ証人であり、また、参考人の一人というわけだね」

砧は、笑いながら応じた。

実のところ、須潟警部は、事件の奇怪な様相にふりまわされていたのだ。ひょっとすると、アマチュアの砧なら、思いがけぬヒントを提供してくれるかもしれない……。

私は、そうとったが、いずれにしても、砧は、新聞記事だけでは到底得られない細かい情報を警部の口から知ることができた。

それによると——

①四月一日午後七時すぎ、篠木晃一は、重そうなボストンバッグを携《さ》げてバー『奈美』にあらわれた。彼は「八時に『昭和クラブ』で人と会う約束があるので、そうゆっくりしてはいられないんだ」と、女給に話している。篠木は、よほど時間が気になるとみえて、バーを一、二度出たり入ったりしている。

②『昭和クラブ』というのは、バー『奈美』の裏路地を抜けたところにある。一階は、麻雀、撞球《どうきゆう》等の娯楽室があり、二階に商用、面談用の個室がいくつかある。二階へは、クラブの正面階段のほかに、裏口に避難用の非常階段がある。当日夕方、篠木晃一は、用談のためその個室をひとつ予約している。そのとき大型トランクと小荷物を一個、個室にあずけている。

③七時五十分に黒眼鏡の男がクラブを訪れたので、事務員が二階を教えた。そして、八時ちょうどに篠木がやって来たので、事務員は先客のことをいうと、彼はうなずいて二階の個室へ入って行った。

④午後九時に、青井運送店の主人が、前日に頼まれていたと言って、『昭和クラブ』に荷物を取りに来た。黒眼鏡の男は、運送屋と二人して、その大型トランクをオート三輪車に積みこみ、自分も荷台に同乗して去った。

「その大型トランクが朝日荘へ運ばれる。そこから篠木のバラバラ死体があらわれた。とすると、きわめて単純明快ではないか。黒眼鏡の男が犯人にきまっている」砧は言った。「秘密の用談にかこつけて、被害者の篠木に部屋を予約させておいて、殺した……」

「まあ、そういうことだ。解剖の結果、青酸化合物による毒殺、死後切断、推定死亡時刻も、

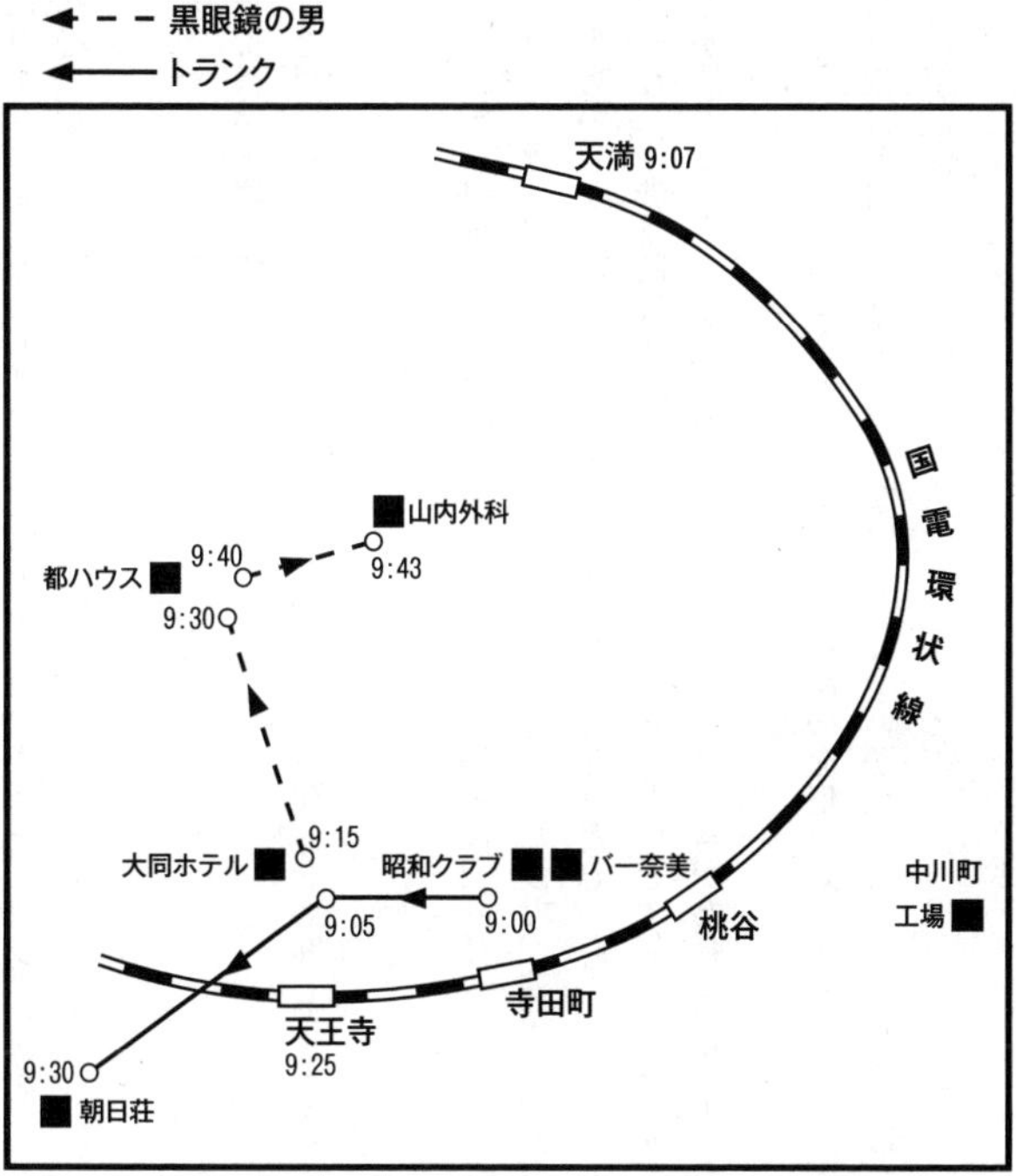

黒眼鏡の男
トランク
天満 9:07
国電環状線
山内外科
9:40
9:43
都ハウス
9:30
9:15
大同ホテル
昭和クラブ
バー奈美
中川町
工場
9:05
9:00
桃谷
寺田町
天王寺
9:25
9:30
朝日荘

三日正午の所見で、三十八ないし四十時間経過というのだから、クラブの個室で八時から九時の間に殺された、という状況とほぼ一致するのだ。だが、ねえ砧――そう簡単にはいかないんだよ」

「……」

須潟は慎重に言葉を選んで続けた。

「まず、現場と思われるクラブの個室を検証したところ、死体を切断した痕跡がまったくなかった」

「ほう……」

「もっとも、われわれが駈けつけたのは、事件発生後一昼夜以上も経っていたからね。クラブ側の言い分では、当夜、黒眼鏡がトランクを運んで出ていった後で、使用人が個室をのぞいたら、相手の篠木もいなかった。いつのまにか帰ったのだろうと思ったが、なにしろクラブは騒がしい時間だったし、非常階段からも出入りできる。そうたいして気にもとめず、部屋にあったグラスなんか洗ってしまった。そのとき、部屋のなかに異常があれば、使用人も気付いていた筈だ、というのだ」

「なるほど。そういうことだったのか……。切断現場の血痕を処理するのは、計画的である限り、あらかじめ敷物を用意すれば、できないことはないがね。まあ、その疑問はさておき、ぼくはもうひとつ気になることがある」

「なんだね……」

「トランクを受取った小原庄助氏が、いつのまにか姿をかくしたというじゃないか」

「あれは、まずかったね」警部は率直に認めた。「管理人の話では、小原という男は、家庭用雑貨の行商をやっていて、朝日荘アパートも、昨年あたりから、商売上の仮の宿としていたらしく、従って、いつも不在がちなんだ」

「ふむ……」

「三日の朝、小さな手荷物を携げて、小原が行商先から帰ってきたので、管理人は預かっていた例の大型トランクを彼に渡した。大変重いので、管理人と二人で、二階の小原の部屋へ運びこんだ。そのとき小原は、アパートの使用人を呼んで〈天王寺駅の荷物一時預けに、商品の見本を置いてきたから、取ってきてほしい〉と頼んだ。使用人が早速出かけて行って、ミカン箱ほどのパッキングケースを小原の部屋に届けた」

「……」

「そのあと、管理人室で、上田さんと使用人が土産《みやげ》にもらったきび団子かなにかを喜んで食べていると、二階から、小原が血相変えてとびこんできた。庄助の部屋へ行ってみると、あの大型のトランクのふたが開いていて、なかには、首、胴体、手足とバラバラになった男の死体が入っていた。上田管理人の急報で警察が駈けつけたのだが、小原はその騒ぎにとりまぎれて行方をくらましてしまった。事情聴取をしようとして、はじめていないのに気が付いたという訳なんだ」

砧は、ヤレヤレといいたげに肩をすくめた。

「黒眼鏡の男が、なぜ、小原あてにトランクを発送したのか？　また、当の小原は発見直後、なぜ失踪したのか？　そのへんになにかありそうだナ。で、庄助さんの手掛かりは、その後全くないのだね」

「そうなんだ。彼の部屋を調査したが、古い雑誌やガラクタが押入れに詰まっているくらいで、なんの手掛かりもなかった。指紋もとれないんだ。どうも小原庄助は、意識して、指紋を拭きとったり、跡を残さないように立ちまわった様子がある」

「この事件は、バラバラの死体だけでも異常なケースだが、小原庄助だの、黒眼鏡の男だの怪しい人物が出没して、それがよけい目ざわりなんだナ……。それにしても、この黒眼鏡が殺人のあとで、細井のアパートに侵入したのは、一体どういう訳だろう。篠木殺しと、細井の書類を盗んだことに共通する犯人の目的が判れば、動機上から犯人は推定できそうな気がするのだがね」

「やっと、きみも、そこに気がついたようだね。ぼくは、この事件の犯人は、細井耕造だとにらんでいるんだ」

★

砧は、驚いた顔をして須潟警部を見つめた。大胆にも、細井犯人説をうちあげた警部の根拠は、いったい何だろう。

「細井耕造が、きみに依頼した盗難書類の一件は、バラバラ事件と関連して考えると、狂言じゃないかと思われるふしが、多分にある。ねえ砧、黒眼鏡の男が、書類を盗むために『都ハウス』に侵入したのは、十分あればこと足りたのだ。たった十分間で盗みを行うためにだね、五時間も主人を不在にさせる必要は、どこにある？」

「うむ、なるほど」

砧が感心してうなずくと、須潟はますます調子にのって、彼一流の、もっともらしい解釈を試みるのだった。

「この男は、合鍵を用意した点や、短時間に保管庫から目的の書類を抜いた手口など、よほど事情に通じている。いいかね、その手際のよい盗みを、かりに、三十分近くかかったとしても、細井をその間だけ誘いだせば、ことたりた筈だ。おまけに、空巣をまんまとなしとげた黒眼鏡は、もはや用済みの筈なのに、運転手に手紙をことづけて、細井をさらに淋しい工場地帯に誘いだしたりしている。いったい何のためだ。第一、当の細井が、そんな話につられて何時間もふりまわされていたのは、なんとも理解に苦しむんだ」

「四月馬鹿の夜にペテンにかけられ、帰館したら書類が紛失していた。公《おおやけ》にできないので、私立探偵に調査を依頼する。なるほど、事前工作として、盗難にかこつけてアリバイを印象付けておいて、ペテンにかかったといえば、奇怪な行動も一応筋が通るからね。この話を持ちこむのに、近頃開業した砧私立探偵は、まことに恰好の人物だった」

「イヤ、イヤ、まあそんなことで、死体が発見される。被害者篠木と細井との関係はまずかったが、不在証明が救ってくれる。事件後、追及されてからアリバイを提出するより、先手を打った方が効果的だと計算したらしいが、いささか作為が過ぎたようだね。彼のアリバイは、一見動かし難いようだが、こしらえたものなら必ず破ってみせるよ。まあ、見ていたまえ」

須潟警部が帰ったあと、砧はすっかり考えこんでしまった。警部の〝推測〟によると、犯人は細井耕造であり、彼はアリバイを主張しながらも、その時間の隙を狙って、黒眼鏡に扮装して立ち回っていたにちがいない、というのである。

「多分に大胆な推論だが――なるほど、黒眼鏡イコール細井という考えは、ちょっと魅力があるな。ひょっとすると、この仮説は成立するかもしれないぞ」

砧は、検討した。

黒眼鏡の男が、現場と目される『昭和クラブ』にあらわれたのが、午後七時五十分、クラブからトランクを運び出したのが午後九時だが、その間、誰にも姿を見られてはいない。クラブの裏階段からそっと抜けだして、扇橋の喫茶店『エース』に現れる。勿論、細井の姿にかえってだ。国電の時間を見ると、寺田町駅十九時五十八分に乗って、天満着二十時十三分というのがある。

ただし、これだと『エース』に着くのは、八時二十分くらいになってしまう。細井氏自身の話によると〈午後八時から八時半まで喫茶店にいた〉ということだが、ウェイトレスの証言は〈八時半に電話をとりついだ〉という以外、何時から細井が店にいたかという記憶はあいまいである。

そして、八時半に『エース』を出た細井が、商店街をぶらついて時間をつぶしたあと、天満駅発二十一時七分に乗ったというのはうそで、実は、喫茶店から直ぐ駅にかけつけて二十時三十六分に乗ったにちがいない。この電車の寺田町着が二十時五十一分。そして、再び黒眼鏡の男になり、『昭和クラブ』の裏口から部屋に入り、ずっと其所《そこ》にいたように見せかける……。うまい、これは可能性がある。

そして、午後九時にトランクを運び出した黒眼鏡は『大同ホテル』の附近でオート三輪を降り、今度はタクシーをひろって『都ハウス』に乗りつける。細井の部屋に泥棒がはいったということにして、あとで管理人の証言を得るためだ。そのあと再びタクシーに乗って、運転手に細井あての手紙を託して降りる。ここで、黒眼鏡の役をおわった細井は、『大同ホテル』に先回りして、ロビーで手紙を待ちうける。これが午後十時頃だ。この場合も、ホテルのロビーに、九時半から待っていたという証人もはっきりしない。すべて本人の話のままである。さて、そのあとで細井耕造は、自分自身のニセ手紙につられた振りをして、中川町附近の工場地帯を彷《ほう》徨《こう》したあげく、晩《おそ》くに『都ハウス』に舞い戻った。

「しかし、待てよ。この計算は可能だが、もしそうなら『昭和クラブ』を空白にした午後七時五十分から九時までの間は、個室に被害者の篠木晃一ひとりがいたことになる。殺人は、どうやって行われたのだろう?」

砧は、行き詰まった。

「そうだ――クラブの個室には、血液反応がなかったということだ。あれは擬装現場かもしれないぞ。すると、どうなるのだ。篠木はどうやってバラバラにされたのだろう？」

砧がしきりに暗中模索《あんちゅうもさく》をしているうちに、事件は思いもよらぬ方向に展開した。翌日になって、砧は、巣村明夫の変死を知らされ、愕然《がくぜん》とするのである。

★

新進評論家巣村明夫の部屋は、前にもいったように高級アパート『都ハウス』の二階にある。廊下の向かい側が、細井耕造の住む五号室である。管理人の急報で警察の一行が駆けつけたとき、巣村明夫は、細井の部屋の応接テーブルにうつ伏せて死んでいた。

ウィスキーのグラスが二つあって、その一つから青酸カリが検出された。

細井耕造は、すっかり動転していた。

「いや、私もなにがなんだか、さっぱり判らないんですよ。あのウィスキーの角瓶は、巣村さんが持ってきたんです。ゆうべ八時ごろでした。巣村さんが、私の部屋をのぞいて、いっぱいやりませんかというので、私もチーズなんかを用意して、あのテーブルで差し向かいでやろうとしたんです。彼がグラスのウィスキーをひとくち飲んで、いきなり苦しみはじめたのでびっくりしました。もうどうしようもなかったんです」

細井耕三にしてみれば、先日の盗難騒ぎにひき続いて、またまた自分の部屋で隣人の変死事件が起こったのだから、まったく御難続きである。しかも、警察からは疑いの目で見られる。細井の必死の釈明にも拘《かかわ》らず、当局は、彼の言葉を単純に信用してくれそうになかった。

砧順之介にしてみれば、折角の、依頼者第一号の細井氏が、本当は篠木殺しの犯人であって、嫌疑をまぬがれるために、拵《こしら》え話を自分のところへ持ち込んだ――とは、心情的に考えたくなかった。しかし、情況的には警部のいうように、細井耕造の行動には疑わしい点が多いのだ。

「とにかく、白か黒かの結論を出す前に、もう一度、細井のアリバイを再調査してみる必要がある……」

こうして砧は、前回の調査では得られなかった〝新しい証人〟を求めてかけまわった。その結果、まず喫茶店『エース』では、細井があの夜、店にきたのは午後八時に間違いなかった、という常連客の証言を得ることができた。

それは、商店街の春日《かすが》レコード店の主人で、日曜の晩『エース』で、友人に紹介された広岡《ひろおか》という男と会うため、八時少し前から入口のテーブルにいたというのだ。

「ぼくは、広岡という人とは初めて会うので、丁度八時にその写真の人が店にこられたとき、ちょっと見回すような恰好をなさったので、あなた広岡さんですか、と声をかけたんです。すると、いいえ、私は細井といいますと返事をしました」

それだけのことであるが、彼があとから来た当の広岡氏と会って話をしながら、時々、そちらの方をみると、細井という男は、ずっと人待ち顔でテーブルにすわっていたというのだ。

続いて砧は、八時半に『エース』を出た細井氏が『大同ホテル』に行くために、天満駅二十一時七分発の国電に確かに乗っていた、という証言さえ得られた。A署の刑事が、近頃車中を荒している二人組のスリを追って、この電車に乗っていたからだ。この刑事は、細井耕造と、あることで面識があった。勿論、車内では、刑事は気が付かないふりをしていたが、細井の方でも気がついていたらしく、警察にアリバイを細かく追及されるようになって、そのことを思い出したからである。

そんなわけで、細井耕造のアリバイ攻略に、砧と警察当局が奔走《ほんそう》したものの、結果的には、彼のアリバイをますます確証するという皮肉な結果に終わった。どう考えても、八時に喫茶『エース』にあらわれた細井が、同じ時刻に『昭和クラブ』の個室にいることはできないし、あの電車が天王寺に着くのが二十一時二十五分だから、九時十五分に『大同ホテル』附近でタクシーに乗ることは不可能である。

砧は途方にくれた。が、皮肉なことに、この袋小路が事件を解決にみちびく手掛かりになったのである。

3

事件があのような形で終わって間もない日曜の夜――メンバーだった大木エリと志賀正子の女性ふたりが砧の事務所に押しかけてきたので、私も仲間に加わって、トランプをはじめることになった。

しかし、なんとなく、ゲームははずまなかった。女性たちのはなやいだ声も聞かれなかった。

「だめねえ、さっぱりついてないわ」

大木エリが、ホッと息をついた。

「ねえ砧さん。巣村さんは、どうしてあんなことになったんですか。新聞で読んだだけでは、よく判らないんですが」

「それが……なにしろ、当のご本人は死んでいますからね。警察では、証拠固めの段階ですよ」

実のところ、彼女たちの訪問の目的はそこにあったらしい。一同は、早々にゲームをきりあげた。

春雨のけむるビル街の夜は静かだった。部屋の中は快適で暖かだし、みんなはテーブルを囲んで、モカのこころよい酸味を味わいながら、砧の推理に耳を傾けた。

「細井氏があの夜、奇怪なコースを五時間もたどっていたのは、その間に、黒眼鏡の男に変装して立ち回るためのアリバイではないか、と疑ったわけなんですね。ところが、いろんなデータが示すように、細井イコール黒眼鏡でありえないことが判った。すると、細井がペテンにかけられたことにどんな意味があるでしょう。細井が犯人でないとする。犯人は別にあって、細井氏を罠にかけたとする。そして、空巣狙いをやった後で、更に深夜まで細井氏を不在にしようとした——その理由は一体なんでしょう? これが第一の疑問ですが、私は、書類を盗んだのは見せかけであって、真の目的は、犯人が細井の室を不在にさせて利用する必要があったのではないか——こう考えてみたのです」

「……………」

「第二の疑問は、犯人は何のために死体を切断する必要があったかという点です。強烈な憎悪《ぞうお》とか復讐《ふくしゅう》の思いをこめて、切り刻んだのではない。これは冷静な計画犯罪であるという立場から考えてみました。先ず、手や脚をバラバラにして分散して隠せば、一個の死体として処理するより都合がいい場合があるでしょう。また、箱詰めにするため、容積の関係で切断する場合もあるでしょう。ところが、この事件では、いずれも矛盾するのです。手数を要して切断した死体は、個々に分散して隠されるどころか、一個のトランクに部分品一揃いとして詰められて、小原庄助に発見されるように仕組まれてあった。すると、犯人には死体の完全隠匿《いんとく》という意志はなかったとみていいでしょう。それでは、『昭和クラブ』の個室から、死体をトランク詰めにして運び出すために切断したものと考えてみると、これは余計におかしいのです。あの大型トランクは、大の男でも、姿勢をかがめれば這入れるくらいの容積がありますね。だから、わざわざ切断して詰めこむ必要もなかった筈です。すると、死体切断の目的はいったい何でしょう」

「……………」

「第三の疑問は、小原庄助なる人物のこの事件における役割と、黒眼鏡の男の行動です。死体発見者の庄助は、騒ぎにとりまぎれ、以後完全に失踪してしまった。それは、死体をある時期に発見して騒ぎたてることのみが目的だった、と考えてみたらどうでしょう。私には更に、トランクの動きを辿《たど》ってゆくと、篠木殺しの情況や、犯人と覚《おぼ》しき黒眼鏡の男の行動が、芋蔓式《いもづるしき》に容易にたぐりだされたことも大きな疑いだったのです。もう少し巧みに振舞えば、足どりは隠せる筈なのに、黒眼鏡は何時から何時まで、其所から彼所《あそこ》へ行ったということを明示しているのです。ところが一面では、クラブ以前と『都ハウス』以後の行動は、巧妙に足跡《そくせき》を晦《くら》ましている。それらを考え合わせると、この計画者の目的は、ある時間と場所を限定して、その範囲内では、黒眼鏡の時間的経路を第三者に明示する必要があった。つまり〈篠木は黒眼鏡と『昭和クラブ』の個室で会って、そこで殺された。死体はトランク詰めにされ、その場から朝日荘へ直接運ばれ、庄助に発見された。一方、黒眼鏡は殺人後、『都ハウス』に向かい細井氏の書類を盗んで逃走した〉という筋書を、観客に見せびらかすために行ったわけです。すると、犯人の真意は、焦点をそうしたまやかしの筋書に外《そ》らしておいて、真の筋書を蔽《おお》い隠すことにある。だから、この見せかけの犯行経路は全然ごまかしである、ということになりますね」

一息ついた砧は、おもい入れよろしく紫煙をくゆらせる。一応こうした前置きをやらないと気がすまないのは、西洋の探偵小説の読みすぎではないか。私たちは神妙に拝聴しているものの、こんなことくらい判りきったことだから、推理の遊びはいい加減にして早く本題に入ってほしいのだ。みんなの退屈した表情に気がついたのか、ここで砧の論点は急に飛躍して、真犯人巣村明夫の計画と、犯行方法の解析に説き及ぶのであった。

巣村は篠木に強請《ゆす》られていた。あまりうるさいので、一思いに片付けてしまいたいと思った。奈美という女性のことで、篠木と細井は仲がわるい。それを利用して、二人で共謀して細井耕造を陥《おと》しいれようと持ちかけた。おそらく、巣村は、こんなふうに篠木を踊らせた……。

「細井は、ヤミ屋の小原庄助という男と取り引きがある。細井の部屋をあさって証拠物件を手に入れたいのだが、彼を不在にさせる必要があるんだ。そこで篠木くん、あんたの役割はこうだ。先《ま》ず、バー『奈美』に七時に姿を見せ、八時に『昭和クラブ』で人と会うことを、みんなにいっておく。八時十分前に、トイレにでも行く恰好で店を抜け出し、黒眼鏡の男に扮装してクラブを訪ねるんだ。個室に案内されると、すぐに変装を解いて、裏階段からバーに立ち戻る。そうして、八時に、先客の黒眼鏡が個室で待っているのを訪ねる振りで、もう一度クラブに入る。そして、八時半になったら、喫茶エースに電話して細井を呼び出す。九時半に『大同ホテル』にくるよう指示するんだ。それから、前に持ちこんであった大型トランクに小荷物やボストンバッグの重量物を詰めて重くしておく。あとでヤミ物資の取り引きと思わせるんだ。いいかね。九時になると、運送屋がオート三輪車で受け取りにくるから、もう一度黒眼鏡に扮装して、そのトランクを運び出すのだ……」

★

「じゃあ、篠木が黒眼鏡に殺されバラバラにされたうえ、トランク詰めにされて運び出されたと見せかけたのも、結局、ひとり芝居だったんですね」

「そういうことです。さて、篠木イコール黒眼鏡の男は、『大同ホテル』の附近でオート三輪車から降り、トランクはそのまま朝日荘に届けるよう運送屋に頼んでおきます。それから、九時十五分頃綜合タクシーをひろって『都ハウス』に乗りつけ、二階の細井氏の部屋に侵入したのです。一方、同じアパートの廊下の向かい側にある巣村明夫の部屋では、トランプの例会で、四人がブリッジに打ち興じていました。そして、九時半頃巣村は何気なく席を外して、主《あるじ》不在の五号室で黒眼鏡の篠木と落ち合うのです。『どうだね、君の方の行動は？　なに、計画通り運んだ。ふん首尾は上々だナ。細井の奴をペテンにかけるのは、これから最後の仕上げだ。え、小原という男あてにトランクを送らせたのは何の真似だって。それは……君、いくらヤミ書類盗みでも証拠が残っては不味《まず》いから、お互いにアリバイが必要だ。僕はみんなとトランプをやっていたことになるし、君はまたクラブに帰ってアリバイを作るんだ。たとえ細井が騒ぎ立てても、あいつの狂言だと思わせるんだ。どうも、君は飲みこみが悪いねえ。つまり、そういう訳で――まア、ウィスキーでもやり給え』……」

　実際に現場にいたかのような砧の説明は、すべて彼の想像と推量の合成物だが、もはや私達は、それが正しいものと信じて疑わなかった。

「不自然なトランク移送のことは、巧みに理由をつけて篠木を納得させていたことと想像されます。哀れな篠木晃一は他人をペテンにかける心算で、その実まんまと真犯人の操る糸に踊らされていたのです。即効的威力を発揮した青酸ウィスキーに篠木はイチコロ、巣村は死体をそのままにして、今度は彼が黒眼鏡の男に扮装して、細井の部屋を出て鍵をかける。この間ほんの二、三分の早業殺人と早替りです。玄関を出て、篠木の黒眼鏡が待たせてあったタクシーに乗りこんだのです」

「すると、あとからの黒眼鏡は別人だったのね。誰も気付かなかったのですか？」

「管理人は出て行くのをチラと見ただけですし、運転手だってちょっとの間に客が入れ替っているなんて、まさかと思ったのでしょう。そして、巣村の黒眼鏡は少し走らせたところで車を降ります。そのとき運転手に頼んで、大同ホテルで待っている細井氏に手紙を渡してもらった。これは、まだ二時間ほど不在にしておく必要があったからです。変装をといた巣村は、商店街でケーキや果物を買って『都ハウス』に戻る。彼がゲームの途中、買物に行くといって席を立った二十五分程の空白は、誰にも怪しまれなかった。それどころか、あとで皆に〈外出するとき、黒眼鏡が玄関を出て行くのを見た〉と、ヌケヌケ言っているんです。自分のことなのに、管理人も運転手も気が付かなかったのをいいことにして、自分も目撃者になっているんです。これには騙《だま》されましたよ」

「それなら、私たち――巣村が部屋に戻ったあと、十時半まで一緒にトランプをやっていたでしょう。すると、あのとき、細井さんの五号室には篠木の死体が、置きっ放しになっていたわけね」

「そういうことです」

「いやだ、ゾッとするわ……」

「巣村は、ぼく達が帰ってから、廊下に人気のないのをみすまし、細井の部屋の死体を自分の部屋に移し、バラバラに解体作業をはじめたのです。四肢を細長い商品函に仕立てる。首と胴の部分はパッキングケースに詰めて、これは翌朝、天王寺駅の一時預けに置いた。巣村は評論家として少しは名前を知られる以前、覚醒剤《かくせいざい》の取り引きや他のヤミ商売をやっていて、その必要から、朝日荘に小原庄助と名乗って、二重の生活をしていたのですね。そのことが、偶々《たまたま》、今度の計画に役立ったとみていいでしょう。彼は小原に扮して商用先から帰った恰好で、商品にした小荷物を携げて朝日荘に戻る。管理人からトランクを受け取って自室に持ち込み、宿の使いに駅からパッキングケースをとってきてもらう……。全く子供騙しの手品です。死体は〈四肢を包んだ商品函〉と〈胴体をいれたパッキングケース〉の二つに分けてアパートに持ちこまれ、庄助の部屋で、トランクの中身の重量物と入れ替えが行われる。痕《あと》を充分始末したうえ、奇声を発して庄助がバラバラ死体発見を告げ、警察がきて騒いでいるすきに失踪して、巣村にたちかえった、というわけなんです」

「やっと判ったわ！　死体をバラバラにしたのは、そのためだったのね。小原が一個のボディを朝日荘に持ち込んだのでは疑われるから、分散持ち込みをやったのですね」

「そうなんです。しかも、篠木は昭和クラブで八時過ぎに殺され、その場でトランク詰めにされ、オート三輪車で朝日荘に運ばれた。そして、小原が開くまで管理人が預っていたから、途中で作為の余地なしと思われた。死体はずっとトランク詰めにされていたという論理的錯覚がこれにプラスして、こんな莫迦《ばか》ばかしい手品がまんまと成功したのです。庄助が三日の朝、このバラバラ死体をトランクから発見する必要があった。これは、いつまでも自分の部屋に手足のキレハシを置いておくわけにもいかないし、ひとつには、早く発見して、運転手だの他の目撃者の時間的記憶がうすれないうちに、当局に捜査をはじめてもらいたかった。そのために、黒眼鏡の行動をわざと印象づけ、細井氏を不利に陥《おとしい》れる。ヤミ屋の関係から万一自分が疑われても、私立探偵も交《まじ》えて自室でカードをやっていた、というアリバイがある。このことを強調したかったからです」

「………」

「ぼくがこの事件で感心したのは、巣村の巧妙なアリバイトリックです。被害者が知らずに犯人の不在証明をつくっていたというのは、前例があるかもしれませんが、彼の場合は確かに鮮やかでした。黒眼鏡の行動は、八時から九時四十三分迄クローズアップされている。普通だと、これが犯行に要した全時間と思われます。その間、彼は七時半から十時半まで、アパートでトランプをやっていたことは確実な証人がある。中座したのは、商店に行った九時半から約二十五分位で疑いようがない。その実、彼はこの短時間に、約二分乃至《ないし》三分間の早業殺人をやってのけ、早替り扮装でタクシーに乗り、細井氏に偽手紙を託したりなど計画の最重要な仕上げを迅速《じんそく》に行った。そして恐ろしいことに、探偵であるぼくの目の前でこの犯罪は行われているのです。無論、ぼくを招いたのは、確実なアリバイ証人の一人としてでしょうね。細井が長時間引っぱり回されたのは、彼の部屋の利用と、その他に、彼が黒眼鏡の男ではないかと思わせるためですが、細井の五時間の疑問行動といい、黒眼鏡の約二時間の行動といい、この犯罪の経過を長時間に引きのばして、彼が僅《わず》か三十分前後で成し遂げたことを不可能視させる意味合いもあったのでしょう」

★

巣村明夫が細井氏を毒殺しようとしたのは、容疑者の細井が、巣村にうすうす疑惑を抱いたことに先手を打ったものと思われる。勿論、奸智《かんち》にたけた巣村のことだから、それなりに成算あってのことだろう。そして、私たちは、すんでのことで〈細井が篠木殺しの罪を悔い自殺した〉というおそろしい結末を信じこむところだった。それにしても、巣村のミスは、文字通り致命的なものであった。まさに天罰としかいいようがない。

朝日荘アパートの管理人が、巣村と庄助とが同一人物であると鑑別したことや、巣村の秘密金庫から盗難書類が発見されたことなどは、砧の推理に物的な裏付けを与えてくれた。細井耕造は殺人の冤罪《えんざい》を免《まぬか》れたものの、覚醒剤や桃色フィルムの裏商売にタッチしていたことが明るみに出て、一流商社員の地位を追われる破目になったが、仕方ないことであろう。

これが〝難解〟といわれた「砧最初の事件」の顚末《てんまつ》である。もっとも、当時公表された限りでは、猟奇的な犯罪とはいえ、ありふれた殺害事件の一つと世間はうけとめたし、事件の解決は、当然のことながらすべて須潟警部の功績に帰した。その陰に私立探偵の協力があったことなど、あまり知られていない。

そこで、私は、事件のトリッキーな要素を拾って、このストーリーを組み立て、読者に挑戦してみたのだが――おそらく、凡百の探偵小説に精通する諸氏にとっては、この程度の推理ゲームなど児戯《じぎ》に等しく、百パーセント適中のこととお喜び申しあげる。だが、ここで仮に穿《せん》さく症の方から、この解決に余詰《よづめ》なしやという疑問を提出されたとしても、私は一概にこれを否定できない。

すなわち、第一の殺人では、小原庄助なる人物が一人格として存在し、そいつが黒眼鏡の変装でクラブで殺人を行い、死体発見後失踪するという推理。或いは、第一の犯人は巣村だが、第二の犯人は細井であったともいえる。なるほど、二章までのデータでは、この点完全でないし、こうしていろいろな余詰的情況も推量されないことはない。

しかし、実際の事件においては、唐天竺《からてんじく》まで高跳びして完全失踪に成功することも可能だが、探偵小説においては、その舞台のみが一応制約された犯人の行動範囲である。変装して殺人を行い、犯人がその舞台を逸脱して海外にまんまと逃げおおせたというのはアンフェアである。勿論、作者はこうした約束事を破る筈がないから、特にことわりがない限り、小原や黒眼鏡の失踪は、当然この小説の舞台範囲に於《おい》てである。だから両者の完全失踪といえば、他の人物になりかわったとみるのが本筋であろう。

また、本篇はじめの冗筆も、予《あらかじ》めゲームの公平を期すため〈犯人はアパートでカードをやっていた〉という決定的ヒントを読者に提供し、その一行を何気なく隠蔽する必要からあのような饒筆《じょうひつ》を弄《ろう》したのであって、単なる装飾ではない。この作品の特徴であるゲーム一点張りという主旨を充分かねているのである——こと等を、蛇足ながら付記しておきたい。

一九八×年のある日。私は、堂島のビル街の一角に、やや途方にくれて立ちすくんでいた。地下鉄四《よ》つ橋《ばし》線の路上を交差する恰好で、高速道路の空港線が伸びている。多分、このあたりを北へいった横丁に、探偵事務所のくすんだ貸ビルがあった筈だが、すっかり変わってしまって探し当てることはできない。

私は歳月を感じた。巷の犯罪も様変わりした。あの猟奇的なバラバラ事件など、今となっては、ひどく現実離れした出来事のようにしか思えない。だが、いちまつの感慨とともに〝探偵小説の時代〟が懐かしくよみがえるのだ。現実と虚構が奇妙にいり混じった白日夢の街を、いつまでも私は去り難かった。

# 死の黙劇

# 1

佃駅《つくだ》の喧騒《けんそう》を抜けて幅員《ふくいん》もゆったりした産業道路にかかると、あとは一気に、S町に延びる往還《おうかん》を、ほろ酔いの心地よさもあって、そのまま軽快な動揺に委《まか》せていたのが、「……！」ハッと身を起こす。夢うつつには、些《いささ》かショックを覚えるほどの急停車だったから「どうした……」けげんそうに目をこすって咄嗟《とっさ》にそれと判断がつかない。ライトにぼうっと橋の手摺《てすり》が浮かびあがる。

「どうしたね？」

「欄干《らんかん》が落ちてますよ」

月のない夜だった。汐風《しおかぜ》を含んで、ヒタヒタと河岸を打つのが絶えずきこえる。相生橋《あいおい》の欄干から望むと、闇のなかに黒々とそびえて工場の建物がならんでいる。下手《しもて》にボウと灯《ひ》の映えるのは、S町新開地のあたりであろうか。

「なんていやな晩なんだろう」警部は不機嫌につぶやいた。

大河ひとつ越すと、つい目とはなの先に盛り場をひかえて、あの目抜き通りのはなやいだ潮《しお》騒《さい》さえ間近に伝わってきそうに思えるのだが、妙なことに、此所《ここ》ばかりは、つめたく、息をひそめた静けさと不吉な闇がとりまいている。

「しかし危険だな、欄干が壊れっぱなしになってちゃあ——」

「あっ、いけない！　突っこんでますよ」

運転手が指すのを覗《のぞ》いたが、透かすようにして、ようやく、暗い崖《がけ》下に転落している車体を認めた。

「たった今しがたですね。ほら旦那、カーヴを切り損ねてます」

車は桜木街道を疾駆《しつく》して、相生橋の南詰から産業道路に出ようとした途端、やったらしい。

「ほう、カンテラがとんでる。脇道《わきみち》からきたから此所《ここ》んとこ工事してるの判んなかったナ。直《す》ぐ傍《そば》まできて急カーヴした……こいつはたまらない」

舗装道路が改築中で、ちょうど、橋のたもとを道半分占めている。もちろんロープを巡らしカンテラも点《つ》いてはいたのだが、場所がいけない。往々にしてある事故なのだ。

囲いの一部を越え、華奢《きやしや》な欄干を破壊して真っ逆様に落ちている。「人は——」それが何より気遣われた。とにかく、手配が先だ。

「きみ、橋の北詰にボックスがあったね。急いでたのむ」

直《ただ》ちに、外科病院に担ぎ込んだものの、タクシーの運転手は重傷、乗客は即死とみえた。頭部を激突して、額からにじんだドスぐろい血潮が、顔の包帯をベットリ染めていた。

事故死それ自体は、不幸なことだがありうることであった。ところが、この犠牲者になんとも奇態なものがまつわっているのを、偶然、立ち会うハメになった須潟《すがた》警部は、鋭く直感した。それは——死体の顔いちめん、グルグル包帯で被《おお》われていたことである。

「なにがヘンなのだ。たぶん、この男はひどい火傷《やけど》か皮膚疾患なんだろう……」

それなら、別に不思議がることもない——が、医師がその包帯を剝がしたとき、当の医師たちさえ思わず不審の声をあげた。

「オヤ、この人、顔はなんともない。火傷も怪我《けが》も……こんなに大袈裟《おおげさ》に包帯をしてるのに、おかしいな」

「額は——事故のためですか」

「ええそうです。頭部の裂傷は明らかに激突が原因ですが、もちろん、にじんでいる包帯の血はそのためですよ」

「すると——？　この男は、まったく無傷の顔にワザワザ包帯をしていたわけですね」

苦悶《くもん》のあとはなかった。年齢は三十前後。整った顔だちは生前なかなかの美男であったろう。その死に顔にじっと魅《み》せられていた警部は、なにか得体のしれぬ、奇妙な途惑《とまど》いを覚えずにはいられなかった。

## 2

同じ夜——

国電佃駅前の洋菓子店『長崎堂』の店先では、立ち寄る客もすくないとみえ、主人の啓助《けいすけ》がぽつねんと座って、別に聴くともなく単調なラジオ・ニュースをかけはなしたままでいる。

——ノ成行ハ必至トミラレテオリマス。

——八日朝カラ第三波ノ百二十時間ストニ入ッタ八州《はっしゅう》電機労組ハ、引キ続キ団体交渉ヲ行ッテオリマシタガ、本日午後四時カラ最終案ノ検討ニ……

そんなときだった。店先に顔馴染《なじ》みの男が姿をみせた。

「今晩は……」

「あ——木村《きむら》さん、これはお珍しい」

——コノ結果、会社側最終案ヲ受諾スルコトニ決定。直チニストヲ中止スルコトニナリマシタ。

——本日午後、自然科学調査団一行ハ……

「どうやら妥協したようですな」

「え、なんです?」

ストですよ。八州電機の」

「八州電機の……」何の気なしに受け答えして、急にハッとした様子だった。

「ほう、そうですか……解決しましたか」

落ち着いて返事をしたときは、もう普通だったが、確かに、その一瞬何かあったにちがいない。淡いグレイの合オーバー。端麗《たんれい》な面《おも》ざしは、ちょっと新劇の俳優Nに似ている。

「ずいぶん、ご無沙汰《ぶさた》でしたね」

「出張で、やっと昨日戻ったところです。小泉《こいずみ》さんにも挨拶《あいさつ》と思いましてね。小父《おじ》さん、そのケーキを包んでください」

手土産《てみやげ》の洋菓子を包装してもらう。いつの間にかニュースも終わったらしく、九時の時報がなった。

「九時ですか。ちょっと遅いかな、いまごろ訪ねて行くのは」

そう言いながら、洋菓子の包みを受けとると、木村信吉《しんきち》は店を出た。

通りには人影も疎《まば》らだった。足音がゆっくり遠ざかると、木村の後ろ姿は、そのまま舗道の闇にすいこまれていった。

★

応接間の柱時計が、ゆっくり九時を知らせた。手にした《ライフ》をぱたり伏せる。やおら寝椅子から体を起こして、砧《きぬた》は、ちょっと伸びをした。

「いい気持ちにうたた寝しちまった。……おや、こんな時間ですか」

「ほほほ、よくお寝《よ》りになってましたわ、どう、お気分は」

「まだ少し頭痛がするようだナ。いや、たいしたことないんですよ。どうもいけないな僕は。たまにこうして、人並みに保養なんて気を起こすと、すっかり身体《からだ》までナマになってしまう」

「それでいいのよ」

「ちと気がひけますよ。ご亭主の留守に」

「あら、そんなこと――」嫣然《えんぜん》とする。

そんな玲子《れいこ》を好まし気に「これだナ、しかし危険な美しさだ」と砧は思う。古風な瓜実顔《うりざねがお》に近代好みの野趣を激しくひめている。それが教養とセンスに巧みに調和して、時折、挑発的な美しさをチラと覗かせるのだ。

つい先夜も、夫の良平《りょうへい》や友人を交えてブリッジを囲んだときの、彼女の鮮やかなカード捌《さば》きは、またあらたな印象的な魅力でさえあった。

もっとも、砧が友人の恋妻に寄せた関心は、玲子の魅惑と知性が、たまたま彼の嗜好《しこう》に投じたからで、それ以上に邪《よこしま》な感情は、彼の倫理が強く否定していた。

「あら、そんなことご遠慮いりませんわ。宅は時々こうなの――長期出張だなんて浮気の口実よ」

「ふふ、案外ほんとかもしれない」

「まあ」

玲子は限りなく幸福にみえた。

快適な洋風の居間、落ち着いた照明、立派な調度も申し分なく、静穏《せいおん》な秋の夜のひとときは十分満たされている──

砧順之介《じゅんのすけ》が、常磐《ときわ》産業の副社長小泉良平の留守宅に、親友の好意と気兼ねなさに数日過ごしてしまったのは、必ずしも居心地のよさと玲子夫人への好感ばかりではない。この精力的な私立探偵もたまの骨休みに弛緩《しかん》したとみえ、軽い感冒《かんぼう》にみまわれたのが、とにかく立派な理由ではあった。

「あら、だれかしら？」

ブザーがなっている。

お手伝いは休暇だったから、彼女が玄関に出たが、まもなく訪問客の男性をみちびいてきた。

「ご紹介するわ、主人が話しましたわね。この方、木村信吉さん──こちら私立探偵の」

「砧です、よろしく」

初対面の挨拶を交わしたが、

「……？」

一瞬、いやなものを感じた。

だが、砧は、慌てて不吉な第一印象を打ち消していた。若々しい美貌《びぼう》、気品ある態度はどこに難あろう。木村の人柄を語るに十分ではないか。

砧は内心恥じらいもした。初対面の些か易者じみた直感を、咄嗟に否定したのも、あながち無理ではなかった。

「すると、小泉さん、もう二、三日はお帰りになりませんね……残念だナ」

「折角訪ねていらしたのに、ねえ」

玲子は紅茶を器用にならべながら「木村さんのお土産、早速いただきますわ」と奇麗な洋菓子をそえた。

「どうぞ。いま角の長崎堂に寄ったもので」

「それでどうでしたの、お仕事のほうは」

「香《かんば》しくありません。八州電機にコネクションをつけようとしたんですが、生憎《あいにく》、ストで紛《も》めているし――や、失礼、こんな話よしましょう。砧さんがおられるのに」

「いいえ――お構いなく。実は、私も、先日ちょっとした調査を依頼されましてね、八州電機にも立ち寄ったことがあるんです」

「ほう、そうでしたか。八州の関係にどなたかお知り合いでも――」

「旧友に坂下《さかした》という男がいます。営業部長です」

「おや、そうですか」

木村は洒落《しゃれ》た銀側ケースをとりだすと、おもむろに喫いつけながら、ていねいな口調で言った。

「初めてお会いしたばかりで、こんなこと恐縮ですけれど、その方に、ひとつお口添え願えませんかしら。何分、八州系統には実績がないので、なかなか難しいのです」

さすがに遣《や》り手のブローカーらしく、些細《ささい》な機会をも逃そうとしない。

「いいでしょう。さア、しかし坂下なんかの手蔓《てづる》に、それほど期待なさっちゃあ困りますよ。いちおう、ご紹介はしますがね」

微笑しながら、気軽に、名刺をとりだして添《そ》え書《が》きした。

「こんど、訪ねてごらんなさい」

ひとつには、良平の親友という信頼感があったのだが、彼が日頃の慎重さを欠いて、ほとんど無分別ともいえる好意を示したほど、木村の柔らかい物腰は、完全に砧の好感を惹《ひ》きつけていた。最初にうけたあのいまわしい印象は、跡形もなかった。

「お顔がひろいのね。でも、この人なんか信用なさるとたたりますわよ」

「お蔭《かげ》で――」

「いや、お礼には及びませんよ。しかし、八州ストも案外長びきますナ」

「労組の専任会計が費消《つかいこみ》をやったことで、組合仲間でも紛《も》めてるし、今度のストも、たいへんですよ」

「では当分、解決の見通しはありませんの」

玲子の問いかけに「いまのところはね」木村は、落ち着いてこう返事をした。「でも夕刊には、午後から最終交渉の段階と出ていました。時間の問題です」

「私ったら、そんなことまるで無関心ねえ。生憎ラジオも修理に出してあるし」玲子はそう言って笑顔をみせた。「ほほほ、たまにいらしたのに、セチ辛いお話はよしましょうよ。カードでもやりませんか?」

なにか捉《とら》えどころのないものと戯《たわむ》れながら、なかば醒《さ》めた別の意識が、いま、おれは夢をみているのだと他人事《ひとごと》のように感じている。あのうつつとなく醒めるともつかぬ甘美な意識のけだるさが、とりとめのない記憶のかけらを寄せ集めてひとつのものに結びつこうとする。かげのような記憶の、さきほどから無意識に捉えようとする対象は、なぜか、おぼろな匂いに漠然と結びついている。

ヘリオトロープ――?

じっと息をひそめたまま砧は眼をひらく。

ふかぶかとしたベッドの感触、昏《くら》い寝室。そして、馥郁《ふくいく》たるヘリオトロープ……それに動きがある……なにか物《もの》の怪《け》の動き……だれか室内にいる! だれか忍んでいる!

そして、微《かす》かにおぼえのある匂いの、香《かぐ》わしい――肌の――。

ハッ! として一瞬、砧は払いのけるように、しかし気がつくと、彼女の手首をしっかりとっていた。と、その柔らかな腕が抗《あらが》いもみせず、ひき寄せられたまま、逆に、彼のうなじにあいた右の手を絡《から》みつかせてくる。

「………」

熱い吐息がもれて砧の額から頬をよぎるのを、とっさに避けきれず、いきなり火の唇《くちびる》の粘《ねば》つくような情念に遮《さえぎ》られてしまった。

そこに数秒、理性の空白があった。

これをあえて空白と弁明しよう。人が熟睡から醒めた瞬間、あまりにも突然、SEXの魔術的な襲撃は、さすがの砧をして、最初の数秒抵抗を自失せしめる態《てい》にあったから。

「いけない、何をする……」

邪険にふりほどいた軀《からだ》を起こして、枕頭《ちんとう》のスイッチをいれると、

「ああ……」

つぶやくような吐息がもれて、衣もあらわに玲子の肢体《したい》がよろめく。上気した頰。眼が異様にくるっている。

恥じらうように、彼女はつと手をのばすと、スタンドを消す。闇——そして再び、息詰まるような十数秒。

カチリ、と今度は戸口のスイッチが入ると、砧は扉に手をかけていた。

「奥さん。さあ、出てください」

冷たい声で、彼女をうながした。玲子は、寝台に打ち伏し肩をふるわせている。明らかに彼女の敗北であった。しかし、砧の気持ちは更に複雑であった。

こんな女か。良平のやつ気の毒に……。

「奥さん、黙ってひきとりなさい。何もなかったのです。きっと僕は夢をみている——いいですか、何もなかった、さア」

彼女の間の悪さが明らかに察せられただけに、いやそれのみならず、夫良平と砧の親交があるだけに、そうしたバツの悪さを救うのに砧の処置は賢明だった。

再び灯を消して横になったが、容易に寝つかれない。何となく後味のわるさ——とりすました理性の仮面のかげに、健康な欲望のうずきを、砧はにわかに意識した。

「莫迦《ばか》な……あんなことで」

手探りに枕元の腕時計をみると、青白い燐光《りんこう》が二時を示していた。

3

「やあご苦労さま。ずいぶん探したぜ。栄町の事務所もアパートも藻抜《もぬ》けの空《から》だし——」

「ふふ、よく判ったね。しかし早朝から〝指名手配〟とは恐れ入った。とにかく、出頭に及んだが、いったい何があったの……」

「早速だが」と須潟警部は、一葉の名刺をしめした。

《坂下様　木村信吉氏を御紹介します　砧順之介》

紛《まぎ》れもなく昨夜の名刺に相違なかった。

「あんたのだね」

砧がうなずくと警部は真顔になって、

「実は、昨夜十時前だった。相生橋で、自動車事故の現場にぶつかった……」と、要領よく、事故の状況を説明した。

「運転手の方は命をとりとめる模様だが、目下調べはできない。そこで死亡した乗客の身許《みもと》なんだが、本人のは見当たらず、かわりに、あんたの名刺が一枚出てきたという訳なんだ」

「それで僕が呼び出された。でも警部、名刺を渡した木村という人は、昨夜、小泉さんの家で紹介されたばかりで、よく識《し》らないんだがね」

「とにかく遺体をみてほしい。あ、ちょっと、その前にへんなこと尋ねるようだが、きみが昨夜会った木村という人は、包帯をしていたかね?」

「包帯——どういうこと……」

「やっぱり知らないんだね。実はねえ」

被害者が、普通の顔にわざわざ包帯をしていた、という疑問をのべると、どうやらこの話は砧の好奇心をそそったらしい。砧の反応をみて警部は続けた。

「ありきたりの交通事故とすれば、ぼくの関係外さ。それを、たまたま現場に出遭ったということ、それに、どうやら被害者がきみの知り合いらしい。そんなキッカケをいいことにして、ちょっと当たってみたのは、その包帯のことが気になったからだ」

「わかったよ。でも、たぶん別人だろう。予備知識はいいから、とにかく、遺体をみせていただこう」

立ち上がって遺体の安置所に行こうとしたとき、あわただしく、顔見知りの西野《にしの》刑事が駆け込んできた。

「警部分かりました！　桜木駅前の『橘《たちばな》ホテル』です……」

「ほう、はやかったね」

「案外、らくにいきました。タクシーの運行記録は、九時二十三分、国電桜木駅でおわってましたから……その辺《あた》りから聞き込みを始めたのですが、ついてました。二番目に尋ねたのがそのホテルです」

「そいつは都合よかった」

「ホテルでは、受け付けたとき、顔いっぱいに包帯しているので、不審に思ったんですね。すると問わず語りに、薬品で火傷したのだが、はかばかしくないので、S地方からこちらの病院に治療にきた、なんて話です」

「ふむ、宿帳は」

「宿泊カードには、高知市種崎××番地、松田平治となっています。いちおう照会してみますが、偽名かもしれません。昨夜七時半に来て、九時半にホテルを出ているのですが、このあいだに、人と会っています」

「なんだって……」

「フロントの話では、九時二十分に来客があった。中年の背の高い紳士というくらいの印象しかないのですが、部屋で会って間もなく、その紳士と包帯男が連れ立って玄関を出ているんです。キーは帳場に預けて出ています。一泊の予定なので戻って来るだろうと思っていたら、それきりなので、ホテル側は気を揉《も》んでいるところへ私が行った、というわけです」

西野刑事の報告をきいて、警部はＮ地区の道路地図をひろげた。

「こいつは限定できるぞ。包帯男はホテルを九時半に出て、すぐ駅前でタクシーをひろった。その車は桜木街道を走って相生橋で事故を起こした。ところで、ぼくが事故を発見したのは九時四十五分。都合のよいことに、九時四十分に橋詰の工事現場を大村組が巡回している。そのときは、異常なかった。すると、事故はその僅か五分間の空白に起こったのは明らかだね」

こう言いながら、警部はもう一度図面をにらんだ。

「ええと桜木街道か――道程は約八キロだね。制限四十キロだったな。でも夜の街道筋だ。すこしは飛ばしたろうから、ここまで十二、三分……ピッタリだ」

「実にハッキリしている。そういうことなら僕は用済みだね。もうホトケさんを確認する必要がなくなった」砧は、皮肉な微笑をみせた。

「なんだって」

「だって、警部の言う包帯男は、ゆうべ僕が会った木村信吉氏と全くの別人さ」

「いやにキッパリしてるね。どうして」

「警部があまり先走るものだから、肝腎《かんじん》のことを言いそびれたがね。……昨夜、僕は木村信吉なる人物と確かに会っている。そこで、最も確実な証人として僕は証言するのだが――木村氏が小泉邸を訪問したのは九時五分、帰ったのは九時四十分だった」

「もちろん、あんたの木村氏は包帯などしていなかったからね。なるほど、九時四十分まで名探偵の眼前にいた木村氏が、九時三十分に火傷患者を装《よそお》って桜木駅前からタクシーに乗ることは不可能だ。たしかに二人は別人である。よし、それは認めよう。すると、これはどうなるんだね……」

警部は、揶揄《やゆ》たっぷりの口調で、例の名刺をとりあげると、砧に辛辣《しんらつ》な切っ先をかえすのだった。

「まさか、きみ、とるにたりない紙片だからといって、この名刺の動きは無視できまい」

「………」

「お分かりですな、この名刺の意味が……確かに君が添え書きまでして渡した。木村氏は九時四十分に小泉邸を辞した。ところが、それから僅か五分後だ。十キロも離れた相生橋で事故死していた全く別人であるはずの包帯男の懐中から……なんと、同じ名刺が現われた！」

「………」

「ふたりが接触する機会は、時間的に全くありえない」

これはたしかに急所をついた疑問だった。

「わかったよ……それじゃあ理屈は後回しにして、とにかく、遺体を拝見しようか」

謎の包帯男の死に顔を確かめたとき、砧は、奇異なおどろきを隠せなかった。

「おやッ！　この男は」

一目見た印象は、確かに木村信吉その人ではないか、と思われるほど、よく似ているのだ。

「いや、しかし、そんな筈《はず》はない……」

この遺体が木村信吉であっては、たちまち矛盾に陥るのではないか。それにもかかわらず、砧はおのが理性を否定しようとした。

「似ている……」

ひょっとすると、木村その人ではあるまいか、あり得ぬとしりつつ、この不可能を容認するのは、ひどく魅力的なことでもあった。しかし、その反面、物言わぬ死相は、まったく似てもつかぬ別人のようにも思えた。ありていな話、砧が木村その人と会ったのは昨夜のひとときに過ぎない。……砧は、しだいに自己の確信に動揺をきたした。

係員にみちびかれて姿をみせた小泉玲子は、砧をみとめると、かるく目礼したが、チラと恥じらいのいろをうかべ、彼の視線をさりげなくそらした。

須潟警部が尋ねた。

「奥さん、どうですか?……」

「ハッキリしたことは言えませんわ。ええ、最初はハッとしました。顔の感じは、確かに似てますもの……木村さんは、本町の『佐倉荘』にお住まいと聞いていますが、案外そちらにでも」

「昨夜から不在です——先程あなたから住所を伺って、すぐ手配しましたがね」

「まあ……」

知己の行方に絶望的な身振りを示したが、ふと思い出したように、顔をあげて、砧をまともに見つめた。

「砧さん、昨夜あのかた、ゲームもそこそこにしてお帰りになったわね」

「ええ」

「わたし、うっかりしてたけど、あれから……どこか約束があると」

「そうです。十時に宮本《みやもと》という医師に会うことになっている、と言っておられた。事故があってから、気がついたのですが、あの付近に『宮本医院』という医者があるのです」

「まあ……」

「念のため聞き合わせました。木村という未知の人から電話があって、十時に会うことにしたのだが、いくら待っても来なかったということです」

「………」

「宮本医師はコインの収集が趣味とかで、雑誌に投稿したところ、その木村という人が、ぜひ見てもらいたいものがある、と言ってきたので、午後十時というのは晩《おそ》いけれど、ちょうど夜の診察が終わる頃だから、構わないといって約束したのだそうです」

「………」

玲子の表情は青ざめ、砧の言葉も耳に入らぬようであった。

玲子を送り出した後、砧は署を去りぎわに、須潟に言った。

「警部、たしかに何かありそうだな。一応、交通事故として表面はかたづいている。やむをえないが、それはそれとして、僕にこの一件やらせてもらえないか。だいいち、捜査一課のあんたが、事故発見の当事者であることを理由に、これ以上お節介をやくと、所轄署だって内心迷惑じゃあないのか。だとすると、これは不肖の役割さ……物好きな私立探偵のね」

## 4

国電桜木駅は、小泉邸の近くにある佃駅から一つ目の駅で、ほんの五分とかからない。砧は、駅前の『橘ホテル』をたずねた。

ここでの情報は、すでに西野刑事から聞いている。しかし、単なる交通事故でなく、裏に何か隠された事情があるのではないかという見方からすると、もうすこしつっ込んだ情報が欲しかった。さしあたって、包帯男をホテルに訪ね、一緒に出たという〝中年の背の高い紳士〟というのが、いまのところ唯一の手掛かりなのだ。

「当ホテルをご利用頂いた松田様が、お客を送って出られたまま、タクシー事故に遭われたことは、まことにお気の毒に存じます。しかし、手前どもと致しましては、それ以上なんとも申し上げられません」

ホテルの支配人からは、穏やかだが拒絶の言葉がかえってきた。それは予期したことだから、砧は、あきらめずにくいさがった。

砧の話術が利いたというより根負けしたというのが、本当だろう。支配人は、フロントの係員をよびつけた。

「その、面会にこられた方のことは、この前の刑事さんにも、はっきりしたお答えはしていません。あいまいなことを言って、ご本人に迷惑をかけてはいけませんからね」

「すると……あなたは、その人を知ってますね」

「ええ、……いいえ、だけど困ります」

「無責任なことを言って、もし、人違いだったら、それは問題ですがね。でも、あなたに迷惑はかけませんよ。ここだけの話です。その中年の背の高い紳士というのは、誰に似ていました?」

フロントの青年は、弱ったように上司の顔をみた。支配人がうなずくと、彼はためらいがちに言葉をついだ。

「わたくし此所《ここ》へ勤める前に、あるキャバレーの給仕をしておりまして、そのときよくおみえになった河野《こうの》さん……商事会社の社長さんなんですが、でも」

「なるほど、つまりそのご本人じゃあなかったけれど、よく似た感じのひとだった――」

場末の雑居ビルにある雑貨商『河野商事』の事務所を、砧はなんとか探し当てた。

〝社長〟の河野藤夫《ふじお》は、なるほど、五十がらみの端正な紳士だった。スラリとした長身に仕立ての良い背広をうまく着こなしている。一見、穏やかな人柄だった。ホテルで聞いた人物のイメージにピッタリだ。この男に違いない、と砧は直感した。

「え、桜木駅前でですか。この私が……顔に包帯をした人と一緒にいた。違いますよ。誰がそんなことを言ってるのですか」

河野社長は、あたまから否定した。

「探偵社の方が、いったい、なんのご用かと思ったら、……おどろかさないで下さい」

「あなたではない、と仰言《おつしや》るのですね」

「まったく人違いですよ。私には心当たりありません。だいいち、亡くなったその松田さんといわれる人も、存じあげません。残念ですな、折角、お越しになったのに、お役にたちませんで」

砧が所轄のN署に顔を見せると、西野刑事がいたので、『河野商事』の件を話すと、刑事はうなずいて、あの社長なら知っている、といった。

「紳士然としていますが、なにかと噂の人物ですよ」

西野刑事は、そういって笑った。

「それはそうと、砧さん、ホテルの宿泊カードに載っていた松田平治という人物は、念のため、高知に照会しましたが、該当者なしということです……」

「そうですか、やっぱり」

「署の方では、ホトケ様の身許を調査する必要がありますからね。あなたは違うといわれたけれど、いちおう、木村信吉という人のアパートをあたってみました」

「ほう、それで……」

「アパートのほうは、ずっと本人不在のままですし、まあ、遺体確認という理由で、室内の指紋を採らせてもらいましたが、……指紋は遺体のものと完全に一致しました」

「………」

「これで、別人説は否定されたことになりますね」

こうきかされても、砧の心の内には、素直に承服しかねるものがあった。

「常識的にはそうですね。でも、それは単に木村の室内の指紋と、遺体の指紋が合っていたというだけのことではないですか」

「ほう、室内の指紋そのものに作為があるかもしれないと……」

毎度のことなので、西野刑事は、砧の迷論にそれ以上さからわず、思い出したように付け加えた。

「実は、さっき医師の許可が出たのですが、タクシーの運転手さんが回復して経過良好なので、短時間なら事情聴取に応じられるということです」

N外科病院で治療中の黒田《くろだ》雪夫《ゆきお》氏は、はじめ重傷ときかされていたが、さいわい一命をとりとめ、頑健な体軀《たいく》の持ち主だけに、思ったより回復がはやかった。といっても、肩や腕にグルグルまきつけた包帯姿も痛々しく、顔色も冴えなかった。それでも、気丈な人らしく、わりとハッキリした口調の受け答えで、事情聴取には応じられそうだった。

「あの晩ちょうど九時半でした。桜木駅前でホテルから出てきたお二人を乗せたのです。相生橋へやってくれということで」

「あの、ちょっと……乗ったのは、二人でしたか？」

「そうです。一人の方は顔に包帯をしておられたので、へんに思ったのですが、それで……、一緒に乗り込んだ連れの人は、走りはじめて直ぐ街道の手前で、お降りになったのです。で、あとは、その包帯をしたお客様を乗せたまま走ってきて、橋のところでカーヴを切り損なったのです。亡くなられたそうで、申し訳ないことをしました」

「一緒に乗って、途中で下りた方のことは、覚えていますか」

「はい、実は知っている人です。いえ、先方は私のことなど、ご存じないでしょう。でも、私のほうは知っております。たまたま乗ってこられたのですが、すぐ気がつきました」

「なるほど、……なんという方ですか」

「それが、お名前までは知りませんが、『河野商事』という会社の社長さんです」

## 5

指定された時刻はすでに過ぎている。午後の二時。場末の安宿は閑散としていたが、その人《ひと》気《け》のない静けさに一抹《いちまつ》の不安をそそられる。真昼の異様なものの陰《かげ》りに、彼女は訳もなくおののいた。

《午後二時　S町おきな荘で待つ　ぜひ話したし　K》

先刻から玲子は、何度もその手紙の文句を繰り返していた。奇怪な呼出状……

「でも。なにが起きても、どうにか切り抜けてみせるわ」

それにしても遅い。焦躁《しょうそう》と不安のうちに、時間がながれる。やがて、ギィー——微《かす》かにドアがきしった。

「あら……！」

彼女は、そこに意外な相手の姿を見た。男は悠々と後ろ手に扉を閉めると、静かに玲子の前に立ちはだかった。

「き、木村さん……」

何もかも、あの晩の木村の……グレイの合オーバー、ソフト帽、そして顔いちめん不気味に覆った白い包帯に黒眼鏡——

「私ヲ木村ト呼ビマシタネ……フ、フフ」

包帯男は含み笑いした。

「木村ハ死ンダ……アナタハ死体ヲ見テ分カッタ筈ダ」

「あ、あなたは、誰です……」

「私ノ呼ビ出シニ応ジタノダ。何モカモ承知デ来タ筈ダ」

「では、やっぱり……」

「ソウダ、オ礼ヲ言ワシテモラウ。ソンナニ私ガ邪魔カネ」

「……」

「ウマク企《たくら》ンダナ。シカシ、ソウヤスヤス殺サレル程コノ私ガ不用意ト思ッタノカネ」

「ちがう、私に関係のないことよ。木村が私を――」

「莫迦ナ、木村単独ニハ、私ヲ殺ス理由ガナイ」

「いったい、どうしようと言うの」

「契約サ。ドウセアナタハ、コノ私カラ逃レルコトハ出来ナイ」

「わかったわ……だから、もうそんな真似《まね》およしなさい。顔をみせてよ、河野さん」

「ウワッ、ハッハハハハ……」

包帯男は大仰《おおぎょう》に身振りして笑った。彼の手が包帯にかかると、スルスルとける。

「とうとう、河野と呼びましたね。あなたの口からそれを聞こうとして」

またたく間に、お化け男の姿は消えて、爽《さわ》やかな声音とかわる。

「とんだお芝居でしたな」

「ま！　砧さん――」

「橘ホテルで包帯男と会った中年の紳士、河野氏をひろいだすのは容易でしたよ。まあお掛けなさい奥さん。……この事件の計画者であるあなたに、くどくど説明は不要ですね。しかし、僕の推理も一応きいていただきましょうか」

捜査の定石《じょうせき》に従って、関係者の身元を過去にさかのぼって調査しました。——玲子さん、あなたは神戸に引き揚げてから『シスコ』に暫《しばら》くいましたね。当時ある事件の容疑を受けて、同じキャバレーの給仕に身を隠していた高岡《たかおか》という男と関係ができてしまった。が、まもなく、男は身辺が危なくなって再び姿をかくしたが、それ以来五年たった。

天性の美貌いよいよさえて、その頃『フロリダ』のナンバーワンとしてひく手あまたのあなたは、そこで常磐産業の副社長小泉良平と知り合う。一月後には、立派に小泉夫人におさまってしまった。

あるとき、夫に木村信吉を紹介されるが、これが五年前の情夫高岡だったのです。すぐに二人のよりが戻る。というより、あなたはいやでも、あの男をふりきれなかった理由が過去にあった筈ですね。

そして、ある日、木村の知人である河野社長に、某所でふたりの密会を知られた。この時から、河野のあなたに対する強請《ゆすり》がはじまった。が、これは同時に、河野自身があなた達から命を狙われる理由にもなった訳です。

しかし、よほど不当な要求でもされない限り、敢《あ》えて殺しまでする必要があったでしょうか。僕は、そこにもっと切実な動機があると思うのです。それは、あなたが情人の木村をいちばん愛していたこと、それと、財産目当てに小泉と結婚したことです。恐ろしい想像ですが、いつか、夫の良平氏は不慮の死に見舞われる運命にあった。もちろん、人為的に予定した運命、つまり、あなたと木村がこしらえたところのね……。

表面にふたりの関係が知れない限り、夫が死んでも、あなたを疑うものはいない筈だ。たったひとりの人物以外は、つまり河野をのぞいてはね。で、早手まわしに河野を抹殺《まっさつ》してしまおうと考えた。これが動機ですね。河野殺しは、きたるべき殺人つまり夫良平殺しという目的の準備にすぎないのです。秘密を握っている人物をさきに片づけておいてから、目的にとりかかる……これが分かったとき、あなたの陰険な企みには思わずゾッとしましたよ。

こう考えて、まず河野を抹殺する折を狙っていた。そんなあなたにとって、あの晩はまさにうってつけの機会だったのですね。主人良平は不在。僕が健康を害して、あなたの邸《やしき》でブラブラしていた。お手伝いは休暇をとらせる。ラジオを故障させてこれで準備完了です。僕は夕食後、寝椅子に寝ていて、つい仮眠してしまった。あのときは、病後の疲労がでたとばかり思っていたけど……ふふ、玲子さん僕に一服もりましたね。

覚めて間もなく九時だった。しばらくして木村が訪ねてきた。そのとき、僕はよけいな親切気から木村に添え書きした名刺を渡しましたね。この一枚の名刺が後になって、解決の緒口《いとぐち》になるとは、思いもよらぬことでした。あの名刺は、八州電機の知人にあてて紹介したものだった。そんなことから、八州ストのことが、ちょっと話題になりましたね。ストは当分中止の見通しはなさそうだ……なんでもこんな話だった。

僕は、あの晩だされた洋菓子は、木村が佃駅前の長崎堂で求めたときいて念のため当たってみたのです。「木村さんは馴染《なじ》み客だから、他人と間違うことはない」という主人の返事です。なんでも、八州ストが中止になったとか、そんな話を交わしたことを思いだしてくれました。

民間放送で九時前のニュースだったという。木村があなたの宅へ現われたのが、九時五分だから、時間的には符節が合う。しかし考えてみるとおかしいですね。

あなたの宅で、八州ストのことが話題になったときに、彼はすでに長崎堂のニュースでスト中止を知っている筈です。それなのに「今のところ見通しがつかない」というような口振りだった。なぜ、こんなことを隠す必要があるのでしょう。それは、木村が故意にスト中止を隠したのではなく、ご本人は、その時このニュースを全く知らなかったからです。変ですね。長崎堂でその話題に触れているのに知らない筈はない。それにもかかわらず知らなかった理由は、一つです。木村は九時四十分にあなたの家を出た後で、長崎堂に立ち寄った。このとき、はじめて正しい時刻の九時だった。

僕は知らずにアリバイ証人にされていた。信頼する友人の妻。まして事件の起こらぬそのときは、僕の目の前で、その人が怖《おそ》ろしい殺人計画を行ないつつあると、どうして疑えましょうか。心理的にこの狙いは巧みでしたよ。

午後七時半、橘ホテルに投宿した包帯男は、やはり木村信吉です。火傷を装って包帯したのは、もちろん素顔を見られぬ用心でもあり、別人格を作りだすためでもあった。彼はホテルにずっと閉じこもっていたと思わせ、その実、すぐ抜け出している。包帯を解いて、ロビーの客の出入りに交《まじ》って出たから気づかれなかったのです。

一方、小泉邸においては、夕食後、僕が仮眠したのをみすまし、あなたは、応接の柱時計、居間の置き時計、僕の腕時計、あなた自身の腕時計――とにかく、邸内のそれを一様に五十分進ませた。如何《いかが》です玲子さん、この五十分という推定は――？　これは、すべての状況を総合して割り出したのですが……当たりましたね。僕の計算はどうやら正しいようだ。だから、木村があなたの宅にいたのは、九時五分から九時四十分の間ではなくて、実際は、八時十五分から八時五十分ということになりますね。

あの夜の仕掛けは完璧《かんぺき》でした。――月のない夜だったし、ラジオは故障している。来客のそれを含めて、邸内の時計は、全部九時すぎを示している。仮眠から醒めたばかりの僕が欺《だま》されてしまったのも無理なかった。ふるっているのは、あの洋菓子です。言うまでもなく、あなたが、予《あらかじ》め用意した菓子を木村の土産といつわって、紅茶に添えてだした。あのケーキまで、トリックの小道具に使われていたなんて、……僕としたことが見事にしてやられましたよ。

さて、九時四十分、実際は八時五十分ですね。「これから宮本医師と会う約束がある」と言いながらお宅を出た木村は、正九時に長崎堂に立ち寄りおなじ洋菓子を求め「これから小泉邸を訪問する」などと印象づけておいた。五十分の進みを洋菓子の細工で二重にカヴァーしようとした。たんに時計の進みだけでは感づかれるおそれがあるので、念入りに仕組んだ訳です。木村は、洋菓子を途中で処理し、再び橘ホテルの部屋に戻って包帯男になりすます。やがて約束した九時二十分に河野が訪れる。変装したことについては、他人に見られたくないからお互いに打ち合わせてあった。そこで両者の間に、取引が行なわれる。強請《ゆす》られている木村は、彼の不当な要求に応じるとみせかけ、隙《すき》をみて河野を殺害するのが目的でした。予定では九時四十分までに殺人を完了する。あとは包帯男がホテルを出た時間を印象づけ、駅前でタクシーに乗り相生橋付近でのりすてる。そこでもとの木村にたちかえり、十時に宮本医師を訪れる……というのが最初の手筈でしたね。

これを表面からみると、ホテルの殺人は、包帯男が犯人、時間は九時二十分から四十分の間と限定される。しかし犯人の正体は変装のため不明である。七時半に投宿し、九時四十分タクシーを拾い相生橋付近で下りた……そこまで足跡はたどれても、後は皆目《かいもく》不明です。一方、木村信吉は、九時に長崎堂、九時五分から四十分まで小泉邸にいて、十時には宮本医師に会っていたというアリバイがあり、もちろん、表向き動機の点でも両者を結びつけるものはなく、全く圏外に立てる。これが、計画の要点でしたね。

このように計画そのものは巧妙だった。ところが、実際には、かなりちがった形で行なわれた。まず第一に、この計画が未遂に終わったことです。おそらく、河野は殺意をさとり、かえって恐喝《きょうかつ》的立場を強くしたことと思われます。おまえ達の旧悪を暴く手紙が残してある、とかそんなふうにね。これで木村は、一時殺人をおもいとどまった。臆測《おくそく》ですが、ここで両者にある種の協定ができたかもしれない。一応、二人は連れ立って、九時半にホテルを出ています。そして、便乗した河野を途中で降ろし、木村はそのままタクシーを走らせた。殺人は未遂だったが、まさかのときの用心に、はじめの計画通り医師を訪ねて、木村としての行動を明らかにしておくほうが、いいと考えたのでしょう。

さア、ここで第二の蹉跌《さてつ》があった。思いもよらぬ自動車事故で、本来ならば犯人であるはずの木村自身が、謎めいた包帯姿のまま死体となって発見された……話はここから始まった訳ですね。

つまり、殺人計画が未遂に終わり、そこに偶発的な事故が絡んで計画者自身が仆《たお》れた。そのため途中まで進行したアリバイ計画が、半端な状態で残された。第三者にとっては、見せかけの様相が全く奇怪だったのは言うまでもありません。

もっとも、この不可思議に首を傾《かし》げたのは、僕だけだった。あなたは、木村の死体を見たとき即座に真相を理解したはずです。

緒口の説明が、後になりましたが、先程も言ったように、一枚の名刺なんですよ。死体を木村と容認したうえで、この名刺が、死体にありえた可能性を考えると、どうしても、木村があなたの邸にいた時間が、一時間近くもくい違ってくる。そこで、僕自身の錯覚を認めて、もういちど組み立て直した訳です。

すると、長崎堂での主人の証言がピタリときた。時間を胡麻化《ごまか》したとすれば、共犯でなければなし得ない。

ここで、僕はあの深夜、あなたが示した異様な媚態《びたい》の意味が、はじめて解けたのです。あなたが、真夜中に僕の部屋へ侵入した必然的な理由……それがようやく分かったのです。

あなたは、僕の時計の針を夜中のうちに規正する必要があった。……そうですね。それを迂《う》闊《かつ》にも、僕は他の意味に解していた。

もっとも、あれは、発見された場合にのみ用意した苦肉の策略だった。……もっと簡単に気づかれずに、成功する予定だったと思います。事実、指針を戻すことは一応成功したが、僕が目覚めたため、切り抜け策を弄《ろう》したのですね。あとになって、あなたが犯人たる心理的な痕跡《こんせき》を残すのはやむをえませんでした。……どうです、玲子さん。僕の推理は間違っていますか？

それは、みようによっては奇妙な光景であった。閉めきった一室にいる男と女。つかれたような白昼の邪悪。いや、そこにあるのは淫靡《いんび》なものの翳《かげ》りではなかった。執拗《しつよう》な推理の糸が、必死にあがく彼女を、次第に身動きできぬまで絡めようとしていた。

「あなたは、ホテルで河野が殺されなかったことを知って、あとあと、彼の強請を覚悟していた筈だ。そこで、僕が先手を打って、こんなお芝居を企んだのです。表面は親友の妻であるあなたに、よほどの証拠を握らない限り、正面きって指摘する訳にはゆきませんからね。とは言うものの、この推定はまったく心理的なもので、これだけを証拠にして、つまり殺意があったという理由だけで、あなたを法的に裁くことは出来ないのです。もちろん、木村の事故死とて、自業自得というもので、直接にはあなたを責められない」

「……………」

「この事件の真相を知る者は、ごく限られた当事者だけです。不幸な友人の小泉君には、適当な時期まで話すのを差し控えたいと考えているのです。あるいは全然真相を知らさずにおくかもしれない。しかし、僕としては、これ以上、あなたに彼の妻たる資格を与えたくはないのです。あなたが執《と》るべき当面の責めは、良平君とキッパリ別れることです」

「……………」

「どうせここまで深入りした以上、今後、河野があなたを強請るようなことがあれば、解決は断固としてつける心算《つもり》です。とにかく、僕は良平君の謀殺を未然にくいとめた。一応、これで手を引きましょう」

玲子は、じっとおし黙ったまま砧をみつめる。血の気の失せたしろい顔に、双の目が異様にかがやいた。もの言いたげに唇をワナワナふるわせたが、

「…………」

遂《つい》に一語も発しえず、よろめくようにベッドに打ち伏すと、やがて、肩をふるわせて嗚咽《おえつ》した。それは、無言の肯定を示していた。

打ちのめされた玲子の白いうなじに、妙になまなましい情感めいたものの誘いを、ふと砧は意識した。いけない……カーテンに包まれた真昼の密会宿の、妖《あや》しい雰囲気がそうさせるのかもしれない。

砧は、しずかに立ち上がった。あぶない想念を振りきるように、音もなく部屋をあとにした。

# 銀知恵の輪

西欧の古い油絵、旧式な置時計、昼なお不健康なスタンドの鈍い光、かびくさい書籍の山、そうした陰気な書斎にしみついた病的な雰囲気が、わけもなく私の神経をいらだたせていた。

こうしたことから、気分の転換を求めて、S郊外の高台に久闊《きゅうかつ》の檜垣《ひがき》氏を訪れたのは、十月も末の午後であった。

ひいやりとした秋の気配も肌に快く、清澄《せいちょう》な大気、のびやかな田園の風景――私の鬱積《うっせき》感は、いつしかきれいに拭《ぬぐ》い去られていた。

折しも、私の訪れる人は、日当たりのいい縁側に腰を据えて、棋具《きぐ》の手入れに余念もない。

「ご精がでますね」

「いや失礼、とりちらかしてます。はっ、は、は――相変わらずです。これが楽しみでしてね」

私が、その時拝見したのは、小野名人秘蔵の『夕凪《ゆうなぎ》』と称する逸品で、黒漆盛上《くろうるしもりあ》げに凝《こ》った英明字体、上質の黄楊虎斑《つげとらふ》の見事な駒だった。

その一枚一枚を、愛撫《あいぶ》するように丁寧に拭いをかけながら悦にいったご様子、とおみうけした――入品《にゅうほん》の技量をもって自他とも許す檜垣雅之《まさゆき》氏は、人も知る愛棋家。ついでながら、氏の書架の一部が、欧米探偵小説の原書でギッシリ占められている、と記せばわかっていただけよう。現ＹＮ協会理事長、Ｓ会議所の幹事役員など、羽振りよき名士に、私などが親しく厚誼《こうぎ》をねがえたのも実は、その辺りに理由がある。

如才《じょさい》のない話しぶり、豊富な話題を持った人なのだが、相手が私だと、たいてい落ち着く先は決まっていた。

「いつだったか、あなた、実際の犯罪事件など、あまり幼稚すぎてと、不服のようでしたね。ところが、最近、例外を身近に体験したんです」

「ほほう、それは――」

「新聞でご存じかと思いますが、例の三景ビルの殺しですよ。あれに、私も内々一役かったという次第です」

檜垣氏は、こう前置きしてつづけた。

「実は、これ私の自慢話なんです。それが、日頃愛好する将棋に負うところ少なからずでしてね、……犯罪現場に落ちていた銀将一枚。この事件、私が証人の一人であったため、解決したというわけで」

「オヤ、そいつは聞きものですね。しかし、話をきかないうちに、なんですけど、その将棋の駒――」

「はあ……」

「その遺留品、おそらくトリックのネタでしょうが、よくある手じゃないですか。だって、カードにしろ麻雀《マージャン》の牌《パイ》にしろ、将棋の駒が落ちていた、というのと同一公式でしょう。そういったのは、どうも」

「ほう。ありきたりだと貴方《あなた》いうのですね」

檜垣氏は微笑していった。

「あまり巧妙で、すんでに完全犯罪におわるところでした。しかしこの駒一枚が、犯人をつかまえたのです」

★

かるい眩暈《めまい》。秋子《あきこ》は支柱を失った体を崩すようにして、椅子に寄りかかる。心を静めようと、ケースを取り出したが、まるでうわずっている。震える手で火をつけるしぐさも、無意識だった。

いつか不幸な破局にまで追いやられねば、どの道ただではすまされないと思いはすれ、そのことの決着に、こうした悲惨な形で遭遇しようとは、全く予期せぬことだった。

とはいえ——むしろ本当を打ち明ければ、心の苦痛に耐えかね、執拗《しつよう》な呪縛《じゅばく》を解き放ちたい一途《いちず》の希《ねが》いで、いくたびとなく夢に描いた場面ではなかったかしら——しかし、しかしその考えの恐ろしさに、思わず身震いし、つめたい理性が克《か》って、そのつど打ち消し、否定してきたことなのだ。

だから、いま、その舞台にいや応なしにたたされているという現実が、何か他人事《ひとごと》めいた感じで、急にはうけとれず、しばし思考も判断もその機能を失ったまま、発条《ばね》のきれた人形のように、彼女は身動きもならぬのだ。

——そうした最初のショックが去り心理の空白が少しずつ充塡《じゆうてん》され、ようやく理性が蘇《よみがえ》ると、この容易ならぬ事態をさとって、秋子はいまさらながら愕然とするのだった。

「………」

煙草を丁寧にもみ消す。彼女の目が急にイキイキとして、唇が強い決断にひきしまっている。窮境《きゆうきよう》にあって、残された唯一の手段にすがろうとするのだ。

腕時計は十時五分——

正味五分しか経っていない。勿論あたりは寂《せき》としている。隣の事務所にも、人気《ひとけ》はない。この建物に残っているだれも気付いてはいないはずだ。

窓——

ことごとく厚いカーテンがおりている。外からだれも覗いてはいない。でも、不安にかられそっとカーテンをすかしてみる。

五階の建物を真っ黒い夜がとりまいていた。

ネオンがくっきりと夜空に映えて、高架線のスパーク、タクシーの光の列、しっとりと秋の夜が三景ビルをとりまいていたし、相変わらずビルの谷間には、都会の夜のざわめきがある。

そして、殺しのあったことなどだれも知らない。大丈夫、だれも覗いてなんかいないわ……

もういちど室内を見まわす。

こときれた黒川《くろかわ》の死体が、ぶざまに机に打ち伏している。彼女の視線は、憤《いきどお》りをこめて、冷たくそれを一瞥《いちべつ》する。

なんだって、こんな男のいいなりになったの……でも、もうおしまいだわ。しかし……

再び正体の知れぬ恐怖感に、彼女はおびえた。どこからか、じっと見据えている形のない視線に射《い》すくめられたかのように身震いした。すると、はりつめていた理性など、脆《もろ》くもけしとんで、悲鳴をあげて逃げだしたいような、恐れの感情がどっと堰《せき》をきってくるのだ。

それでも、なお注意深く部屋のスイッチを切る。

廊下をうかがう。いまだ！　一気にかけおりる。コツコツコツ……ヒールの音が、静かな階段に反響する。彼女は自分の足音にさえおびえ、無我夢中だった。

玄関――守衛室があかるい。

「お手は――へえ？　詰むだけ、おどかすなよ」

「ヘッ、へへ、木村さん、今晩は出来が悪いですね……オヤ、ああ……もし！」

若いほうの宿直員が、気がついて姿を見かけたとき、秋子は軽く会釈《えしやく》して、足早に玄関を出ると、早くも建物の外に消えていた。

「オヤ、もうお帰りか？　今きたばかりなのに」

「すると――おととい、土曜の晩だナ」

長身の堂々たる恰幅《かっぷく》、押し出しがいいからこの眼でにらまれると、たいていドキッとする。それでいて、よくある頑迷不遜《がんめいふそん》な野暮ったさなど、須潟《すがた》警部のどこにも見当たらぬ。むしろ知的で、洗練されたセンスの閃《ひらめ》きさえ感じるのだ。

「あなたは守衛室にいたから、建物への出入りはわかっている……ふむ、外来はその二人の女性だけなんですね」

「土曜日のことで、他の事務所はみんな早仕舞《はやじま》い、居残っていた東電機の社員が、みんな引き上げたのが、そう、九時ごろでしたかナ」

「黒川氏は、事務所にひとりでいたわけだな」

「そうです」

「時間は、ほぼ間違いないでしょうな。最初の女が八時に来て八時半、次の女が十時に現れ十分と経《た》たぬまに立ち去った」

「はい」

夜間、ビルの出入りは、守衛室のある玄関一方口に限られる。被害者黒川圭造《けいぞう》の死亡時刻が、大略《おおよそ》の所見だが、土曜日夜の九時前後——七時から十一時頃までと推定されたから、この疑問の女性ふたりの出入りは、十分注目されよう。

「両人の年恰好、服装などは」

「最初、訪ねてきた人は、わかっているんです。名前も——」

「ほう——」

「日東新報の記者で三門《みかど》ひろ子。このビルへはちょくちょく顔を見せます」

「彼女は、三十分ほどして帰った。変わった様子はなかったですか」

「いいえ」

「十時頃きたという女性は?」

「初めての人です。黒ずくめのすてきな洋装美人でね」

佃《つくだ》町の市電交差点に程近く、地の利を占めたこの一角にありながら、それほど人目をひかない。それが当の三景ビルだ。この五階に二室を借りたブローカーの黒川圭造。『サクラ商事』などと看板掲げて、得体の知れぬ商取引。いうまでもなく、あぶない渡世のペテン師だが、こ奴それだけでおさまらない。巧みに諸所のスキャンダルを嗅ぎつけ、弱みにつけ込む強請《ゆすり》と女たらし。そんな社会の毒虫が、当の事務所に、青酸ウイスキーかなんかで、あっさり盛り殺されて、給仕に発見されたのが、月曜日の朝。

警察医の所見や、守衛の話を綜合《そうごう》すると、凶行はどうしても土曜の夜だ——日曜はビルが閉まっていたから、当然発見が遅れたという次第なのだ。

守衛の証言で、その夜、被害者を訪れたというふたりの女が、まず捜査線上に浮かびあがったが、その一人は、身もと素性ハッキリしすぎている……ほどなく、刑事に伴われ、控室に姿を見せたのが、その女性。

「わたくし三門でございます」

なるほど、職業婦人の先端をゆく日東新報の記者、てきぱきした第一印象は好感がもてた。

こうしたタイプの女性に、往々受けとれる中性的な冷たさ、というのでなくて、三門ひろ子は理知のなかに、ふしぎな魅力をそなえている。

警部は、あらためて彼女を見つめた。

身にあった濃紺のスーツ。瓜実《うりざね》の、どちらかといえば古風な顔だちだが、理知的な瞳、鮮やかなルージュが印象的で、一応、警部の審美眼に訴えるものを備えている。さすがに職業柄、身についたこなしはビジネスライクなものながら、なんとも言えないコケットが彼女の全身からもうけとれるのだ。

「いやご足労願いました。サアどうぞ——早速ですが三門さん。この騒ぎでもうお察しのことでしょうが、実は黒川さん——」

「黒川さんが……殺された、とおっしゃるのですね」

「そうです」

ゆっくり肯定して、反応をうかがうように警部は若い女性をまともにみすえた。

「ワザワザお呼びした理由、お分かりでしょうな。守衛からきいたのですが、あなた、土曜の晩、黒川氏を訪ねられた、そうですね」

「ええ」

と低く答えたが、急にはっとした様子で、彼女は、強《こわ》ばった表情を示した。

「どういうご用件だったのですか」

「それが……、黒川さん、あの方とは、わたくしこうした仕事の面で知り合ったのですが、時時、喫茶で顔を合わしたときなど、冗談をいいあう程度で、それ以上どうということないんです。おととい正午頃でしたか――今夜八時に事務所へ寄ってくれないか、素晴らしいニュースを提供するからと」

「電話があったのですね」

「何か、ふにおちないものがあったのですが、わたくしとにかく承諾しましたの」

「それで、約束の時間には、黒川とたしかに会われたのですね」

警部の追及に、三門ひろ子は口ごもった。

「あのひと、とかくの噂をきかないでもなかったのですが、訪ねる先が事務所ですし」

「………」

「でも、やっぱり――呼び出しておきながら、話というのは、さっぱり要領をえないんです。しまいに、変な素振りをみせたので、矢張りそうだったのかと――わたくしふりきって、そのまま帰ってきちゃったんです」

「そうでしたか。ところで、これは、あなたのケースじゃないですか?」

警部は、銀製の洒落《しやれ》たシガレット・ケースを、とりだした。

まったく心当たりがないとみえて、彼女は否定した。すると、第二の訪問者が遺留したとみるべきか……?

ここで須潟警部は、いったん彼女の尋問を打ち切ると、現場で得た資料に整理検討を加えるのだった。

まず第一に――被害者黒川圭造は、土曜の夜、大幅な推定だが七時から十一時までに殺害されたとみられる。死因は、例によって三文探偵作家しばしばご愛用の青酸カリ。対座した客とウイスキーを飲んで、盛られた状況で、毒物はグラスに検出された。ただしもう一方の杯は指紋が周到に拭《ぬぐ》われている。

つぎに――被害者の左指先に、赤色スタンプインクと覚《おぼ》しき汚染あり、更にズボンに二三、同じ赤インクの飛沫状汚染が認められた。このインクは事務所内にない。

さらに――警察医が、検視の際、右ズボンの裾の折り返しに、将棋の駒（まだ新しい銀将一枚）がはさまっているのを発見した。やはり事務所内に、そのような棋具は見当たらぬ点、些細な駒一枚といえど、その経路は問題になろう。

しかし、考えてみれば、インクの染《し》みとか、将棋の駒など、直接、この犯罪に関係ありとは、いちがいに即断できまい。ごくありふれた日常の立居《たちい》振舞《ふるま》いに、こうしたこともまま、起こり得るから、案外とるに足らぬことかもしれぬ。

いちばん要点は、ふたりの婦人客だが、さきの三門ひろ子は判《わか》っている。だから、十時に訪れ、ほどなく立ち去ったという黒衣の婦人――捜査の対象は、当然、この謎の女性に向けられたのである。

出勤したばかりの沼田《ぬまた》書記をみるなり、事務員が走り寄った。

「主任、大変です――金庫が」

「エ！　やられた――？」

沼田は急いで労銀支払事務所に行ったが、ひどく散乱した盗難現場を見て、こりゃいけませんというように首を傾《かし》げた。

「ああ君、手をつけないほうがいい」

どうにもならないと判ったから、せめて現場状況の保存に、細かい気遣いをしたのだが、これは、あとになって非常に役立っている。

額は些少《さしょう》であったが、ともかく公金であるし、内部の姑息《こそく》な処理だけですまされる性質のものではなかった。

市の土木局N工営所に付属した労銀支払事務所に起こったこの騒ぎなど、警察の側からみれば、ちゃちな盗難事件にすぎず、たいして重視されなかったのも無理がない。

おもしろいことに、三景ビルの黒川圭造殺しが発見されたのと、やはり同じ月曜の朝、この盗難事件は発見されている。もっとも、それらは一見個々のものだから、そのときは、この奇妙な暗合に、だれも気付かなかったのは、当然であったろう。

「組合の積立金通帳一冊、それから現金で、土曜日の労銀支払い残額が四万三千円――そいつをきれいにいかれてます」

「ほかに……」

「さあ、いまのところ別に――目的は現金だったのでしょう」

それにしては、主任の事務机など、物色したらしく、ひどく散乱しているのだ。

書類立ての側にあった赤のスタンプインクの小壜《こびん》が倒され、その辺りは、真赤に汚されている。

また棚にあった書類函《ばこ》を動かすため、そこに置かれた備え付けの将棋盤を辷《すべ》らしたとみえ、駒箱がひっくりかえって、将棋駒が四散している。休憩時の娯楽用に備え付けたものだから、荒彫りの金龍《きんりゅう》、あまり上質ではないが、まだ新しい駒である。

「派手にやってますな――しかし、肝心の金庫は、こじ開けた形跡がありませんよ」

「うん」と頷いて所轄N署の松村《まつむら》刑事。

「金庫の鍵は、どうして保管してるんです?」

「私の抽斗《ひきだし》に納めて、錠をかけて帰るのですが――」

なるほど沼田主任の事務机、いちばん上の錠付きの抽斗をこじあけた痕跡がある。

「ありかを知っていて、やったんですね」

今朝、月曜のあさ、事務員がきてみると、金庫が半開きになって、室内が散乱している。はじめて盗難に気付いたというくらいだから、犯人の侵入経路も巧みである。

というのは、この労銀支払事務所の背中合わせにN工営所の建物があり、そのわずかな通路から、窓枠を簡単に細工して忍び込んでいる。これは案外ひと目をひかなかったのだ。

「たとえ、うまく侵入し鍵を手に入れても、この金庫は組み合わせを知ってなきゃ――」

「それなんですよ――」

沼田主任は渋い顔をして、言った。

「組み合わせを知っているのは、私と係員の小島だけですが――実はこの金庫、本庁の厚生課からのあずかりで、S工営所にあったのを、こちらで引き受けた、というふうに転々としているんです。ここへ移ってからでも、主任が二人かわっておりますし、その間、係をかわった事務員の二、三も組み合わせを知っている――そうなると、ちょっと……」

これは、案外、多くの人が関《かか》わりあっている。引き継ぎの際、ダイアル錠のコンビネーションを替えれば、こんなことにはならないが、そこまではやっていない。

金庫のハンドルは、きれいに拭われている。ただ、ここで犯人は、大変なミスをやっている。それは、スタンプをこぼした拍子に、着いたとみえる指先の汚れを、机上にあった市職公報の一枚でふいて、まるめたまま、無造作に投げ捨ててあったことだ。

これは収穫だった……。ほぐして丹念に調べると、ベタベタ赤く汚れた公報の片隅、ただ一カ所だが、明瞭に赤い指紋が残っているではないか。

「おや、ここにもありますよ」

書類立てを、覗いていた沼田書記が、仮綴じの帳簿をひっぱり出した。ごく、かすかだが、赤インクのあとが裏表紙に認められた。

「金庫破りの手際は鮮やかなんだけど、えらいヘマだね」

「せっかく金庫の指紋を拭きとるだけの考えがあったのに、これじゃ何にもならないや。どうもトウシロくさいね。あわててインクをひっくり返したりして」

ここで松村刑事は、労銀支払事務所主任の沼田五郎《ごろう》書記より、前後の事情を仔細《しさい》に聴取するのだった。

市の失業対策事業で、職業安定所から最寄《もよ》りの工営所に日雇いの人たちが紹介される。ここ労銀事務所では、そうしたひとりひとりに金券と引き換えに、賃金の支払いが行なわれるわけだが、これは毎日、決まって四時半から六時までの間なのだ。

「だいたい、平日の支払い残額は一万円そこそこに抑えているんですが……一昨日土曜日に限って、朝のうち、あの天気でしょう。人数が急に減ったのと、別に予定していた一括支払いがなかったりして、当初見積もった支払い額より、ずっと減りましてね」

「ほう、平日支払いは大略九万円、残が一万以内、それなのに盗難にあった土曜日に限って四万円残額があった——そこをやられたのは間が悪かったですな。札の番号などは？」

「ちょっと無理ですよ。三輪銀行で毎日、平均八万円引き出すのですが、古いお札ばかり」

「なるほどね」

キャッシュで四万とまとまって、札に特徴がない。しかも、一通り所内の事情を知っているもので、やる気があれば案外簡単に抜けるとあっては、狙われたのに不思議はなかった。

「発見されたのは、今朝事務員が出所してからですね……フム、一昨日の夜、昨日は日曜だった。それから今朝まで——と、この間ですね、やられたのは。当直員の目がとどかなかったのですか」

「となりの工営所に職員が一名、夜警が一名おりますがね——別棟の労銀事務所は、表側の戸締まり、みために異状がなければ、まあいいだろうというんで、なおざりにしたのでしょう。

裏口から侵入されていたとは、知らぬが仏だったんですね」

「それで、今朝までわかんなかった——」

松村刑事は、話しているまも、たえず詮索《せんさく》的な視線を、室内のあちこちに配る。克明に手帳にぎっしり書き込む、といった確実なタイプなのだ。

「ところで——一昨日、あなた何時頃まで在所でしたか」

「支払いを終わって労銀票の整理がかたづいたのは六時。普段はすぐ引きあげるのですが」

「居残りされたのですか——」

「はあ、実はお客がありましてね、ここで九時頃まで」

外来者があったという——刑事は緊張した。

「だれですか?」

「YN協会の理事をされている檜垣さんです。以前『浪華《なにわ》クラブ』のパーティーに招待されたことがありまして、そのとき、懇意《こんい》にしている議員さんに紹介していただきました。立派な方です。いえ、私などおつきあいできる立場ではないのですが、私がアマ将棋大会の地区予選に優勝したことがありまして……、檜垣さんは将棋の愛好家として知られている方です。そんなことで、親しくおつきあいさせてもらっています」

「なるほど」

「私の知り合いに砧《きぬた》という私立探偵がいるのですが、私、檜垣さんをこの人に紹介しようと思っていたのです。で、この土曜日の九時半に『三松』に寄ることになっていたのです。そんな約束があったものですから、あのひと気さくな方で、協会の帰りにここへ……つまり、私を誘いに来られたのです」

「……」

「でも時間が早すぎるでしょう。将棋盤があるものですから」

「じゃあ、その檜垣という人と、あなた此処《ここ》で将棋をやっていたのですね」

「土曜日のことで、おとなりの工営所も麻雀組が残っている。まあ私も時間潰しと思いましてね。勝負に身が入って、二番終わったら九時頃です。ちょうどいい、そろそろ出かけましょうか、というんで戸締まりをして」

「結局――九時頃まで居《お》られたんですね」

「ええ、だから盗難は、それ以後になります。実はねえ刑事さん――昨日は休日だったでしょう。でも私、日直の田中にちょっと用があって、工営所へ寄ったのです。あのとき、支払所を覗いてみなかったのですが、既にそのとき、やられていたかもしれませんよ――これは」


月曜の夜には、三景ビルに起こった黒川圭造殺しの捜査方針が、ほぼ決まっていた。なぜなら、その朝同じN署管内で調査した工営所の盗難事件が、これと関連しているのがわかったからだ。

黒川の事務所を調査して、彼の手文庫からN公営所の組合積立金通帳が発見されたのが端緒で、ことはすらすら了解された。

将棋の駒、あの銀将一枚は、労銀支払事務所の床に散乱していたものと同一種であったし、散らばったのを数えると、確かに、このほうは銀将一枚が不足していた。

被害者左指の赤インクの汚染や、ズボンの飛沫状汚染も、これで辻褄が合う。また肝心なことだが、支払事務所に丸めて捨ててあった市職公報や、仮綴帳簿に残された《赤い指紋》については、言うまでもない――完全に黒川のそれと一致したのだ。

「松村君が立ち会った支払所の盗難事件、そんなわけで、犯人は簡単にわかった。このほうは問題じゃない。ところが、当の犯人と目される黒川圭造は、死体となって同じ朝発見された。なかなか込み入った事情がありそうなんだ」

須潟賛四郎《さんしろう》警部の推測と計算によると、こういう筋書きが想定されよう。

「つまりね――黒川圭造は、N工営所の内村係長と個人的なつながりもあり、同所へ再三出入りもしたから、様子には通じている。土曜日の夜、沼田主任と檜垣氏は、ほぼ九時頃まで、支払事務所で将棋をしていた。黒川はその時分、三景ビルにいた。八時から八時半までだな。三門ひろ子と会っている。ビルの守衛は、黒川が建物を抜けたのを認めていないが、九時に東電機の社員が数名かえったというから、それに紛れて出ていると思う。支払所とは、地理的に近いし、時間的計算をしてかなり手際よく――いや手際よくやるつもりだったのを、ヘタしてかえって決定的な証拠を残してきた」

この状況から推定すると、窃盗をやり遂げて黒川は、またひそかに三景ビルに戻り、十時に、正体不明の女に会っている。

「それ以外、三景ビルに人の出入りはないし、死亡推定時刻から考えても、この時、その黒衣の女に殺された、と見るべきだね」

守衛の証言で、わかっているのは《黒ずくめの洋装をしていた》というだけで、容貌《ようぼう》も年恰好も、はなはだ曖昧《あいまい》なのだ。

しかし、捜査に有利なことは、現場に遺留された女持ちのシガレットケースがどうやら犯人のものらしく、これに未知の指紋が検出されたことである。

謎の女を求めて、網は張られた。捜査員はなにかの手がかりでも得ようと、被害者の身辺を聞き込みにあらゆる方面から手を尽くした。黒川の複雑な女性関係が洗われ、デザイナー小野《おの》寺《でら》秋子の名が表面に浮かんできたのには、こうした経過があった……。


「黒川さんは、あなたのご主人と、以前からお知り合いだったのですか」

「はい、終戦後、主人が大連《だいれん》から引揚げてきた時分、神戸で、ふとしたことから、ブローカーをやっていた黒川さんと知り合って」

「一時、二人で石油の取引などやられたようですな」

「ええ――でも私、まだ結婚します以前のことで、詳しいことは存じません」

「最近はどうしてます」

「はあ――?」

「つまり――ご主人と黒川と、利害関係にあったのではないか、と想像するのです」

「ことし初め頃から、主人はずっと臥《ふ》せっておりますし、黒川さんのほうは、あのとおり事業がうまくいって――ええ、そうなんです。まあ、いつとなく手を切っていたようです」

細面《ほそおもて》の整った顔立ち。アップした髪型に襟足《えりあし》が美しい。清楚な和服が調和したしとやかさのうちに、二十九歳のうれるような肌の感じが、じかに迫ってくる。

警部は、そうした彼女を好ましそうに見やりながら、黙って、ケースを取り出す。

「いかがですか」

彼女にすすめて、さりげない調子で尋ねた。

「ご主人のご容体は」

「はかばかしくございませんの」

寂しげに微笑する。何か感情の起伏を警部は、敏感に見て取った。

「たいへんですね。でも洋裁研究所のほうは、なかなかご発展のようですが」

「おかげさまで、どうやら――」

「これ見覚えないですか」

頃合いを見て、三門ひろ子に試したケースを、おもむろに取り出す……はっ、と一瞬、秋子は息を呑んだ。

あった、たしかに反応があった。

「あなたのですね」

「いいえ――はア、そうです……私のでございます」

意外なほどの効果があった。あからさまな動揺をみてとると、警部は、かえって、どう切り出してよいのか、いささか躊躇《ちゅうちょ》するのだ。

「………」

黙って紫の煙をくゆらす警部。ふしぎなほど重苦しい空気が沈滞する……

「これは三景ビルの殺人現場でひろったものですよ……もうお判りですね」

「………」

「この点、説明を伺いたいのです」

もう何もかも明白なのに、須潟警部はいやに遠回しな尋問で、彼女をしめつけるのだ。

「さきほど――お気付きでしたか――そっと指紋を取らせていただいたのです。今、鑑識の報告では、どうやらケースのそれと一致するということです。あなた土曜の夜、ビルで黒川と会いましたね」

蒼白になった彼女は、ヒステリックに否定した。

「ウソ、嘘です。違います、私」

「でも、現場にこうしてあなたのケースが忘れてあったのですよ」

警部の声が冷たい。

「存じません――なにかの間違いですわ」

「ほう、三景ビルへは行かなかった、とおっしゃるんですな――じゃ、ずっとお宅にいられたのですか」

「いいえ、外出しました。S町の日芸会館に行きました」

こういって、秋子はホッとした表情を見せた。

今を時めく新劇の鳥羽由紀子《とばゆきこ》とは同窓の有志が、この地の公演を祝って、華やかに彼女を迎えている。舞台が終わってから、十一時近くまで、由紀子を囲んだその歓談の席にのぞんでいた——というのだ。


これには、二、三の証人があった。

第一その夜は、明るい配色のツーピース、新感覚のスタイルに際だって、人目を引いたという。ビルの守衛が目撃した《黒衣の女》とは似てもにつかぬのだ。

「そんな訳で、このアリバイ、とにかく、筋が通る——とすると?」

いつか、柱時計が十時を示している。

あたりが寂としてくると、高架線の音が、すぐ近くに感じとれる。

電灯が一つ、わびしく取り残された感じの、がらんとした一室に、先刻から、デスクを前に、じっと目をつぶったままだ。

警部は、まったく別のことを考えていた。

いつだったかしら……覚えているのは、薄闇の迫る、どことも知れぬ駅の構内だ。初恋の少女は背を向けたまま振り向かない。この記憶はときによって変わる。女学生のセーラー服だったり、あるいは真赤なセーターを着ていたり——夢のような光景の断片が、心のすきにチラと影をのぞかせる……まだ、おれも若いな。

ドサリッ、警部は、ハッとわれにかえる。えらい音がした、と思ったのは、錯覚だ。無心に手にした煙草が、灰を長く落とす。オヤ、こいつとんだ禅僧だわい……しかし、この一瞬ふと頭をかすめたものがある。

「まさか……」

次の瞬間、理性めいた判断が、水をさしていた。

「まさか――あの三門ひろ子が」

一度ビルを訪れて立ち去った後、黒衣の婦人として、別人を装い、再びビルを訪れた……ちがう、違う。日頃愛好する探偵小説の虫が、一人二役などという子供じみた空想をでっちあげて、捜査に行き詰まった、やり場のない苦しさにつけこんできたのかと、警部は、そんな甘い心のそこを他人に覗かれでもしたように、あわてて打ち消していた。

「しかし、まてよ、この考え方は、何となく魅力があるぞ」

てっきり黒衣の女と睨《にら》んだ小野寺秋子は、その時刻、日芸会館に出席している。遺留品のシガレット・ケースなど、不審の点もあるが、これを罠と考えてみる。一方、ビルの訪問者は三門ひろ子と黒衣の女の二人を数えるだけ――としたら、いたずらに実体のない幻の女性を追及するより、もう一度最初に立ち去ったひろ子の、その後の行動を調査するのは当然ではあるまいか。

たてつづけに煙草をくゆらして、考え続ける。打ち消しても、またむしかえしてくる。いちど、頭をかすめたこの考えを、警部は容易にすてきれなかった。

ボン！　にぶい音をたてて十時半を打つ。チラと、反射的に腕時計をみて、つぶやいた。

「そうだ――いちどやってみるか」


西野刑事が報告をもたらしたのは、翌朝であった。

「白ですよ。わりにハッキリしてるんです」

「そうかね」

短く答えて、特徴のある二重瞼《ふたえまぶた》をちょっとしばたたく。

「あまり期待もしてなかったのだが――念には念を……入れすぎたかな、これは。で、どうなの？」

「彼女八時半にビルを立ち去って、その足でK町の『清遊荘』にあらわれてます」

「ほう、あのクラブに出入りするんじゃ、かなりの打ち手だな」

「常連なんですよ。この晩も、十一時近くまで囲んで――もっとも、いつになくできが悪かった。四千ばかりむしられたそうです」

「細かく調べたね」

「ええ、彼女、それから地下のバーで、憂《う》さ晴らしにしたたか呷《あお》って、かわいく酔っ払ったところを、バーテンさんに宿まで届けられた――と、大体こうなんです」

「無論、その晩は、酔ってアパートにおとなしくしていたんだね。や、ありがとう。白黒いずれにせよ、これで一応、捜査に限定の線が引けるからね、ご苦労だった」

三門ひろ子、八時半以後の行動は明白である。彼女が黒衣の女としてビルに引き返し、黒川を殺害したという推理の積木は、簡単に崩れ落ちた。

一方、現場の遺留品から指摘された小野寺秋子も、有力なアリバイがある。しかし、それなら、指紋の着いたシガレット・ケースは、いったい何を意味するのだ。はたして、真犯人が、彼女を陥《おとしい》れるための細工であったろうか……？

依然、影のような正体不明の黒衣の女を、暗中模索して混沌《こんとん》たるN署捜査本部に、ようやく光明《こうみよう》の兆《きざ》しが見えたのは二日後であった。大和タクシーの運転手が、新聞で見たその謎の女というのは、どうやら自分が乗せたらしい——という耳寄りな話なのだ。

「土曜日、S町を流してましたが、日芸会館の裏で、それらしい婦人を乗せたのです。本通を迂回《うかい》して佃町まで行き、松川停留場のあたりで下ろしたのですが——三景ビルは目と鼻の先でしょう。今朝、新聞をみてピンときたんですよ」

「時間は覚えてますか」

「はっきりしてます。その時、駅の大時計が十時五分前でした」

「その婦人、黒ずくめの洋装という特徴だけで、容貌など、今見たら、この女だとわかりますか」

「さあ、ただ、何となく様子が変だなというカンがあったところへ、朝刊に出たものですから」

「いやありがとう、参考になりました」

俄然《がぜん》、事態は急変した。

再び、須潟警部の前に悄然《しょうぜん》とうなだれる小野寺秋子。運命の座に引き据えられ、鋭い追及に身を委《ゆだ》ねる様は、余りにも痛々しかった。

「隠しだてして申し訳ありません。いかにもおっしゃるとおりでございます。あの晩、黒川から電話で誘いを受けたのです」

「ちょうど、日芸会館に集いがあったので、あなたはそれを上手に利用したのですね。演奏の時間に、あなたは席を外していた。グループで借りた控室で、素早く黒衣の婦人に変装して、建物を抜け出した」

「ええ――」

「再び、会館に戻って、もとのあなたに返ったから、あの混雑した際、半時間以上あなたが抜け出していたことなど、おそらくだれも気がつかなかった――結局アリバイは、成立したのですね」

「………」

「しかし、このケースを遺留したのは、手抜かりでしたな。それにあなたを乗せたというタクシーの運転手の証言もあるのですよ。何か、よほど込み入った事情があるようですね。どうして、あのようなことをなされたのか、詳しく伺えませんか」

「では、やっぱり……お疑いはごもっともです。けれど、黒川さんを殺したのは、私じゃありません」

きっぱりした口調で、警部を見返す。

「いかにも、わたし、あのような変装などして三景ビルを訪ねました。そんなことから疑われても致しかたございませんが……でも、このことだけは、神かけて潔白ですわ。私があの夜、ちょうど約束の十時でした。黒川さんの事務所を覗くと」

当時を回想したのか、恐ろしそうに身を震わせる。

「その時、すでにあの人は、……あの人は、倒れておりました」

★

「レッドへリングといって、探偵作家がプロットにもつれを作るために、わざと疑わしそうな人物を配置して、読者の目を欺瞞《ぎまん》する。これは常套《じようとう》技巧なんですね。警戒しながらも、疑わしいから、一応はそれじゃないかと思ってみたりする。実際の事件で、こうしたこしらえ話の型にはまったような位置に、小野寺秋子があったというのは、この事件の一つの特徴だと思うんです。しかも、それは偶然そうなったのじゃなくて、あくまで、真犯人の冷たい計算から出ているのです……」

語り手は、ひと息つくと、意味深長な表情を私に向けた。

「秋子は黒衣の婦人を装い、アリバイを作っている。これは言い逃《のが》れるすべがない。ところが、そうした行動を一途に殺人のためと早合点したのが、そもそも間違っているのです。すでにお察しでしょうが、黒川圭造は名うての漁色家《ぎょしょくか》なのです。秋子の美貌をどうして見逃しましょう。彼女が涙ながらに語ったところによると、実に卑劣なやり方で彼女に迫っています。——主人は長く臥せっている。経済的にも自活するため彼女は洋裁研究所を開いたりして、それがどうやら成功した。これには黒川が影にあって親切ごかしにいろいろと援助を与えたこともあるのですが、そんなことで取り入った黒川は、次第に本性《ほんしょう》を現す。ついに、彼女の名義で、金銭上の大きなペテンをやったわけです。色と欲と、実にひどい奴です。退《の》っ引きならぬ立場に追い込んで、暴力で彼女を奪ってしまった。病床にある愛する夫、しかし一度つけ込まれた身の弱みに、心の苦悩を隠して黒川と再三の交渉をもった彼女——こうした状態にも、とうとう破局が来てしまったのです。

お分かりですね。つまり彼女がこしらえたのは、夫に対してのアリバイだった。単に外出先を偽って出たというのでは、病的な神経に薄々事情を察した夫の目をごまかすことができない。そこでああした真似をして、約束の十時に三景ビルを訪ねた……」

「すでにその時、何者かのために、黒川は殺されていた、というんですね」

「そうなんです。気がついたとき、彼女は非常な窮地にあるのを悟った。被害者との不名誉な関係、そして自分は、いま殺人現場にいる。罠に落ちたのだと正直に真相を打ち明けても、すぐに人は信じてくれまい。のみならずこのことは決して夫に知られたくない。明るみに出たらどうなるのだ——現場で彼女はずいぶん迷ったそうです。

そして、あの場合、最善と思う方法を選んだ。というのは、彼女、日芸会館にいるというアリバイをこしらえてきている。だから、そのアリバイを、そっくりそのまま、有効に行使しようとしたわけです。

あとで考えてみると、これは彼女をビルにおびき出して不利な足取りを残させようとした犯人の細工なのです。偽の電話で黒川をよそおい、秋子に無理な不在証明をつくらせている。そうした心理に追い込んでいる点、なかなか巧妙だと思うのです。そしてなお、犯人の思う壺には、秋子がシガレット・ケースを置き忘れてきた。これが計算外の効果を添えたのは言うまでもありません」

「じゃ真犯人は、いったい……?」

檜垣氏は微笑して、人のわるい質問を逆に放つのだ。

「あなたなどは、探偵小説を相当読んでおられる。当然なんといいますか『犯人の位置』というものにも、カンが働くんじゃないですか? つまり、理屈で分からなくても、こいつが犯人に違いないという……」

「それはありますね。しかしこの場合、あなたのお話では、余りに簡潔に登場人物が限られていますね。秋子以外に、沼田書記とか、三門ひろ子、それにあなた――けれど、いまお話をしておられるご当人だからこれは除外すると――結局、二人しか残りませんよ」

「そうなるでしょう。で、話はここで、いよいよ寄せにはいるのですが、まず最初に小野寺秋子――複雑な事情があったから、そうしたので、彼女は殺人犯人ではない。真犯人は別にいて秋子を罠にかけたのだ――こういう風に条件を限定してみる。そのうえでデータを再検討しましょうか。

するとこの土曜の夜、三景ビルの出入りは、秋子をのぞいては、八時にきて半時間ほどで立ち去ったという三門ひろ子だけですね。当然、疑わしいのに、何故《なぜ》疑われなかったか。それは、あまりにも堂々とビルに出入りしている。女記者として知り合いもある。素性もしれている。むしろ被害者の生前、最後に会った人物として証言がとりあげられていた。

問題はこれなんです。――彼女が八時に会ったとき、なるほど、黒川は生きていた。あの時は、守衛のひとりが黒川に用をいいつかったりして、それを確認している。しかし、彼女が、八時半に建物を出たときは死んでいた」

「ずるい言い回しですね。でもひろ子が、その時殺したとは考えられない。アリバイがしっかりしています」

「アリバイ……彼女ちゃんと現場に来ているじゃないですか。最初から成立しませんよ」

「でも、殺害時刻は九時以後――あっそうか！」

「ハッ、ハ、ハ、やっと判りましたね。そうなんですよ。犯行時刻は九時半から十時まで、と錯覚を起こさせた――ここにトリックがあったのです」

土木局の沼田五郎書記も、悪辣《あくらつ》な黒川のペテンにかけられた被害者のひとりであった。

黒川は前科があるだけに、秘密の取引が明るみに出ることなど恐れなかったし、無傷の沼田五郎が、そのことのために巻き添えにされ、現在の地位を失うことを恐れている心理をつかんで、ただ一度、沼田一人に甘い汁を吸わせたことを種に、しつこい強請を続けていた。

耐え兼ねた沼田が、愛人の三門ひろ子をかたらい、黒川の口を永久に閉じようと計画したのは、よくよく切羽詰《せっぱ》まった処置とはいえ、うなずけぬことはない。

沼田が殺人を敢行するにいたった、もう一つの理由は、表面において、ひろ子との関係がまったく知られていないためだという。赤の他人と思われているふたりの行動を、脈絡なき個々のものと見せかけ、裏面で手を繋《つな》げば、一見犯行不可能の状況を作りあげるにこれは、はなはだ好都合なのだ。

ともあれ殺人計画の成否は、両者さりげない行動のうちに、微妙な時間の綾を構成したアリバイ・トリックに、すべて賭けられていたといえよう。

「すると、N工営所に起こった労銀支払所の盗難事件は、まったく、沼田の狂言なんですね」

「そうですよ。偽盗難状況……指紋や将棋駒などの小道具を使用して、金庫破りの犯人は黒川だと見せかけた。この点が巧妙なのです。沼田書記と私が、あの夜支払事務所を出たのは九時だから、盗難はそれ以後でなければならぬ。こういう時間的な制約を与えた意味は――つまり」

「黒川が九時には、まだ生きていた、という考えに人々をさりげなく誘導する目的なんでしょう」

「その通りです。実は、黒川は八時から八時半の間、三門ひろ子にあっさり盛り殺されている。彼女が、わざと真の凶行時刻に被害者と面会していたことを強調したのは、心理の逆手をとったともいえるが、やはり次なる段階で、死亡時刻が九時から十時までと、当局を誤算せしめる用意があったためです。さあその時間なら、ちゃんと『清遊荘』にアリバイがある、という仕組みだったのです。

また、沼田に至っては、その夜の行動について確実な証人がある。すなわち九時まで、支払事務所で私と将棋を指していたし、その後深更《しんこう》まで私立探偵の砧氏を交えて『三松』にいた。これはなんとも疑う余地がない。少なくとも、殺人は不可能だから……」

「うまく考えましたね。沼田自身手を下さないのだから、これは本当の不在証明に違いない。こうして確実な証人を得て、物的・心理的にも容疑圏内に立ちながら、同時にひろ子のアリバイをこしらえていたとは、実に巧妙な狙いじゃないですか」

さて絵解きをいそぐあまり、話はいささか前後した。動機の説明だのトリックの解明だのそれよりもっと以前の問題すなわち《事件解決の端緒》にふれるべきを、私はまったく忘れて……イヤ忘れていたわけではないが、

「私はね、うまくお話しするつもりだったが、大変な言いもらしがあったのです。最初にも、ちょっと能書《のうがき》をいった通り、解決の糸口は、現場に落ちていた一枚の銀将なんです。もっとも、ここの所はじめに詳しい説明をしなかったから、あとから取り出してアンフェアだと言われても、しかたありませんが」

と檜垣氏は弁解する。氏はなかなか話巧者で、意識してそうしたと、この意図はあとで判っ

た——経緯はこうである。

だから話は戻りますよ——小野寺秋子の告白にもかかわらず、彼女の嫌疑はなおとけなかった。この点、確証がないものだから、警察では人情など加味しない。あくまでつめたい計算ずくで動くのです。秋子の自供を無条件に信頼するのと、同じ割合で疑うこともできるのです。これは当然ですね。

そうした秋子の窮状をみかねて、調査に乗り出したのが須潟警部とは友人の砧順之介《じゅんのすけ》、というわけで、この事件、表向きは警察の功績ですが、陰に砧氏の力添えがあって、はじめて解決したのです。

で、砧の捜査方法は、秋子の無罪証明が目的なんだから、その立場で『ひろ子犯人』『沼田犯人』などいろんな仮定線をひいて、これにおよそ考えられる限りの可能性を検討してみたそうです。その目でみれば、ズボンの折り返しにあった銀将にしても、それに関連して支払所に散らばった将棋の駒とか、不注意に倒したインク壜の汚染、指紋の遺留など、なにか不自然さが目立ってくるんですね。

あまりにも手際がわるすぎるし、だいいち労銀支払所の保管金など、高《たか》のしれたものです。大きな取引をして、不当な利を稼いだ黒川、かりそめにも一会社の社長が、コソ泥の真似までするでしょうか。もっとも、黒川の前身に金庫職人だった時代もあり、二、三の前科がある以上、ケチな小金を奪ったという、この心理だけをもって異とするにはゆきませんがね……さらに注目すべきは、金庫破りが黒川であった、と推測されたのはなぜでしょう。スタンプインクをこぼして、それの汚染した指紋が、支払所にあったこと。もうひとつは、散乱した将棋駒に、銀一枚不足して、それは黒川のズボン裾より発見されたこと。これだけの証拠で判断したにすぎないのです。

なに思ったか砧氏は、警部とは知己なので押収してあった証拠品の再確認を依頼し、この私にね、将棋の駒を調べてほしいというのです。

それは確かに土曜の夜、私が指した駒です。まだ真新しいのですよ。黒川の事務所にあった銀将は、これと同一種で疑う余地がないのです。私はね、この通りちょっとした駒の蒐集《しゅうしゅう》などもやっているせいか、将棋を指す時つい駒柄が気になるんです。その駒は『金龍』でしたが、すぐ見分けがつきましたよ。いちおう間違いないと思います。私がこういうと探偵は、『特徴のない駒をみわけるのは難しいと思うけど、そいつは残念だナ。もし黒川の事務所にあった一枚が、支払所に四散していた残りと別物なら、辻褄があうのだがナ』と残念そうでした。

そう言われて気がついたのです。ほらこの駒をご覧なさい。この木目が揃っているでしょう。土曜日沼田と指した時、その駒の銀将一枚だけ、こんな風にですね、木目が曲がっていたのを覚えてるんです。ハハ、ハハハ、細かいこと気にすると貴方おっしゃるんでしょう。いくら私でも普段そこまで神経質じゃない。まして、たった一回指しただけです。どうしたことか、その夜の局面、珍しく相手も私も、銀の四枚とも成り駒ができてしまった。奇体だからそれが目についたのですね。

もっとも、無雑作に将棋を弄《もてあそ》ぶ人達なら、こんなこと、おそらく気にすることもないでしょう。それが私みたいに、駒の鑑賞家だと、ひとつずつ手入れしていて、たまに、些細な不揃いが気になるんですね。それともうひとつ、いつも質のいい駒を使用してて、事務所などに備え付けの粗末なのを使うと——ふふ、性分《しょうぶん》ですね。気になるんですよ、私は。——上質の駒だと仕上げがかかっていて、木目がわかりませんがね、あいにく銘は金龍でも、こいつ品質がおちたから、それが判った。

さて、私がその証拠品たる銀将一枚、これに残りの三枚を手にとってひねくりまわすとおかしいのです。みんな木目が真直ぐに通ってるじゃありませんか。これは些細なことながら、決定的な発見です。この意味おわかりですね。私が土曜日に指した一組の駒のうち、銀将がABCD四枚あった。事件が起こって、支払事務所に四散したのは、一枚不足してABCの三枚。だから黒川の事務所にあったのは当然Dと思われた。

なるほど一見して、同種駒だから、これは無理のない見方です。ところが……私のいうのはその別個の一枚を仔細に点検すると、これは今迄Dの駒だと思われたが、実はそうじゃない。全然ちがうXなんですね。

何故ならABCD四枚のうち、どれか一枚は木目に特徴があった。私が見たところでは支払所のABC三枚は、それがない。当然殺人現場のDの駒が、木目の変わったのでなければならぬ——ところが、それがないんですよ。やはり同じような真直ぐな木目があった。つまりDとは似て非なるXだった——というのです。

捜査の状況判断を誤らしめた、犯罪計画の細部は、時間の前後と先入主の心理を巧みに利用して組み立てられている。時間的発生順にこれを並べ替えると――

①土曜日午後六時半、沼田は、約束した檜垣氏が訪れたので、将棋を始める。用意した新しい駒を使用する。

②一方、八時に三門ひろ子は《その日の午後、沼田より渡された組合の預金通帳・事務用の仮綴帳簿・赤スタンプインクの小罎・市職公報・労銀支払所のものと同種ではあるが別個に求めた金龍駒のうち銀将一枚》それらを鞄《かばん》に用意して三景ビルに黒川を訪れ、対談中、青酸ウイスキーで盛り殺して、状況作為をする。通帳を書類函にしまう。駒をズボンの折り返しにはさむ。スタンプインクの飛沫でズボンをよごし、左指先にインクをつけ市職公報で拭きとる。同時に仮綴帳簿の裏表紙にインクの着いた指紋を採取する。それらの偽証拠品を包んで鞄にいれ、ビルを退出したのが八時半である。

③途中S駅の一時預けに包みを託し、もっともらしい口実をもうけ、ほどなくこれこれの男が受け取りに来たら渡してほしい、と特別に依頼しておいて、その足で『清遊荘』へ行く。

④さて時刻を見計らい、九時頃まで労銀支払事務所で将棋を指していた沼田は、檜垣氏を誘ってS駅付近の酒席『三松』に赴《おもむ》いた。この間、何気なく一時預けに立ち寄り、かねて打ち合わせたようにして包みを受け取っている。

⑤十時には、かねての沼田の偽電話で、秋子は三景ビルを訪れている。（秋子は死体を見つけ、

⑥翌日曜、他の用事にかこつけN工営所へ沼田は立ち寄った際、休日は当直員一人だから労銀支払所へ裏口から容易に侵入し、偽の盗難状況を構成した——自分の抽斗をこじ開け鍵を取りだす。金庫から現金を引き出し鞄につめる。机上を散乱せしめ、赤スタンプインクをぶちまける。将棋駒は、銀一枚を抜いて残りを床にばらまく。黒川の指紋を採取してある仮綴帳簿や、インクを拭きとったと見せかける公報の紙屑を、適当に配置して何食わぬ顔をして引きあげた。

支払事務所の盗難と、黒川の死体は、翌月曜の朝発見された。捜査官の常識的解釈は、これら状況の時間的経過を、実際とは誤った順序に——むしろそれが自然に見えたので、——置きかえたのは無理もなかった。またそう錯覚させるのが目的ではあった。

黒川圭造が、自身の指紋を支払事務所の帳簿や公報用紙に残したあとに殺された、のではなくて、事実は殺害されてから、指紋がそれらに採取され、逆に支払事務所へおかれたものだし、九時以後に支払事務所から三景ビルに移ったと推測した問題の銀将とて、九時以前、すでに三景ビルにおかれたとは、誰が想像しよう。（その銀一枚の手品のため一組と思われた将棋駒は実は二組使用されている）すべて逆の時間行使は、人々の常識的見解のうかつさにつけこんだ、巧妙な心理のトリックであったといえよう。

「銀将のそろわないところから、この駒の出所たる支払事務所と関連し、盗難事件とも結び合わせて、沼田と三門の共犯を推理した過程は——いろいろ犯行方法の可能性を検討して行けば、今のような回答は、当然引き出されるでしょう。しかしあなたが証言したように、駒が違っていたからなどというのは決め手として弱いのじゃないですか。思い違いということもありますね。もし真実これが同一駒だったら、彼らは犯人たりえないのですからね。そんな些細なことで証拠になるでしょうか」

「そうなんです……両人とも、一時追及を受けたのですが証拠不十分、なんとも手の下しようがなかったのです。ふたりの関係など、とんでもないと否定するのです。しかし悪いことはできませんね。いろいろつついているうちに沼田に汚職の余罪が発覚した。黒川との関係も明るみに出る。三門ひろ子と情を通じていたことも判ってきた。彼女はその期《ご》に及んでも頑強に否定したが、男のほうはあっさり観念したのです。自供があったから、それをもとに証拠固めの材料は、例えばS駅の一時預かり所の女の証言だとか、黒川との闇取引など、別にあったわけですが——結局、些細なミスを発見して解決の端緒を与えたのはとにかくこの私なんですよ」

そういって愉快そうに顔を綻《ほころ》ばせたが、檜垣氏の両の眼は、このときふしぎと冷徹な威厳にみちていた。

「沼田がアリバイ証人として私を選んだことは、一つの失敗でした。巧みな悪に対し、正しい知恵が公平に配置された。こうした摂理に深く感じるところがありましたよ。邪悪な組み合わせで、解きほぐしようのない知恵の輪、これとてもたった一か所、簡単に外れる急所があるんですね。その鍵は銀将一枚、これに着眼したのは天網恢々《てんもうかいかい》……とは言いません。そういう見方は私否定します。天の与えた手掛かりの、両者にとっての利害は、五分五分であるべきです。

その手掛かりに気付いたから、捜査側の勝利となったものの、もし見落としたらこれは計画者の勝利です。完全犯罪ですよ」

こう言いきったその時の氏の口調は、なにか私の神経に、理由のない動揺を与えた。

# 金知恵の輪

## 1

たったいま、葉山八郎《はやまはちろう》を殺した犯人は、彼の死体をじっと見下ろしていた。

葉山の好きな詰将棋《つめしようぎ》の話をしながら、彼が背中を見せたとき、後頭部に一撃を加えると、葉山はそのまま床に崩れた。あっけない最期であった。

犯人は周囲を見渡した。部屋の様子はさっきとなにも変わってはいない。何事もなかったように静かに時間が流れていた。

(こうしてはいられない……)

犯人は葉山の右の手に一枚の金将を握らせた。

玄関の扉は、内側からつまみを回すと施錠《せじよう》できる。裏口扉のキーを、ホルダーから抜き取る。そっと裏の通路に出た。そして、裏口扉を外側から施錠した。裏口を開け放したままでは、誰かが死体を発見するかもしれない。明日の朝まで葉山の死体が見つかっては困るのだ。通路を抜け表の通りへ出ると、犯人はゆっくりした歩調で歩き出した。

『ロック』は、地下鉄谷町《たにまち》線の文《ふみ》の里《さと》駅近くにある。マスターの戸塚英治《とつかえいじ》は、無類の将棋マニアで、そのせいか愛棋家の客がおおい。

★

十一月十一日土曜日の夜――

戸塚から電話があったので、砧順之介《きぬたじゆんのすけ》は店に顔を出した。女性の先客があって、嵯川久子《さがわひさこ》だと紹介された。名前は知っていた。彼女は、戸塚の大学の後輩で、将棋部のマネージャーだった。いまは、職団戦で有名な沖田電器《おきたでんき》の社員である。アマ女流棋士仲間ではトップクラスの実力があり、随筆などもこなす才媛《さいえん》である。

名村秀明《なむらひであき》がやってきたのは、六時半であった。砧は名村とも初対面である。名村は商社員らしく、キビキビした物腰の男であった。

「あなたが、砧さんですか。いや、お噂はいつも戸塚から伺《うかが》っております」と、如才《じよさい》なく挨拶《あいさつ》をする。

「マスター、早速だが、昨日預けた鞄《かばん》を出してくれないか」

「ああ、大事な品だというから、ちゃんと保管しておいたよ」

戸塚は、ロッカーからボストン・バッグをとりだした。鞄を受け取った名村秀明は、和綴じの古びた本を取り出して、砧に言った。

「これなんですがね。いかがですか」

「ほう、これは……」

享保《きようほう》時代の古棋書《こきしよ》『将棋妙案《しようぎみようあん》』の写本で、文献では知っているとはいえ、砧が見るのは初めてであった。

「たいしたものですねえ」

つづいて名村は駒袋《こまぶくろ》を取り出した。さらさらとカウンターに駒をあけて、まず銘の入った王将と玉将、それから飛車、角行、金将、銀将、桂馬、香車、歩兵と順に一枚ずつならべてから、残りの駒を駒袋におさめた。三人は一つずつ手にとって鑑賞した。

島黄楊《しまつげ》の年代もので、書体は、菱湖《りようこ》、初期のものとみえ雄渾《ゆうこん》な太字の彫り。さびといい風格といい、まさに逸品《いつぴん》である。

「なかなか見事な駒ですねえ。この本もそうです。結構なものを拝見しました」

「名村さん。いったい、どうしてこれを」

嵯川久子が尋ねた。

「この駒と棋書は、さる愛蔵家の未亡人から頂いたのですが、たいへん貴重な品なので、私もびっくりしました。葉山さんがそれを聞いて、ぜひ譲ってほしいと言われましてね……お使いの人がもう見える時分です」

そのとき戸塚が、名村の右袖《そで》のカフス釦《ボタン》が取れているのに目を止めた。戸塚に言われて、名村は床を捜したが見つからなかった。

「ちょっと、ゆるいので前にも落としたことがある。外で取れたのかもしれない」

そのままでは体裁《ていさい》が悪いと思ったのか、名村は、左のカフス釦を外し、シングルの袖口をシャツの釦で止め直した。

そのとき、ドアが開いて二人の若い女性が姿を見せた。

「やあ、三谷《みたに》さん、ご苦労様」

名村は手早く駒袋に駒を納め、棋書を添えて三谷という女性に渡した。彼女と連れの女性はすぐに立ち去った。

このときバーの時計は、六時五十分を指していた。晩秋のこの時期では、すでに日はとっぷり暮れている。

★

地下鉄平野《ひらの》駅の近くにある葉山八郎宅の応接間で、彼の死体が発見されたのは翌朝七時である。葉山は、後頭部をブロンズ像で殴られ、床にうつ伏せになって倒れていた。凶行はほぼ十二時間前と推定された。

硬直のとれない右手には将棋の駒の〈金将〉を一枚しっかり握っていた。

卓上にはずり落ちそうになった一寸盤があって、桝目《ますめ》をはずれ配置の乱れた駒が盤上にいくらか残っており、残りの駒は床に散乱していた。そして、『将棋妙案』という古い棋書が傍《かたわ》らに落ちていた。

撮影が終わると、係員は散らばった将棋の駒を、一枚ずつ丁寧《ていねい》にひろいあげた。このとき、係員は床の隅に落ちていたカフス釦を見つけている。


事件を通報したのは、金村将夫《かねむらまさお》という男であった。

「なぜ、こんな早朝にと言われるのですか。事務所には九時に出るから、その前に自宅で会いたい。七時に来るようにと言われたからです」

「何の用件ですか」

「分かりません。昨夜十一時に、葉山さんの事務所に勤めている三谷智子《ともこ》さんから電話があったのです。葉山からのことづてを頼まれた。ぜひ来てほしいというのです。訳を訊《き》いたのですが、彼女も知りませんでした」

「それで、あなたは、この自宅を訪ねた。ドアの鍵は開いていたのですか」

「いいえ、閉まっていました。何度も呼び鈴《りん》を押したのですが返事はありません。それは当然ですよね。それで裏口へ回ってみたのです。ここも閉まっていましたが、ちょうど家政婦の小《お》母《ば》さんがやってきたのです。ずっと通いできているらしく、彼女は裏口の合鍵を持っていました。それで部屋へ入ってみると、あのような状態でしたので、すぐに一一〇番したわけです。小母さんにも注意して、どこもさわってはいません」

★

捜査員は、三谷智子という若い女性に会った。彼女は『葉山商店』の事務員で、怜悧《れいり》な面立《おもだ》ちの落ち着いた感じの娘だった。

三谷智子はこう語った。

「葉山社長から頼まれていたのです。あの日は同窓会の打ち合わせで、野木弘子《のぎひろこ》さんと会う約束がありました。彼女は近くの『あおい証券』に勤めています。それで会社が終わったあと、野木さんには訳を話して、私の用事につきあってもらったのです。地下鉄文の里駅前の『ロック』という店へ、彼女と一緒に行きました。六時五十分でした。そこで名村さんから将棋の駒と本を受け取りました」

「名村さんというのは……」

「社長の知り合いです。将棋友達だそうです。加瀬《かせ》商事の社員で、外交のお仕事をしておられます。そのせいか、うちの事務所へはよくお見えになり、社長と雑談をなさってました」

「分かりました。あなたは『ロック』で名村氏から品物を受け取った。それで……どうしました」

三谷智子は、一呼吸おいて答えた。

「すぐに店を出て、その足で平野駅に近い葉山社長の自宅へ行きました。もちろん野木さんにもつきあってもらいました。玄関先で社長に駒と本を渡して、すぐにおいとましました。それが丁度七時五分でした」

地下鉄谷町線の文の里から平野までは、乗車時間六分だから、すぐに電車がくれば徒歩をいれて、こんなものだろう。

「七時五分すぎですね。そのとき葉山社長の様子はどうでした。何か変わったことはありませんでしたか」

「さあ、よく分かりません。お客がある様子で、社長もすぐ扉を閉められました」

「そのとき部屋にお客がいたのですね。誰だか分かりましたか」

「いいえ、そこまでは……私は玄関先ですから」

「それから、あなた方はどうなさいました」

「平野駅前の喫茶店『エコー』で野木さんと小一時間話しました」

「同窓会の打ち合わせでしたね」

「はい。野木さんと別れたのは、八時前でした。正確に言うと七時五十分です。一緒に地下鉄のホームに下りました。野木さんは八尾南《やおみなみ》まで帰りますし、私は反対の阿倍野《あべの》まで出たわけです」

★

三谷智子の証言によると、現場に散乱していた将棋の駒と古棋書は、名村秀明という男のもとから、まさに殺人の当夜、そこに運ばれたことになる。捜査員は、今里《いまざと》にある名村のアパートを訪ねた。

「葉山さんとは、将棋クラブで知り合ったのです。それで、たまに天王寺《てんのうじ》の貸ビルにある事務所を訪ねることもあって、事務員の三谷さんとも心易くなったのです。葉山社長は、管理を任せていた遠縁の緒方《おがた》という人がなくなって困っていました。『葉山商店』というのは、装身具雑貨を扱っていて、三谷さんと、雑用の青年が一人いて、それだけの小さな会社です。あとは適当にバイトを使っていたようです。片腕の緒方を失って、弱っているんだ。どうだろう名村君、いまの所を辞めてうちへ来てくれないか。こういって誘われていた矢先でした……」

刑事は、『ロック』で駒と本を智子に手渡したときの様子を、あらためて名村に聞いた。さきに訊いた智子の証言と、時間的なくい違いはないだろうか。

名村の返事は明快だった。

「駒と本は、前の日から鞄ごと戸塚に預けていました。それを、三谷さんに渡す約束があるので、私が『ロック』に顔をだしたのは午後六時半です。三谷さんが友人の女性と連れだって『ロック』へきたのは、六時五十分でした。彼女は受け取るとすぐ帰りました。そのとき店には私のほかに三人いましたから、聞き合わせてください」

そういって、友人であるマスターの戸塚、アマ女流棋士の嵯川久子、それに初対面の私立探偵の名前を上げた。

「分かりました。ところで、名村さん、あなたは何時ごろまで『ロック』におられました」

「今夜はママが休みだからと言って店を閉めた戸塚が、卓上盤をもちだし、砧氏とカウンターをはさんで将棋をはじめたものですから、観戦していました。嵯川さんや私も交替して指しました。終わったあとも、衛星放送で十一時に名翔《めいしょう》戦第四局の速報解説があるというので、みんなでそれを見て、やっとおひらきにしたのです。十一時半でした」

「それでは六時半から十一時半まで、ずっとバーにおられたわけですね」

「みんなも一緒です。トイレにたつ以外はそこを動いてはいませんよ」

★

H署に設けられた捜査本部には、一課の須潟賛四郎《すがたさんしろう》警部が、牧田《まきた》部長刑事をはじめとする班の精鋭をひきいて駆けつけていた。昨夜、H署の沖《おき》警部補から電話があって、証言を要請されたので、砧が出頭すると、顔なじみの連中が黙礼で彼を迎える。いきなり、須潟警部の快活な声がとんできた。

「やあ、砧。わざわざ出向いてもらったけれど、どうせひまを持て余しているだろうからね。あの晩は、れいのバーにいたそうじゃないか」

「僕の行くところ、いつも事件が付いて回るようだな。名村秀明という人には、あの晩はじめて会ったのだが、彼が事件にどんな関わりがあるというんだ。警部、くわしく説明を願いたいね」

　そこで沖警部補が、須潟にかわって現場の状況を砧に説明した。

「分かりました、沖さん。いまあなたに聞いた限りでは、名村氏のアリバイは成立します。私たちとバーでずっと一緒だったと言うのは、本当です。ただし、私が彼の行動に責任を持てるのは、六時半から十一時半の間ということですよ。別れたあとで、名村氏が葉山宅を訪れたかもしれません」

「いや、それはないと思います。葉山宅の玄関は旋錠されていて、侵入は裏口に限定されています。ちょうどあの土曜日の晩、裏口の通路を出た角にある栄《さかえ》ビルの改装工事現場で小火《ぼや》が起きたのです。それで、あの通路は十時から早朝まで、通行できない状態でした」

「なるほど……」

「ですから、犯行時刻は、三谷智子さんが葉山宅を訪れて駒と本を渡した七時五分から十時までの間と限定できるのですが、死体の死後経過時間の判定では、そんなにおそい時刻ではなく、ずっと宵《よい》の口《くち》に行なわれたとみているのです」

「ほう、そうですか。そんなにおそい時刻ではない……」

　砧は、ちょっと首を傾《かし》げ、

「すると、三谷智子さんが訪ねて、立ち去ったその直《す》ぐあとかもしれませんね」

　と、尋ねるように言った。

「一応、そう考えているのですが」

「ところで、現場に散乱していた将棋の駒は、全部回収できましたか」

「実は、それをあなたに鑑定して頂くつもりでした。これは、散乱した状態の現場写真ですが、いま、現物をお目にかけます」

沖警部補は、駒袋と古棋書『将棋妙案』を砧の前にとりだした。砧は、それらを慎重に手にとって調べていたが、おおきく頷いていった。

「間違いありません。私が見たものと、全く同じものです。駒といい本といい、値打ちものです。近頃の駒なら似たものを複製できるでしょうが、これはかなり時代ものですし、この『将棋妙案』など写本とはいえまさに稀覯本《きこうぼん》です。名村氏はさる人から譲られたと言ってましたが」

「実は、被害者の葉山氏は、金将を右手にしっかりつかんで、死んでいました。どう思います」

「ほう、そういうことがあったのですか」

砧は、考え込むように黙ってしまった。

「それと、砧さん、現場にこんなものが落ちていたのです」

言いながら、沖警部補がとりだしたのは瑪瑙《めのう》細工のカフス釦である。一目見て、砧は急に言葉が出なかった。

「おや、砧さん、どうしました。何か心当たりがおありですか」

砧は、『ロック』のマスター戸塚が、名村の袖口からカフス釦が取れているのをみて注意したことがあった、と話した。

「ほう、そんなことがありましたか。すると、このカフス釦はたいへんな意味を持ってくるじゃありませんか」

沖警部補が勢い込んでそういったので、砧はあわてて言い直した。

「いや、私が名村さんの、残っているカフス釦を見たのは、ほんの一瞬といえるほど、わずかの時間です。名村さんは体裁が悪いので、残りのほうも外して直ぐポケットにしまわれました。だから、現場に落ちていたこのカフス釦が、ペアの片割れだとは、言い切れません。これは、名村氏本人に直接訊いたほうが早いですよ」

「早速、そうしましょう」

「万が一、これが同じものだと分かっても、名村氏が犯人であって、現場に落としたものとは、言えませんよ。時間的に有り得ないことですからね」

「分かっています。被害者が握っていた駒といい、このカフス釦といい、私はどうも、犯人の作為《さくい》ではないかと、そんな気がするのですが」

2

牧田部長刑事はH署の大村《おおむら》刑事とともに、加美《かみ》にある金村将夫の住居を訪ねた。

独身の金村は2DKマンションの一室を、自宅兼事務所として使っていた。表扉には、もっともらしく《金村企画》というプレートが付けてあるが、どういう仕事をやって食っているのかよく分からない。

「金村さん、あなたは事件の通報者ですが、もうすこしくわしく葉山氏との関係を聞かせてほしいのです」

「関係といっても、商売で知り合っただけで別にそれほど深いつきあいがあるわけではありません」

「あなたは、最初に死体をみている。だからあの将棋の駒の散乱した現場の様子は、当然知っていますね。金村さん、これは公表されなかったけれど、死体はあの将棋の駒の金将をしっかり握っていたのです」

「それがなにか……」

「葉山氏は、死のまぎわに犯人の名前を知らせようとして、金将をにぎった。つまり金将という駒で、金村将夫という名前を知らせようとしたのではないかと」

「ちょ、ちょっと待ってください、刑事さん。アホらしくて物も言えませんよ。葉山氏は苦しい息の下で、散らばった駒のなかから金将を選《よ》り分けたと言うんですか。苦し紛れにつかんだかもしれないでしょう。それが偶然、私の名前に似通っていたからといって、それはないでしょう」

「最近、葉山氏とあなたが事務所でひどく口論したという噂ですが」

「誰がそんなことまで……いや、あれはなんでもありませんよ」

金村将夫は、そっけなく返事した。だいぶイライラしている様子だ。牧田部長刑事は動じる気配もなく、次の質問をぶつけた。

「それでは、念のためにお尋ねしますが、十一日土曜日の夜は、どうしておられました」

金村は明らかに不愉快な表情で、刑事をにらみ返した。

「答える義務がありますかねえ」

「まあ、そうおっしゃらずに、協力してください」

金村は、押し黙ったままである。牧田は、辛抱強く待った。とうとう根負けしたのか、金村は、ポツンともらした。

「夕方の五時までこの事務所にいました」

しばらくして、牧田が言った。

「ほう、五時までここにおられたのですね」

「実は、取引のことで、前夜、上田《うえだ》という男から電話があったのです」

「……」

「もう一度会いたい。六時に梅田《うめだ》の日映《にちえい》ホテルで待っている、というのです」

金村は、はずみがついたのか、興奮した口調で後を続けた。

「私は、七時までロビーで待ちましたが、彼は来ません。携帯電話をアチコチかけて、やっと上田に通じましたが、そんな電話なんかした覚えがないと言うんです」

「ほう……」

「もう、無性に腹が立って、あちこち飲み歩きました。酔ってマンションに帰ったのは十時半でした。玄関横にラーメンの屋台が止まっていたので、一杯すすりました。管理人が知っています。まあそんなところですが、刑事さん、これでご返事になっていますか」

「結構です。つまりあなたは十一日の晩は、ニセ電話に振り回されて、あちこち歩き回ったと言うことですね」

「分かっていただけましたか」

「結構です。その上田という人の住所を教えてください」

「彼でしたら、JR 東淀川《ひがしよどがわ》駅近くの周旋《しゆうせん》屋です。電話番号はこれです」

金村将夫は、メモを渡して、こういった。

「いままでは、ひどいイタズラをする奴がいるくらいに思っていたのですが、いま、刑事さんから将棋の駒の話を聞いて、これは悪意があってやったんだなと気がつきました。私は誰かにハメられたんです」


金村将夫との面談は、こんなふうだったが、二人の刑事は念のため、JR東淀川駅の近くにある上田という周旋業者の店をたずねた。

上田氏は「そんな電話などかけるはずがありません」ときっぱり否定した。ただ、七時ごろ金村から抗議の電話を受け取ったのは事実で「彼はカンカンに怒っていたが、覚えがないことですから、なんとか宥《なだ》めて電話をきりました」と刑事に語った。

ついでに金村の評判を聞きたかったが、上田氏は用心深く口をつぐんで、それ以上のことは話そうとしなかった。

★

「あなたは、あの夜、カフス釦を片方落とされたそうですね」

沖警部補にそう尋ねられて、名村秀明は、訝《いぶか》るような表情を見せた。

「はあ、それがなにか……」

「実は、現場にこのカフス釦が落ちていたのです。まさか、あなたのじゃないでしょうな」

「そ、それです。刑事さん。いつか見つかるかと思って、片方をここにもっています」

名村は、ポケットからもう一方のカフス釦をとりだした。明らかにそれらは、一対をなしていた。

「これが、現場にあったというのですか。でも、へんですねえ」

「犯人が凶行のさい落としたものと、われわれは考えていたのです。名村さん、まさか、あなたではないでしょうな」

「とんでもない。見つかったのは、よかったですが、それが殺人現場に落ちていたとなると、問題ですね」

名村秀明は、しばらく考えてこういった。

「かりに、私が殺人現場に落としたものならば、わざと、違うカフス釦の片割れをお見せしますよ。正直に同じものを見せる筈《はず》がないでしょう」

「それもそうですな。でも、この遺留品があなたのものと確定できて、少し問題が整理できました」

「と、おっしゃると……」

「『ロック』にいた人たちの話では、カフス釦の紛失がわかったのは、三谷智子さんが店にくる前でした。つまり六時五十分にはすでに紛失していた」

「はい」

「葉山氏が殺されたのは、状況的にみてその後と思われます。現場は十時以後出入りできなかったわけですから、その時間『ロック』にいたあなたは犯人ではない」

「………」

「だとすると、ある人物がカフス釦を拾って殺人現場に置いたことになります。しかし、ライターだとか万年筆などならば、前日にでも手に入れる機会はあったかもしれませんが、カフス釦の場合……」

「そうですよ、刑事さんに言われて、いま私もそれに気づいたのですが、あのカフス釦を落としたのは身につけていたときですから、紛失に気が付くまでに、それほど時間が経っていない筈です」

「私も、そう考えます。あの日、いつ、どこで落としたか。誰が傍《そば》にいたか、心当たりはありませんか」

沖に言われて、名村は首を傾げた。

「いろんな人に会っていますので……、刑事さん、少し考えさせてください」

★

足踏みをする捜査本部に、西成《にしなり》区にある『橘探偵社《たちばなたんていしゃ》』から意外な情報が寄せられた。この内容は、早速、沖警部補の口から捜査員一同に知らされた。

「亡くなった葉山八郎氏には若い愛人がいて、最近、彼女の素行に疑いを持った葉山氏が、探偵社に調査を依頼していたのだ」

沖はこう言って、捜査員を見回した。

「女性は黒田《くろだ》あゆみ二十七歳、美章園《びしょうえん》のマンションにすんでいる。この女性に探偵社の所員が、貼《は》り付いて監視をしていたのだが、男性とホテルにはいったのをつきとめた。隠し撮りにも成功している」

沖は、写真を取り上げていった。

「それが、十一日土曜日の夜、つまり葉山氏が殺された時間帯に相当するのだ。男性というのが、写真にハッキリ写っている。金村将夫なのだ」

なにが起ころうと驚かない捜査班の連中もちょっと意表をつかれたのか、急には言葉がでなかった。

「探偵社にすれば、秘匿《ひとく》事項だが依頼人が殺害された事実を重く見て、私立探偵の砧氏を通じて情報を提供してくれた。すでに、金村氏も女性も事実を認めている」

「………」

「金村は、捜査側の心証を悪くするのを恐れて、偽アリバイを申し立てたわけだが、いずれにしても、金村は葉山殺しについてはシロとみていいだろう」

途端に、若い大村刑事が憤懣《ふんまん》の声をあげた。

「殺生《せっしょう》ですねエ……あいつ、金村のやつ、よくもヌケヌケと……牧田さんのお供をして、加美から東淀川まで行ったんですよ。まあ、それは仕方ありませんが、結局、いいように振り回されていたわけですね。癪《しゃく》だなア」

「といっても、大村君。こちらも全く、彼に気を許したわけじゃない。解決まではそれとなく監視が必要だが……」

沖警部補が宥めるように言った。

「すると、どうします」

「もういちど、振り出しに戻って、三谷智子の行動を徹底的に調べ直すことだな」

★

あの夜三谷智子と一緒だった野木弘子は『あおい証券』天王寺《てんのうじ》営業所に勤めていた。

砧順之介は、退社時間を待って、彼女を喫茶店に誘った。『ロック』では、お互い目礼をかわしただけで、ほんの短い時間だったが、弘子は、砧のことを覚えていた。

「三谷智子さんとは、あれ以来お会いになりましたか」

「いいえ」

「あなたも、たいへんでしたね。警察で、いろいろ訊かれたでしょう」

「はい」

「とんだ、とばっちりでしたね。大体の話は智子さんが、警察で話したので分かっているのですが、ちょっと気になるところがありましてね」

「どういうことでしょう」

「三谷さんとあなたは、連れ立って葉山氏の自宅を訪れた。そして三谷さんが、『ロック』で名村氏から託された将棋の駒と古い書物を、玄関先で葉山氏に手渡した。それが七時五分だった。そうでしたね」

「はい」

「そのとき、葉山氏はどんな様子でした」

「それは分かりません。私はお会いしてませんから……あのとき、三谷さんは、ここで待っていてね、と言って一人で玄関のほうに歩いていったんです。私は、少し離れた門のあたりに立っていましたが、彼女の話し声を聞いただけで、玄関の様子は見えなかったのです。三谷さんは直ぐ戻ってきました。ほんの一、二分しかかかりませんでした。それから駅前の喫茶店で、八時近くまで話しました」

野木弘子の話は、砧をおどろかせた。

やはり、三谷智子の話には、大事なところが抜けていたのだ。

「ほんとは私、喫茶店でもう少し話をしたかったのですが、智子はうわのそらでした。同窓会の打ち合わせなんて、ほんの付け足しでした。様子がへんなのです。しきりに時間を気にするものですから、どうしたの、と訊くと実は今夜はもう一つ約束があるというんです。私は腹が立ちました。何なの人を誘っておいてよく言うわね、と怒ってみせたのですが、智子は低姿勢でした。ごめんなさい、次の日曜にでもゆっくり会いましょうと言って、宥めるのです。よほど事情があるのではないかと、察して話を切り上げたのです。地下鉄は、お互い反対方向に行くものですから、ホームで別れたのです。電車は、私のほうが先に来たものですから、先に乗りました。そんなわけです。シラケたまま別れたので、それからあと、智子には会っていません」

★

再度の調査には、最初の係員ではなく、牧田・小林《こばやし》のペアが当たることになった。牧田たちは時間を測りながら、智子と同じコースをたどり阿倍野で下りて、駅近くの小さなビルを訪ねた。

三階にある『新興社《しんこうしゃ》』と銘板のある扉を開けると、四、五人の若い男女が机をはさんで会議なのか討論なのか、さかんに喋《しゃべ》っているところだった。カラーペンでベタベタ書きなぐったビラが衝立《ついたて》に貼ってある。いったい、何をやっているのか、刑事は一見して見当がつかなかった。

主催者でフリーライターだという浦野二郎《うらのじろう》という青年が、刑事に応対した。

「ここでは主にタウン誌の編集をやっております。ビデオ鑑賞という催し物の一つが定着して土曜会というサークルができたのですが、毎月第二土曜日の午後六時から九時まで定例会を開いております。ビデオ映画なんて、いまでは珍しくも何ともないのですが、ここならお互いに共通の話題が楽しめますし、ソフトの貸し借りもできます。そんなわけで、いまでは、毎回二十人ほど集まるようになりました」

浦野は、話好きらしく、とうとうと喋り始めた。刑事は、本来の目的である三谷智子について、質問をはじめた。

「三谷智子さんは、ふるくからの会員です。この前も、事情聴取においでになった刑事さんに申し上げましたが、彼女は十一日土曜日の晩は、いちおう出席されています。少し遅れてみえたようでした。八時を過ぎていましたかね」

「それから三谷さんは、ここにずっとおりましたか」

「九時の散会のとき、挨拶しましたから、それは間違いありません」

「そうですか」

このとき、傍らから女の子が口を出した。

「浦野さん、そうじゃないわ。智子は、河口《かわぐち》さんと何か話をして、来て直《す》ぐに出ていかれた。それで、終わるまぎわに戻ってこられたんだわ。私、傍《そば》にいたから、知ってる」

「えっ、そうだったの。刑事さんすみません。この前、お見えになったときも、みんな、三谷さんは終わりまでいたというものですから、そうお答えしたのですが」

「刑事さん、前に一度そのことでお見えになったのですか。私、そのときはいなかったものですから……」

「いや、いいんですよ。そのときのことを詳しく話してください」

「智子が話していたのは、河口卓也《たくや》さんです。熱心なかたで、例会というと、いつも堺《さかい》のほうから、わざわざやって来られるんです。ご本人にお訊きになれば、よく分かると思いますが」

「そうですか。その、河口さんというかたの住所をお聞かせ願えますか」

河口卓也は、堺《さかい》東《ひがし》にある酒店の息子で、会ってみるとマジメそうな青年だった。

「ああ、三谷智子さん……彼女の会社の社長さんが、大変なことでしたね。わざわざお越しになったのは、きっと、そのことですね。彼女どうかしたのですか。刑事さん、何があったのです?」

「いや、別にかわりありません。ただ、三谷さんは社員ですからね、手続き上、事件当夜の行動を確認しておく必要があるのです」

「そうですか。彼女は、何でもないのですね」

「もちろんです。土曜会というサークルのことを伺いたいのですが」

河口卓也は、ゆっくり話しはじめた。

「まえの例会のときです。三谷さんに大事なテープを貸してあったんです。十一日の例会には返してもらう約束でした。ところが、彼女なかなか来ないでしょう。ジリジリして時計ばかり見ていました。八時十分になって、やっと現われました。おまけに彼女、ほかに用事があったのでテープを忘れてきたと言うんです」

「ほう……」

「私がなじると、事務所に置いてあるから、直ぐに取ってくる、と言って出て行きました。彼女が勤めている『葉山商店』は、もちろんご存じでしょうが、天王寺ターミナル北側の雑居ビルにあります。直ぐ近くなので、私も止めなかったのですが、徒歩なので結構時間がかかり、もう散会だというころやっとテープを持って、戻りました」

「すると、三谷さんは、五十分近く会場にいなかったということですか」

「いや、彼女の不在は正味四十分です。ずーっと時計をみていました。正確には、八時十五分から八時五十五分の間ということです」

★

「三谷智子のアリバイは崩れましたよ」

H署の捜査本部に戻った牧田部長刑事は、勢い込んで、主任捜査官である須潟警部に報告をした。

「ご苦労だったね」

須潟は、労をねぎらったが、近ごろ不精《ぶしょう》になって、ただでさえ巨《おお》きな身体《からだ》を動かそうとしない。尤《もっと》も、ベテランの牧田らに寄せる信頼は大きかったし、H署のエリート、気鋭の沖警部補の才能を、須潟はかっていた。よけいな差し出口をひかえているふうであった。

大村刑事が、みなに報告をかね、説明をした。

「ビルの管理人は、土曜の晩、智子が二階にある『葉山商店』事務所に出入りしたことを、キッパリ否定しました。各事務所の鍵は、退去のとき管理人が預かって保管するようになっているし、かりに、合鍵を作っていたとしても、夜間はビルの出入りを厳重に見張っているから、というんです」

「ふむ、すると三谷智子には殺人のあった晩、四十分の空白があった……」

「そうです。八時十五分に土曜会の会場を出て、直ぐ地下鉄で平野まで行く。乗車時間だけいえば八分の距離ですから、ほぼ八時半ごろ葉山宅を訪れる。葉山社長は事務員の智子が急用できたといえば、疑わずに部屋に入れたでしょう。将棋好きの葉山氏は、たぶん、さきほど手に入れたばかりの珍品の将棋駒を卓上盤にならべ、古棋書の詰将棋を解こうとしている満ち足りたひとときだったかもしれない。そして、突然の死に見舞われたのです」

「………」

「葉山氏を殺したあと裏口の鍵を奪って、智子が現場を出たのが八時四十分ごろ。そして、土曜会の会場へ戻ったのが八時五十五分というギリギリの計算ができるのですが」

「ふうむ……、やはり彼女か。野木弘子の話をきいて、智子にはなにかあると思っていたのだ。いずれにしても、三谷智子本人にもう一度話をきこうじゃないか」

「事務所はあれ以来閉じているから、彼女、たぶん自宅じゃないですか。アパートは、御堂筋《みどうすじ》線の北花田《きたはなだ》です」


捜査員が駆けつけたとき、三谷智子はすでに絶命していた。

毒物をあおっての自殺だった。卓上のメモには、乱れた字でこう書いてあった。

《達彦《たつひこ》さん、許してください。もう、これ以上耐えられません》

3

三谷智子の自殺は、偽装死ではないかと疑う捜査員もいたが、鑑定の結果ハッキリ自殺と断定された。部屋にあったショルダー・バッグの中に、一個のキーが見つかったが、これが、葉山宅の裏口のキーであることが判明した。

彼女の死によって、事件はいちおう結末を迎えた。が、それでは戸塚をはじめ、捜査員の尋問に応じたりして、いやおうなく事件の渦中に巻き込まれた連中が、おさまらなかった。砧のアパートにおしかけて、真相の説明を聞きたいとせがむのである。

福島区《ふくしま》の『千代田《ちよだ》コーポ』八階にある4LDKに、砧順之介は、日ごろ快適なシングル・ライフを楽しんでいるのだが、今日ばかりは、ときならぬ闖入者《ちんにゆうしや》に、ソファーを占領されてしまった。『ロック』の戸塚英治、アマ棋士の嵯川久子、名村秀明、そしてバツのわるそうな金村将夫がいた。

砧がペーパー・ドロップでご自慢のキヌタ・ブレンドを淹《い》れると、嵯川久子がサービスを手伝った。

「金村さん、捜査員はあなたを疑っていたんですよ」

ひとしきり雑談がおわると、砧はこういって、口火をきった。

「葉山氏が握っていた駒があなたの名前をさしていたのも、犯人の作為ではなく、本当のダイイング・メッセージではないかという意見もあったわけです」

「……………」

「運悪くあなたは、当夜ある女性と逢っていた。そこで別の場所にいたというアリバイを主張した。ところが、女性のパトロンである葉山社長が、彼女の素行調査を、予《かね》てから探偵社に依頼していたのです。そんなわけで、情事はバレたけれど、葉山殺しについての容疑は晴れました。金村さんのために釈明しておきますが、その女性とは幼馴染《おさななじ》みで、深い事情もあるようです。あとのことはよく話しあってください」

砧は、ひと息ついて話をつづけた。

「捜査員は振り出しに戻って、三谷智子の証言を再調査することにしました。当夜、彼女と八時ごろまで一緒だった野木弘子さんに、もう一度会って詳しく話を聞くと、微妙なくい違いに気付いたのです。智子が葉山氏を訪ねたとき、弘子さんは玄関先まで一緒に付いていったわけではなく、ここで待っていて頂戴と智子に言われ、玄関とは離れたところにいました。そのとき葉山氏にあって駒と本を手渡したと言うのは智子の証言だけで、弘子さんは葉山氏の姿を見ていないのです。そのとき来客があったと言うのも智子の証言だけです。しかし智子の証言を疑う根拠はありませんでした。このことはあとで重要な意味合いを生じることになるのですが、そのときは誰も分かるはずがありません。七時五十分に、野木弘子さんと地下鉄平野駅のホームで別れた三谷智子は、四駅先の阿倍野で下車しました。八分の乗車距離です。ビデオサークル土曜会に智子が顔を見せたのが八時十分でした。散会したのが午後九時で、そのあと北花田のアパートに帰ったのは十時前でした。これは証人があります。『ロック』を六時五十分に出てから十時にアパートに帰るまで、一見、智子にまったく隙がないのです。尤も最初の聞き取りでは、サークルの主宰者ほか二、三の証言だけで、信用してしまったのです」

「………」

「別にサークルの人たちが嘘の証言をしたわけでもないのです。彼らもビデオ鑑賞に夢中で、智子が途中で抜けだし、散会まぎわに戻ったのを知らなかっただけです。しかし、捜査員の執念がついにこの壁を破りました。再調査の結果今度は、貴重な証言が得られたのです。その青年は、堺東から参加している熱心な会員です。その青年は、前のとき智子に貴重なビデオテープを貸していて、あの日の例会に返却してもらう約束でした。だから、智子が六時の集合に大変遅れて、会場に来たのが八時十分だったのを、ハッキリ覚えています。彼女はテープを忘れてきました。でも天王寺の事務所に置いてあるから、すぐ取ってきますといって、彼女は会場を出ました。そして散会まぎわにテープを持って引き返してきたそうです。正確に言うと八時十五分から八時五十五分まで、智子は会場にいなかったそうです。青年はずっと時間を気にしていたから、この時間は間違いないと言っています。捜査員は念のため天王寺の『葉山商店』事務所を訪ねました。ビルの警備員は、智子が当夜出入りしたのを否定しました。智子には、四十分の空白があったのです。ビデオテープなど、初めから智子のバッグに入っていたはずです」

「すると三谷智子さんは、その空白時間に平野駅にきて葉山氏を殺し、また阿倍野駅の会場に引き返したというわけですね」

嵯川久子が、口を挟んだ。

「そうです。鍵はないけれど、玄関から面会を求めた。おそくなったけれど、名村さんから駒と本を預かってきた。そう言って部屋に入ったことでしょう。葉山にしても事務所ではたらいている女性だから、まったく警戒していなかったと思います。油断を見すまし葉山を殺害したあと、裏口のキーを奪って脱出したのです。身辺に捜査の手が迫っているのと、罪の自責の念にかられ智子は自殺したのです。彼女のバッグから裏口のキーが見つかりました。事件後処置するのを忘れていたのでしょう」

「すると、三谷智子は将棋の駒を握らせて金村さんに疑いをかける細工をしたり、名村さんのカフス釦をおいたりしたのは、二人のどちらかに疑いをかけるためでしょうか」

　久子が再び疑問を投げかけたので、傍から名村秀明が頷いて言った。

「いや、あのときは驚きましたよ。カフス釦がいつとれたのか知りませんが、智子がそっと拾って隠していたのですね。あの日は、午後『葉山商店』に寄ったのです。智子ひとりが留守番をしていたので、夕方『ロック』であう約束をして帰りました。そういえば、あのとき商品箱を棚からおろすのを手伝った覚えがあります。きっと、カフス釦がとれたのはそのときでしょう。前から計画していた智子は、とっさにそれを利用しようとしたのですね」

「そういう機会があったかどうか、三谷智子が死んだ今となっては、確かめようがありませんね。私はむしろ、名村さん、あのカフス釦は葉山が殺されたとき、犯人の袖口から落ちたものと思っています。そう考えるほうが自然じゃないですか。殺《や》ったのは、あなたですね」

　砧がこう言い切ったとき、一瞬、ヒヤリとした空気が室内をよぎった。名村は、黙ったまま口元にチラと笑みをうかべた。

　砧は、新しい煙草に火を付け、おもむろに真犯人名村秀明の犯行方法を説き明かすのであった。

「名村さんが前日『ロック』のマスター戸塚さんに預けた鞄のなかには将棋の駒と本が入って

いて、翌日三谷智子が受け取りにくる前までずっと戸塚さんが保管をしていた。駒袋の中にはちゃんと四十枚の駒が入っていると、誰しも思っている。ところが名村さんは、預ける前に一枚の金将を抜いておいたのです。事件当日、名村さんが葉山の自宅を訪れたのは、午後六時ごろでしょう。葉山を襲ったあと、金将を握らせて、なにくわぬ顔をして『ロック』へ姿を見せた。これが六時半でした。私たちに古棋書と駒を披露した。名村さん、あなたはこのとき、駒袋から一枚ずつ銘々《めいめい》の駒を並べてみせたけれど、全部の駒を見せませんでしたね」

「……」

「そうこうしているうちに打ち合わせどおり三谷智子がやってきたので、駒と棋書を渡した。そのときそっと葉山宅の裏口キーを渡したはずです。三谷智子が同窓会の打ち合わせにかこつけて野木弘子をつれてきたのは、証人にするためです。先ほども言ったとおり、午後七時五分に葉山に玄関先で品物を手渡したように、弘子に思わせる必要があったのです。勿論《もちろん》このとき、室内には葉山氏の死体があった。本人に渡せるはずがありません。あとで捜査員に、そのとき室内に来客があったように思うと証言したのは、捜査を混乱させるためでしょう。さて、喫茶店で野木弘子と同窓会の打ち合わせをし、それから、智子は阿倍野のビデオ鑑賞会に出席した。あとは、さっき言ったとおりです。アリバイを作り葉山宅へ裏口から侵入した」

「……」

「さっきの話と違うのは、このときすでに、名村さんに殺された葉山の死体が床に横たわっている。そこで智子の役目は、持参した将棋の駒の残りを床に散乱させ、古棋書を置いてくるだけです。これでお分かりですね。殺人は六時に行なわれ、八時半に共犯者の状況作為が行なわれた。表面から見ると、犯行は少なくとも七時以後と思われたので、『ロック』にいて十二時近くまで、私たちと一緒だった名村さんは疑いを免《まぬか》れたのです。しかし、現場にカフス釦を落としたのは、計画になかった失敗でしたね」

このとき、まるで申し合わせてあったかのようにH署の沖警部補と捜一の牧田部長刑事が、訪れてきた。


観念したとみえ、任意出頭に応じた名村秀明が、二人の刑事に同行して去ったあと、砧はまだ釈然としない面持《おもも》ちの聞き手に、こう補足するのだった。

「表面では友好関係にあった名村秀明がなぜ葉山八郎を殺したのか。調べでは五年前に名村の妹が自殺したことがあって、そのへんに隠れた動機があるのではないかと推測されますが、本当のことは分からない。いずれ警察での自供で明らかになるでしょう。可哀相なのは三谷智子です。彼女の行為そのものは共犯といえるが、葉山社長に対しては、動機はない。僕の調査では、智子はさる資産家の次男に見初《みそ》められて婚約が整う寸前だった。名村は智子の過去のあやまちをタネに、彼女を脅迫したのでしょう。智子はやむなく名村の脅しに屈し、犯罪の片棒を担いだ。名村の計画では、共犯者の存在はどうしても必要だった。打って付けの条件を備えた三谷智子は恰好《かっこう》の餌食《えじき》だった。あの夜は、催眠術にかかったように夢中で名村の指示にしたがったものの、事件後、冷静になってみると急に恐ろしくなった。捜査員の尋問には気を張って答えたものの、だんだん不安になってきた。自分のアリバイも名村の犯行もいずれバレるだろう。そのとき自分の立場はどうなるのだ。婚約もご破算ではないか。友人の野木弘子の話では、智子はうつの病歴もあったということですから、恐怖感をよけいに募《つの》らせたことでしょう。この緊張に耐え切れず智子は死を選んだのです。まあこれも僕の推測ですが、たぶん間違ってはいないでしょう。名村の自供を待つばかりです」

砧はしんみりした口調だったが、すぐ明るい表情に戻り、こんなことを言った。
「将棋の駒を殺人の工作に使うなんて、愛棋家の風上におけないな。将棋を冒瀆《ぼうとく》するものだよ。そういえばずっと前に、将棋の銀将をアリバイトリックにした事件に関わったことがある。僕の友人で売れないタンテイ小説を書いている男がいて、それをネタに『銀知恵《ぎんちえ》の輪《わ》』という小説を書いた。『将棋妙案』という古棋書のなかに銀知恵の輪・金知恵の輪の二題が載っているので、小説の題名をそれに掛けたわけだが、偶然とはいえ、今度の事件で犯人は金将をトリックに使った。そして現場に落ちていたのがあの『将棋妙案』だった。類似に驚いているんだ。今度の事件を友人が小説に書くとしたら、どんな題名をつけるか、聞かなくても分かっているじゃないか」

# 見えない時間

1

金曜の夜、早苗《さなえ》のマンションに冴子《さえこ》から電話があったのは、ちょうど午後八時だった。

「ちょっと、困ったことができたの。早苗さん、すぐ来ていただけないかしら」

「困ったことって……なにが。今、ちょっと手がはなせないのよ」

「お願い。あなたに助けてほしいの。ねえ、できるだけ、いそいで」

冴子の身に何が起こったか、まだそのときは早苗にもわかるはずがなかった。

女流推理作家の高杉《たかすぎ》冴子とは同じ大学だった。ふたりはミステリークラブの会員だったが、冴子は新人賞を取り、美貌《びぼう》の彼女は一躍人気作家になった。

早苗は、会社員となったが、余暇は冴子の手助けをしていた。冴子が有名になるにつけ早苗に接する態度が変わった。仕事が捗《はかど》らず、イライラすると、夜遅く呼びつけることがあった。

早苗の顔を見ると、気がすむようであった。だから、そのときも、またいつものわがままだろうと思ったのも無理はなかった。

「わかった。行くわ……」

早苗は、受話器を置いた。


同じ夜のちょうど同じ時刻――

午後八時だった。南森町《みなみもりまち》の将棋クラブに倉田草平《くらたそうへい》はふたたび姿を現わした。

「倉田さん、待っていたんですよ」

早速、好敵手の一人が声をかけてきた。どうにも気が進まなかったが、倉田はしかたなく駒を並べはじめた。しかし、心は盤面《ばんめん》以外のことを考えている。

「いや、これはありません。

「倉田さん、どうしたんです。きょうは調子が出ませんね」

「おや、もう九時か。きょうは、失礼しますよ」倉田は帰り支度をした。


たったいま凶行があった部屋で、犯人は死体の首を切断すると、台所から持ち出したゴミ捨て用のビニール袋に入れた。部屋をざっと見回して玄関から出た。いくらか手間取ったようだ。このとき時計は午後九時をさしている。閑静《かんせい》な一角だから、犯人の行動は誰にも見とがめられずにすんだようだ。

九時二十分に、大村《おおむら》早苗は乗用車を喫茶店の駐車場に置いて、店に入って行った。

沖田《おきた》電器の社員で知り合いの嵯川久子《さがわひさこ》がコーヒーを飲んでいた。

「あら、早苗さん、しばらく」

「小林《こばやし》さんにテープを返す約束で、九時半に待ち合わせをしたのよ……」

早苗は久子としばらく雑談をかわした。

「あら、もう九時半になるわ。私、まだこれから、寄るところがあるので、失礼するわ」

テープを店のひとに預けて、喫茶店を出ると早苗は車を走らせた。

早苗が、長原町《ながはらちょう》にある冴子の家の横手に車をとめたのは、九時四十分である。筋向かいの家のひとが帰宅したところだった。男はチラとこちらを見たので、早苗はちょっと頭を下げて玄関のポーチに立った。


「九時四十分か……」二階の見回りをおえて時計を見た。

坪井文蔵《つぼいぶんぞう》は定年で会社を辞めたあと、ビルの保安係として働いていた。最近、夜間のビル荒らしが頻発《ひんぱつ》していた。地域もバラバラだったし手口はさまざまで、同じ犯人とはかぎらないという警察の見方であった。なにか一つ事件が起こると、それを真似《まね》るやつがあるのだ。

地下鉄出戸《でと》駅に近い四階建ての小さな貸しビルで、いくつかの事務所が詰まっている。コソ泥にとっては恰好の標的かもしれない。

「なにも起こらなければよいが……」

坪井は異変を感じた。黒い影が三階の踊り場をスーッとよぎったようである。坪井はライトを点《つ》け、警報ベルをならした。侵入者はあわてて非常階段を伝って下りた。三階の事務所の扉が開いていた。侵入者が落としていったカード入れを坪井は拾い上げた。

通報があったのは午後十時であった。警察の一行が現場に到着したのは十時十五分である。玄関（A）の鍵はかかっていなかった。

廊下の左手にドアが二つあった。奥の扉（D）のキーは鍵穴に差し込んだままになっている。手前の扉（B）が半開きになっているので、係員はまず、その部屋に入った。

なんとも凄惨《せいさん》な光景が係員を驚かせた。そこは女流作家高杉冴子の書斎らしい。絨毯《じゆうたん》の床に首を切断された血みどろの女性の死体が転がっていた。首はどこにもない。

となりの部屋に通ずる境の扉（C）は、こちら側から鍵を差し込んだままになっており、ごていねいにしっかり掛け金が下りている。係員は廊下側から鍵が差し込んだままになっている奥の扉（D）をあけて隣室に入った。

部屋の中に、若い女性が震えていた。

この部屋は応接間らしいつくりだが、同時に係員の目をひいたのは、床に転がっている若い女性の死体であった。

「あなたが警察に通報なさったかたですね」

「はい……大村早苗と申します」

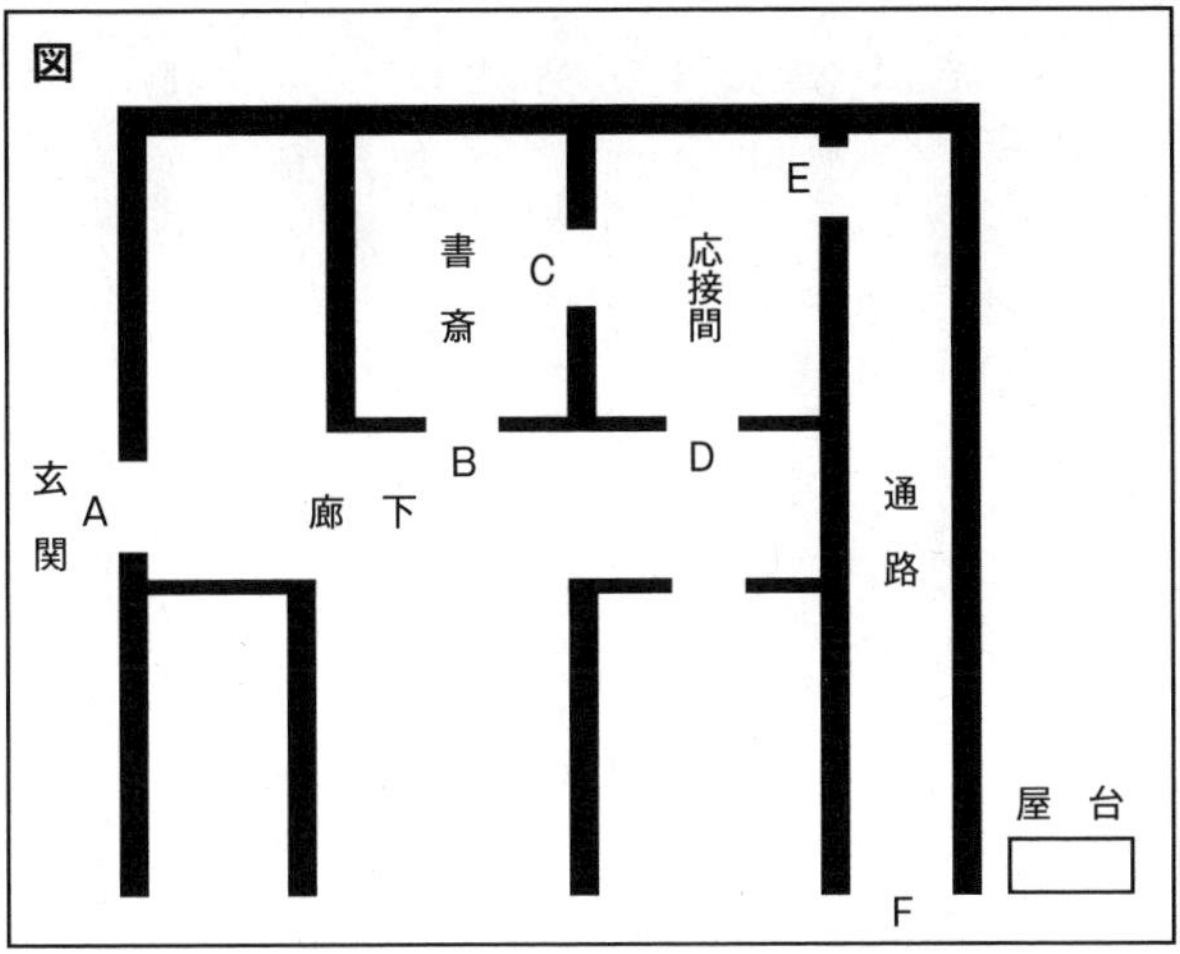


★

「こんや、ちょうど八時でした。高杉冴子さんから電話があって、すぐ来てほしいというのです。私はやりかけの仕事があったので、それを片づけてからマンションを出ました。それが九時ごろだったと思います。私の車でここまでは二十分で来られますが、途中、寄り道をしたので、ここへ着いたのは九時四十分でした。玄関のブザーを押したのですが応答がありません。でもドアは開きました。勝手知った家ですから、そのまま入って書斎のドア（B）を開けようとしたのですが、鍵がかかっていました。応接間のドア（D）が少し開いていましたので、中をのぞいたのです。真っ暗だったので、壁際のスイッチを入れました。明かりが点いた途端、女性が床に倒れているのに気づいたのです。知らないひとです。よく見ると、どうやら彼女は死んでいる様子です。私が異常な事態にハッとして立ち上がったとき、誰かが外側からそのドア（D）を閉めたのです。鍵をかけられてしまいました。書斎との間のドア（C）も向こう側から閉じられていました。私は完全に閉じこめられたのです。恐くなって、じっと息を殺していました。ずいぶん時間が経ったようですが、時計を見ると十時でした。たぶん犯人は顔を見られるのを恐れ私を閉じこめると、逃げてしまったようです。私は、この部屋にあるその電話で通報したのです」

彼女がいくぶん落ち着いたので、係員は隣室の書斎へつれていった。絨毯の上の首なし死体を見て、彼女はよろよろと係員にもたれかかった。

「ショックでしょうが、あなたによく見てほしいのです。誰だかわかりますか」

「冴子さんのように思えます。……でも、首はどうしたのです」

「家の中にはないようです。ところで、あなたが閉じこめられていた応接間の死体は、ほんとうに見覚えのない人ですか」

「はい……あの、わたし気分がすぐれないものですから、少し休ませていただけませんか」

「そうですか。たいへんショックだったようですね。現場に居合わせたあなたには、いずれあらためて詳しくお訊《き》きしたいので、そのときはご協力願います」

「わかりました」

大村早苗は係員に支えられて、よろめくような足どりで室外に出たものの、それが緊張の限度だったのだろう。失神したように廊下にたおれた。救急指定病院がすぐ近くだったから、とりあえず彼女はパトカーでそこへ運ばれた。

一方では、現場である高杉冴子宅の周辺で調査が行なわれていた。

裏木戸のすぐ横にラーメンの屋台が出ていた。九時半からここにとめていたが、裏木戸からは誰も出入りはなかったという。

もっともこの裏口は、用心のためか出口専用である。扉（F）の内側にだけ開閉用の摘《つま》みがあって、外側からは戸が開かない。誰もここからは侵入できなかったはずである。

翌十四日土曜日——

遠隔地の大正《たいしよう》区の警察署から、所轄H署におかれた捜査本部に早々と急報があった。管内の運送店のトラックの荷台からビニール袋に包まれた女性の生首が発見されたというのである。このトラックは前夜、平野《ひらの》区の巽《たつみ》倉庫に駐車して、そこを出発したのが九時十分だという。切断に使われた刃物は見つかっていない。

H署の一室で、沖《おき》警部補は、いくらか元気を回復した大村早苗にあらためて事情を訊くことになった。

「さきほどあなたにも確認してもらいましたが、首を切られた死体は高杉冴子さんに間違いありませんね」

「はい」

「あなたとはどういう間柄だったのです？」

「大学時代からの親友です。ミステリークラブの仲間だったのです。冴子さんは在学中に賞を取り、いまではあのとおりの人気作家になったのです。私は卒業後会社勤めをしていますが、友情は変わりません。冴子さんは見かけは華やかですが孤独な性格だったのです。精神的な支えが必要でした。執筆が行き詰まって、苛々《いらいら》すると、夜中でも電話をかけてきました。あの晩も八時に電話があったのです。すぐ来てほしいというのです」

「八時に……たしかに冴子さん本人でしたか」

「それは間違いありません」

「すると、八時には冴子さんはまだ生きていたわけですね」

「はい……困ったことができたと言っていました」

「ふむ……あなたが冴子さんの家に着いたのは九時四十分ですね。これは、ちょうどそのとき筋向かいの家のご主人の帰宅と同時だったので確認されていますが」

「はい」

「その後、あなたが何者かに閉じこめられたいきさつは当夜お訊きしました。ただ、ひとつ気になることがあります」

「なんでしょう……」

「あなたの長居《ながい》のマンションから、冴子さんの家までは、車で二十分あれば行けるでしょう。

八時に電話を聞いてから、着いたのは九時四十分というのは時間がかかりすぎると思いますが」

「ああ、そのことですか。ビデオを見ていたんです」

「ビデオですか。また、どうして……」

「本当のことを申し上げますと……、いえ、このことは故人の名誉を傷つけることになりますので、言いたくはないのですが」

「……」

「それを話さないと、わかっていただけないと思うのです」

「いったい、どういうことです」

「冴子さんの仕事は、私の助けなしにはあれほど成功しなかったはずです。あのひとは受賞第一作が書けずに苦しんでいました。私は見るに見かねてアイデアを提供しました。あの作品が好評だったのは、半分私のおかげです」

「いや、それは、まあわからなくもありませんが……亡くなったご本人は、否定も言い訳もできないことですから……あなたは、いまビデオを見ていたとおっしゃった。そのことをお訊きしているのですが」

「わかっております。だから、いまお話ししているんです。冴子さんに資料やアイデアを提供したり、取材を手伝ったり、好意でしたことなのに、私はうまく利用されていたようです。雑誌のエッセーなんか、私の代筆したものもかなりあります。見ていたビデオは《13日の金曜日》でした」

「………」

「残虐性の犯罪をテーマにした小文を代筆していたんです。それで、あの作品について触れた部分があります。記憶違いがあってはいけないので、ビデオテープをチェックしておきたかったのです。近くのレンタル店にはソフトが置いてなかったものですから、友人に借りたのです。あの夜、喫茶店で会って返す約束でした。見はじめたとき、冴子さんからあの電話があったのです」

「なるほど」

「そんなわけでテープを全部見て、マンションを出たのが九時を過ぎていました。九時半に喫茶店で会う約束でした。私が着いたのは九時二十分ですが、ちょうどその店に友人の嵯川久子さんが来ていて、ちょっと話をしたのですが、待ち合わせた友人は約束の時間に来ないのです。いつもなら待つのですが、あのときは、虫が知らせたのでしょうか。冴子さんの電話が気になって、あんまり遅くなってはいけないと思いまして、店の人にビデオテープを預けて冴子さんの家に行ったのです。それが九時四十分でした」

「そうでしたか。テープの持ち主にはうまく返却できたのですか」

「わたしあの晩はどうかしていました。約束したのは十四日だったのです。見ていたテープの連想ですかしら、なんとなく十三日と勘違いしていました」

「わかりました。あなたが何者かに応接間に閉じこめられたとき、そこで死んでいた女性のことですが……部屋に残されていたバッグの中身から小野《おの》ルミという名前がわかったのですが、あなたのまったく知らない人ですか」

「はい」

「ところで、あなたは応接間に閉じこめられて、われわれが駆けつけるまで、そこでじっとしていたと言われましたが、逃げようと思えば裏口から出られたのじゃないですか？　あの裏口は、内側からは摘みを回せば開閉できます。応接間から通路へ出る鍵も同じように内側から開けられます。なぜ、そうしなかったのです」

「ただ、恐かったのです。金縛りにあったみたいに震えていました……。いま言われて、そうだ、逃げようと思えば裏口から出られたんだと気がつきました。でも、あのときは閉じこめられたという恐怖感が強くて、とても、そこまでは」

★

残虐な事件があった同じ夜同じH署の管内で、ビルの事務所荒らしという事件が起こっている。お互いの現場もそう離れてはいない。殺人事件の捜査本部を抱えた署内はざわめいていたが、それにくらべれば地道なビル荒らしの捜査も手を抜いているわけではない。

H署の二人の刑事は、保安員の坪井文蔵の聴取をとり、田島力雄《たじまりきお》の所在を探していた。

田島はアパート近くの喫茶店でスポーツ紙をひろげモーニング・サービスのトーストをパク

ついているところであった。

「ぼくのカード入れが落ちていたなんて、ひどいですね。あれは前になくしたんですよ」

「ゆうべ九時半ごろどこにいました？」

「屋台のラーメンを食べていました。それで、びっくりしているんです。あの屋台のあったそばの家で、殺人事件があったんですね。そんなこととは知らずにラーメンをすっていました。ラーメン屋のおやじさんと無駄話をしていて、十時すぎに駅前のコーヒー店にいたら、近所がバカに騒がしいじゃありませんか。あの家で殺しがあったというので、そりゃ驚きました。ぼくのことはラーメン屋さんに聞いてください。パトカーが来た時分、まだあの家の裏に屋台を出していたはずですから、きっと事情を訊かれていますよ」

## 2

作家高杉冴子の部屋で死んでいた小野ルミとはいかなる女性なのか。そして作家とはどんなところで結びついていたのか。捜査班は徹底してルミの周辺を調査した。彼女は針中野《はりなかの》のアパートに独り暮らしで、職業はフリー・ライターと自称していたらしい。預金通帳に定期的に金が振り込まれており、なんとなく職業的なゆすり屋ではなかったのかという疑いを抱く係員もあった。

アパートの住民の話では、小野ルミは民岡《たみおか》という男と同棲《どうせい》していた時期もあったようだ。男はこの春に死んでいる。民岡明夫《あきお》という名前を早苗が知っていたことから、事件にいくらか展望が開けた。

大村早苗はクラブで撮った写真を、係員に見せてこう話した。

「民岡さんは同じミステリークラブの仲間でした。才能のある人で、この人は間違いなく世に出る人だとみんなそう思っていたようです。そういえば、高杉さんと噂になったことがありました。なにか、家庭の事情があったのか退学なさって、それからあとの消息は知りません」

民岡とルミの出会いはわからない。しかし有為《ゆうい》な民岡が、性悪《しょうわる》女のルミの虜《とりこ》になって、失意のうちに若くして死んでいったことや、その後のルミと冴子の接触。そしてルミの変死体が冴子の家で発見されるに至った経過は、ちょっと想像を働かせれば、いくとおりもの筋書きが想定される。

しかし同時に女流作家が殺され、生首が持ち出された猟奇的《りょうきてき》な事件がからんでくると、あの夜、いったい何があったのか捜査員は戸惑《とまど》うばかりである。

テレビのニュースで報道された翌日、小野ルミについての情報が視聴者から寄せられた。十三日午後七時半ごろルミが男性と平野区内の喫茶店で会っていたというのである。

喫茶店は地下鉄谷町《たにまち》線出戸駅の近くにあり、高杉冴子の家も出戸駅の東南、徒歩で行けるところにある。ルミの死は当夜八時前後と見なされており、すると彼女は死の直前、この喫茶店で男性と会っていたことになる。

　捜査員は色めきたった。

　男性が何者なのか、いっせいに聞き込みが行なわれた。しかし刑事の地味な捜査より、やはりここでもテレビの事件報道の効果が優先した。男というのは倉田草平という会社員だと名指しでタレコミがあったのである。

　二人の刑事は、さっそく北区《きた》の印刷会社を訪れた。ここで経理を担当しているという倉田草平は、口を尖《とが》らせて抗弁した。

「誰が、そんな告げ口したか知れませんが……ルミは何年か前、会社にパートで勤めていたことがあります。そのときいちど誘われました。彼女にはほかに男がいるような噂でした。危ない女という感じなので、つきあいを避けていましたが、まもなく彼女は辞めていったのでホッとしたものです。ところが、つい一月《ひとつき》ほどまえ阿倍野《あべの》でバッタリ出会ったのです。喫茶店でしばらく話をして別れましたが、そのとき誰かに見られたのかもしれません。あれからずっと会っていません。彼女が殺されたことをテレビで見て驚きました。でも、私とは何の関係もありません」

「作家の高杉冴子さんのことはご存じですか」

「ミステリーは好きですから、名前ぐらいは知っています。でも、面識はありません」

「そうですか。十三日金曜の夜はどうしておられました？」

「南森町の将棋クラブに六時から九時までおりました」

「ずーっと、そのクラブにおられましたか」

「なぜ、そこまで」

「出戸の喫茶店でルミが七時半ごろ男性と一緒だったことがわかっているんです」

「それが、私ではないかとお疑いなんですね」

「ルミは八時ごろ殺されています。だからその直前に会っていた男性を、探しているのです」

「弱りましたね。どうせ嘘を吐《つ》いてもクラブで訊けばすぐばれることですから、正直に申し上げますが、実はあの晩、ほかの用事があってクラブを抜け出しているんです。といっても六時半に出て八時に戻っていました」

「ほう、詳しく話してください」

「会社が終わって、わたし独りだものですから、めしやで夕食をすませ、いつものように六時にはクラブをのぞいたのです。人に会う用事があったものですから、席亭と雑談をして時間をつぶしました。六時半にクラブを出て、すぐ近くにあるビジネスホテルに行きました。これが六時四十分です。旧《ふる》い友達から、商用で大阪に出て来たので、ちょっと会いたいという電話が前日あったのです。前の日からビジネスホテルに泊まっている、七時に会いたいということでしたが、訪ねて行くと、急用で六時前にお立ちになりましたというのです。メッセージがありました。七時に大阪駅にいるというので、すぐ大阪駅に向かったのです。でも、結局会えませんでした。がっかりして、またクラブへ戻りました。それが八時です。仲間がいたので一番だけ指しましたが、気乗りしないものですから、すぐに投了しました。九時にはアパートに帰って早寝しました。ですから、あの晩、私が出戸の喫茶店でルミと会っていたなんて、とんでもない間違いです」

★

十一月十七日火曜日の午後――

砧順之介《きぬたじゆんのすけ》は茶封筒の書籍小包を受け取った。差出人は片栗一太郎《かたぐりいちたろう》となっていて、住所は書いてない。でも、珍しい姓だったから記憶にあった。関西のアマ将棋大会には、よく顔を出していたが、ここ何年か消息がたえていた。

封筒を開けると新書判の古びた本がはいっている。添え手紙はなかった。本の中ほどに砧の名刺がはさんであった。

本というのは渡辺東一著『駒落《こまおち》の定跡《じようせき》』昭和三十一年発行の初版本である。

「おや、これは……?」

砧は首を傾《かし》げたが、なんとなく事情が察せられてきた。

片栗一太郎名義の電話番号を問い合わせたが、該当者はいないようであった。

砧は名刺録から×短大教授日下節夫《くさかせつお》の番号をみて彼に電話をしてみた。日下とは前に友人を通じて紹介された仲で、あまり深いつきあいではない。いや、そのとき会って名刺を交換しただけのことだ。古棋書《こきしよ》の蒐集家《しゆうしゆうか》である日下のほうから、友人を通じて『駒落の定跡』を譲ってほしいと言ってきたのだ。

この本は古棋書といえるかどうか。江戸時代のたとえば『象戯鏡《しょうぎかがみ》』『象戯綱目《こうもく》』とかの稀覯《きこう》本《ぼん》なんかとは比較にならない。こちらは昭和の著作でせいぜい四十年しか経っていない。でも今日《こんにち》の出版事情では、こうした本も散逸してなかなか手に入りにくいとみえる。日下の場合、古典は手が出ないとはなから諦《あきら》めているようだ。木見金治郎『将棋必勝法』の原本あたりが自慢だというのだから、彼はきわめて現代的な蒐集家なのだ。

砧と日下は『ロック』のマスター戸《と》塚英治《つかえいじ》に引き合わされて、その店で会った。そして『駒落の定跡』を進呈したのである。あれからまだ一月と経っていない。

「やあ、あなたのところへ届いたんですか。実は、先日少し飲んで、地下鉄に乗ろうとしたら、駅の近くでラーメンの屋台が流していたんです。急に食べたくなりましてね。本を持ち歩いていたので、屋台に置き忘れたんです。地下鉄に乗って気がつきました」

「そうでしたか——」

「せっかくあなたに頂いた本を失っては申し訳ないと思って、翌日同じところを探したのですが流しの屋台なので見つかりませんでした。その片栗というひとがラーメン屋さんなのでしょうか」

「たぶんそうだと思いますが」

「あなたのお名刺を栞《しおり》みたいに、頂いた本に挟んだままにして、本当に申し訳ありません。お許しください」

「気になさらないでください。もし名刺が挟んでなかったら、そのままになっていたかもしれません」

「そう言っていただくと、ホッとします」

「それと、もうひとつ幸運だったのは……片栗さんという名前を見て思い出したんですが、このひとはひところアマ大会の予選では活躍した人です」

「ほう……」

「ご自分が将棋に趣味があったものだから、屋台に置き忘れてあった本を見て、持ち主に届ける気になったのでしょう。ちょうど、私の名刺がはさんであった……」

「いや、どうも」

「早速、あなた宛にお送りします。それから、片栗さんの居所ですが、私ならなんとか見つかると思いますので……任せてください」


砧順之介は平野区内の文化住宅に片栗一太郎の住居を探し出して、彼に会うことができた。礼を述べたあと、しばらく将棋の話をした。

砧が片栗の家を出たとき、顔見知りの刑事二人がやってくるのとバッタリ出会った。

「おや、砧さん。いま片栗さんの家から出てこられたようですね」

「ええ、なにか……?」

二人の刑事は顔を見合わせたが、ちょっとうなずきあって、言った。

「砧さん、失礼します。いずれまた」

二人は、片栗を訪ねてきたらしかった。なにかあると思ったが、部外者のかれが尋ねても、返事が貰《もら》えるとは思えなかった。砧は会釈《えしやく》して二人と別れた。

案の定、夜、H署の沖警部補から電話があった。


所轄H署に置かれた捜査本部の主任捜査官は、本庁一課の須潟賛四郎《すがたさんしろう》警部だった。

「やあ砧、元気かね……」

「きょうは、なにか知らんが……ほう、《女流作家高杉冴子ならびに小野ルミ殺害事件》か。なるほど、事件はニュースで承知しているが、僕がこの物々しい捜査本部へ、突然、呼び出されたのは重要参考人としてかね」

「砧さん、もうおわかりでしょうが、あなたは、まったく関係がないとはいえませんからな」

と、沖警部補が笑顔を見せる。

「まあいいでしょう。沖さん。詳しく聞かせてもらえますか」

事件の細部を知らされた砧はうなずいて言った。

「なるほどよくわかりました。僕が友人の日下氏に譲った将棋の本のことで、片栗さんと知り合いになった。ところがたまたま事件の夜、殺人現場の裏口でラーメンの屋台をとめていたのが、当の片栗さんだった。九時半からそこにいて、警察が来たのは十時十五分だが、その時間内に裏口からは誰も出入りしなかったと証言している。そして片栗さんには、その夜もう一つの偶然が重なった。それは同じ晩九時半にビルの事務所荒らしがあって、田島力雄が疑われた。担当の係員に問われてその時間はラーメンの屋台にいたという。係員が片栗さんを訪ねていった。そこで僕と出会ったので、こうして呼ばれたわけだが、片栗さんは二つの事件の証人として微妙な役割を背負ったことになる。しかし、僕は何の関係もありませんよ。将棋の本を届けてくれたお礼に行って、刑事さんに出会《でくわ》しただけじゃないですか。なんだか無理やり事件の関係者にされたみたいですね」

「まあ、いいじゃありませんか、砧さん。あなたが偶然、大事な証人である片栗さんと知り合ったということは……なにかそこに目に見えない意志を感じるのですよ。いい知恵を貸してください」

「そう買《か》い被《かぶ》ってもらっては困りますな。さしあたって、気になるのは、当夜、出戸の喫茶店で小野ユミと会っていたという倉田草平氏のアリバイなんです。再確認してみたいのですが……」

砧は倉田草平に会った。すでに警察で調査した以上のことは出てこなかったが、彼の行動の中にアリバイ工作があったとすれば、やはり不自然なのは知人を探して大阪駅に行ったが会えなかったのでクラブに戻ったということであろう。たまたま殺人の当夜だから疑ったが、案外、事実かもしれない。それを裏付けるのは、ビジネスホテルに友人が泊まっていたという事実である。

これが倉田自身の工作とすれば、友人を装ってホテルに泊まるようにある人物に頼んだのかもしれない。しかし、このような共犯者を作るようなアリバイ工作は綻《ほころ》びやすい。そこで、思い切った考えだが、倉田自身が友人を装ってホテルへ前日泊まったのではないかという想像である。眼鏡《めがね》、かつら、服装などで架空の別人になって泊まるのは容易である。そしてメッセージを残してチェックアウトする。ホテル側の話では、二人は顔を合わせてはいないというのだ。

しかし、フロントの一人が砧にそっと漏《も》らしてくれた。

「私は、倉田とは同じ学校で彼のことはよく知っています。クラスが違うので倉田には、私の印象はほとんどなかったと思います。まして私がホテル勤めなんてことは頭になかったでしょう。あの日の前日、加藤という名前で泊まった男があります。太い黒縁《くろぶち》の眼鏡をかけ派手な服装の男でした。おやどこかで見た男だという印象がありました。翌日、加藤氏が引き払ったあと倉田草平がホテルに来たのです。私は離れたところにいたので、彼は気づかなかったようですが、私はピンと来ました。昨日加藤の名前で泊まったのは、やっぱり彼だったと思ったのです。これは、誰かを担ぐための芝居をやっているのかもしれない、そんなふうに自分を納得させていたのですが……ああ、これはよけいなことを喋《しゃべ》ってしまいました。たぶん私の思い過ごしでしょう。どうか、あなたの胸にだけ収めておいてください」

やっぱり偽《にせ》アリバイだった。倉田は《ホテルで会えなかった友人を追って大阪駅を探し回った》という話を、本当らしく見せかけるために、自分自身が変装して架空の友人をつくりあげたのだ。その時間に、倉田は大阪駅とは反対の出戸に行って、小野ルミに会っていたにちがいない。

砧は、嵯川久子が大村早苗の知人だというので、久子に同道してもらって、あの夜ふたりが出会ったという喫茶店で早苗にも会ってみた。落ち着いた感じの女性で、砧の受けた印象はそうわるいものではなかった。

「警察のひとは『八時に冴子さんの電話を聞いているのに、着くのが遅かったのは、どうしたわけだ』なんて、意地のわるい質問をなさるんですもの。わたし、あんな体験をしたあとですし、思わず神経が高ぶって、よけいなことを言ってしまったんです。亡くなった冴子さんを貶《けな》すようなことを……。恥ずかしいと思っています。でも、エッセーの代筆を頼まれていたのは、本当です。参考に借りていたビデオテープを、あの晩返さなくてはと思いこんでいたものですから、この店に寄ったのです」

「そうですか。あなたも、その後、犯人に閉じこめられたりして、たいへんでしたね」

砧は、彼女と別れた後、念のため早苗に《13日の金曜日》を貸したビデオ鑑賞会のメンバー小林洋子《ようこ》にあって話を聞いた。

「わたしは十三日は出張で東京にいるので、約束するはずないわ。翌日会うことにしていたのに、だから早苗の思い違いでしょう。几帳面《きちょうめん》な彼女にしては、珍しいわね」

それから砧は沖警部補に会って、調査結果を伝えた。

「沖さん、倉田草平は動機はあるものの犯人ではありません」

「ほう……あなたはそう思いますか」

砧はおもむろに、意見を述べた。

「大村早苗さんが九時四十分に閉じこめられたとき、廊下には犯人と思《おぼ》しき人物がいて立ち去った。このとき首を持ち出したとすると、首がトラックに放置されたのはそれ以後でなければならない。しかし置かれたのは、それ以前の九時十分ごろだと推定されます。犯人は巽倉庫に駐車していたトラックの荷台にほうりこんだ。それを知らずにトラックが移動したのが九時十分です。するとこのとき廊下にいた人物は、さきに首を捨てたあと、また現場に戻って来たと思われます」

「ふむ……そうなりますね」

「そしてあらかじめ、この人物は早苗さんがそこに来るのを予測していたかどうか知りませんが、とにかく彼女を幽閉して現場から逃げた。この時刻をほぼ九時四十五分と推定すると、この人物が殺害現場周辺にいたのが、最低九時十分から九時四十五分の時間帯ということになります」

「なるほど」

「関係者の一人として倉田草平氏のアリバイが問題になりました。なるほど彼は小野ルミにゆすられていて殺意を持っていたかもしれない。しかし事件と同じ夜、七時半にルミと会ったものの未遂に終わった。倉田は偽アリバイを用意していたが、それは将棋クラブを抜け出した六時半から八時までのアリバイなのです。具体的に言うとクラブを出たあと、ビジネスホテルに寄ったのが六時四十分、それから大阪駅に行ったというのが嘘で、本当は地下鉄で出戸まで行った。これが七時十分、そして八時にクラブに舞い戻るには七時半には地下鉄に乗ったはずですから、倉田とルミが出戸の喫茶店で会ったというのはギリギリその間の二十分です。おそらく倉田は出戸駅周辺の暗がりにルミを誘って絞殺するつもりだったのでしょう。しかし機会がなくてそのままクラブへ戻った。ルミはその直後何者かに殺された。いずれにせよ、彼女はその夜命を失う運命だったようです。そんなわけで倉田草平のルミ殺しの嫌疑《けんぎ》は否定できます」

「……」

「それでも九時十分から九時四十五分にかけて作家の家周辺にいたのが倉田ではないかという疑問が残ります。なるほど倉田がクラブを九時に出たあとアパートで寝たという証人はありません。しかし効率のいい移動手段である地下鉄を使っても、あるいはタクシーが渋滞なく走ったとしても、三十分はかかります。つまり、クラブに九時までいた倉田が九時十分に作家の家にいるのは時間的に無理ですから、作家殺しについても疑いを解いてもよいと思います」

「そうなると、もう一人の容疑者、田島力雄の行動が問題になりますね。砧さん、これがどうもうまくいかんのです」

「田島がラーメンの屋台に九時半から十時五分ごろまでいたという片栗さんの証言は動かしようがないのですか……？　田島が現場のいちばん近くにいたというのに、困りましたね。偽アリバイならなんとか崩れるかもしれない。僕も考えてみましょう。でも、あまり当てにしないでください」

砧は笑ってそう言ったが、二日後、渡辺《わたなべ》刑事は砧の入れ知恵で、麻雀《マージャン》荘を出て来た田島に声をかけて、任意同行を求めた。

「田島さん、あなたのアリバイは崩れましたよ。署でゆっくりお話を伺いましょう」

3

事件のパズルの部分が解けたといっても状況証拠にすぎないから、かたくなに否認していた容疑者も、落としの名手牧田《まきた》部長刑事の調べに観念したとみえ、刃物の隠し場所をとうとう吐いた。

一件落着して数日後、文《ふみ》の里《さと》の『ロック』にはマスターの戸塚英治をかこんで、嵯川久子や砧順之介そして日下節夫の姿が見られた。共通の趣味である将棋の話がひとしきり弾《はず》んだあと、嵯川久子が砧に水を向けた。

「田島力雄のアリバイが崩れたので、事件の真相がわかった、とおっしゃいましたが、私にはよくわかりません。きょうはぜひそれをお聞きしようと思って……」

「僕は行き詰まっていたとき、ふと、気になることがあって、日下さんに電話したんです。

『あの将棋の本を片栗さんの屋台に忘れたのはいつ、どこで、何時ごろかハッキリ思い出してほしい』と言ったのです。本が戻ってきたので、失くしたいきさつは聞く必要なかったからですが、妙にそれが気になったというのは、ふしぎですね。日下さんの話はこうでした。『ラーメンの屋台を見つけたのは地下鉄長原駅のすぐそばだ。ふだん行かないところだから間違いようがない。長原の友人宅で飲んだ帰りだ。土、日が休日だから前の晩の金曜日に訪問したことになる。時間は、はっきりしないがラーメンを食べてすぐ地下鉄に乗った。天王寺《てんのうじ》で御堂筋《みどうすじ》線に乗り換えようとしたとき友人と出会った。それが十時だということはハッキリ覚えている』というのです。僕は、その友人というひとに確かめてみました。おふたりが天王寺で出会ったのは『ちょうど十時だった』という返事でした。これで、田島力雄のせっかくのアリバイも崩れたのです」

「それは、どういうことです?」

「長原から天王寺までの正味乗車時間が十六分です。かりに前後二分ずつみても、ギリギリ九時四十分にラーメンの屋台を離れなくてはいけない。実際は九時半ごろだと思います。ということは、九時半ないし九時四十分には屋台はまだ長原駅の付近にいたことになります。その屋台車を引いて出戸駅に近い高杉冴子宅の裏口に来たのが、九時半であるわけがない……ということです」

「あっ、ラーメン屋さんの偽証だったのですか」

「何の仕掛けもいらない。きわめて原始的かつ効果的なアリバイトリックです。私たちはこの単純で初歩的なトリックにだまされてしまった。ひとつには将棋ファンという心情的な部分もありますし、以前は商社の管理職だったという片栗さんの端正な人柄を信じてしまったのです。捜査員の調べでその理由がわかりました。田島力雄は、片栗さんの亡くなった奥さんの腹違いの弟だったのです。彼は情に溺《おぼ》れたのです。長原駅から流して来た屋台を現場の裏口にとめたのは、本当は十時だった……」

「……」

「そこへ偶然、ビル荒らしから逃げて来た田島がやって来て、屋台を見つけた。『にいさん、僕は九時半から今ごろまでここにいたことにしてくれ』と頼んで行ってしまいました。そこへ高杉さんの事件が起こったのです。現場に到着した係員は、裏口に屋台を見つけ、片栗さんに当然こう尋ねるでしょう。『いつからこの場所にいましたか』と。片栗さんは、あの場では、ゆっくり思慮分別する気持ちの余裕がなくて、気がつくと田島に頼まれたとおり『九時半からこの場所にいた』と答えてしまったのです。だから、ビル荒らしの専従捜査員が、田島のアリバイを調べに片栗の家に訪ねて行ったときも、そう答えた。いったんそう言った以上、あとは、しかたなく、それで押し通すことにしようと腹を括《くく》ったそうです」

「でも、そんなことで、警察が簡単にだまされるものですか?」

嵯川久子が疑問を口にした。

「まず、屋台を十時にとめたのに《九時半からいた》という嘘は、確かめようがない。あの辺はひっそりした住宅地で夜間あまり人通りがないし、近所の家の人だって、何時から屋台がそこで店を出していたかなんてことは、気にとめていません。係員だって、近所にいちおう確かめてはいるのですが、誰も知らない。そのときは、事件に関係のない第三者の証言として、ラーメン屋さんの言葉を受け入れたのです。しかし、ベテランの捜査員がそれを鵜《う》のみにしたわけではない。田島がラーメン屋さんの身内だということを、すぐにつきとめたではありませんか」

「わかりました。刑事さんはちゃんと偽証の可能性を調べていた。でも、心情的な理由があったからといって、それだけで決めつけるわけにはいかない。ああ、それで、さっきの話になるのですね。日下さんが屋台に将棋の本を置き忘れたことが、偽のアリバイ破りにつながったという……」

「そういうことです」

「でも、ビル荒らしの田島のアリバイが崩れたからといって、それがどうして、高杉冴子殺しの解決になるのです?」

「あの夜、ビル荒らしと作家宅の殺人が相次いで起こったので、片栗のラーメン屋さんは、二つの事件の証人になる羽目になった。一方では、九時半からそこに屋台を置いたことにして田島のアリバイ証人になり、もう一方では九時半から警察が現場に来る十時十五分まで《誰も裏口を出入りしたものはなかった》という証言をした。だから、警察では(そして読者も!)、彼女が犯人だということは、すぐにピンときたけれど、方法がわからない。ところが、田島のアリバイが崩れると同時に、十時に屋台がそこに来るまで、裏口の出入りは誰も監視していなかったことがわかったから、謎はいっぺんに解けたのです」

　砧は、ここでようやく小野ルミそして高杉冴子殺害事件の真相を、解き明かすのであった。

「大村早苗の話によると、八時に高杉冴子から呼び出しの電話があったとき、彼女はすぐ車で駆けつけたそうです。着いたのは、だから八時二十分です。応接間には見慣れぬ若い女が死んでいました……」


「私が、殺してしまったのよ」高杉冴子は、つぶやくように言った。

「なぜ？　彼女いったい誰なの」

「小野ルミという女よ。ミステリーグループのメンバーだった民岡明夫……あなた、もちろん知ってるわね。かれが姿を消したあとのことは知らなかったけれど、ルミは民岡と同棲していたというのよ。民岡は三月に亡くなったそうよ。それで、春ごろ、突然このひとが私を訪ねてきた。民岡のノートを持っていたわ。私の受賞作は盗作だって言うのよ」

　あの当時から、美貌を誇る高杉冴子は女王然とグループに君臨していた。病身でみすぼらしい民岡などは眼中になかったはずだ。

「とんだ言いがかりよ。私は取り合わなかった。でも彼女しつこいのよ。私はつまらないことでマスコミに騒がれるのは嫌だったし、民岡さんのお香典よと言って、いくらか包んで帰ってもらった。それがいけなかったのね。それからルミはなんどか、私を訪ねて来た」

「………」

「私だって我慢にも限度があるわ。さっきだって、ルミの横柄《おうへい》な態度に思わずカッとして、突き飛ばしてやったの」

「それで、冴子さん。私にどうしろとおっしゃるの?」

「早苗さん、お願い――あなただけが頼りよ。こんな女のために、一生をメチャクチャにされたくないの。まだこれからやりたい仕事がいっぱいあるというのに」

「いつかの小説のように、死体を車で運んで、どこか人目のつかないところへ捨ててくる。死体が発見されても、あなたとの関係は誰にもわからない。そういうことね」

「……」

「冴子さん、あなたっていつもそうね。いつもそうやって人を利用して生きてきたんだわ。死体を運ぶなんてごめんだわ。あなたが自分でおやりになったらどう。私は見なかったことにするわ。やりたい仕事があるって何なのよ。小説だって、私がアイデアを出さなかったら、あなた自分では何もできないくせに」

「……」

「あなたの才能なんて見せかけよ。祖母は戦前の名女優だった。そっくりと言われた美貌と毛並みのよさがうけただけよ。あなたはそのおかげで世に出た。でも、やっとわかったわ。あのデビュー作は、民岡の才能とあなたの身体をひきかえにしたものだったのね。ルミにゆすられて当然よ」

ルミの死体を前にして、早苗の神経もふつうではなかった。思わず、日頃のうっぷんが口をついてとびだした。激しい憎悪、嫉妬《しっと》、羨望《せんぼう》、劣等感、友情のかげにかくれ早苗のなかに鬱積《うっせき》していたすさまじい感情が、いちどにふきだした。弱みを指摘されて、驕慢《きょうまん》な冴子の自尊心が許さなかった。ふたりの感情の衝突が、現実のものとなった。

早苗がわれに返ったとき、冴子はすでに息が絶えていた。なんとかしなければいけない。早苗の心は、狂気のふちをさまよい、いっぽうでは冷たく理性が働いていた。

早苗は、そのときルミという女が冴子宅を訪れる直前に、べつの恐喝《きょうかつ》相手の男に会っていたことなど、もちろん知らない。このまま二人の死体を放置して、逃げだそうと思った。でも、冴子のいちばん身近にいる自分が疑われるのはわかりきったことだ。あのビデオテープは、冴子から電話がある前に見おわっていつでも返せるようにバッグに入れたまま、乗用車に置いてある。これをアリバイの道具に使おう。そして、架空の犯人を作り疑いをそちらに向けよう。犯人が憎悪のあまり首を切って捨てたと思わせよう……。

早苗は冴子の首を切断すると、台所から持ち出したゴミ捨て用のビニール袋に入れた。部屋をざっと見回して立ち去った。いくらか手間取ったようだ。このとき時計は午後九時を指している。閑静な一角だから、早苗の行動は誰にも見とがめられずにすんだようだ。

早苗は暗い通りを乗用車を走らせ、巽倉庫の前に駐車してあったトラックの荷台にビニール袋を投げ込んだ。

九時二十分に早苗は乗用車を喫茶店の駐車場に置いて店に入って行った。嵯川久子がこの店にいたのはまったく偶然だった。

「あら、もう九時半になるわ。私はまだこれから、寄るところがあるので……」

早苗は、再び冴子の家の横手に車をとめて、玄関に立った。時刻は九時四十分である。

「早苗は履いていた靴を入口にそろえておき、裏の通路に置いてある専用のサンダルを履いて裏出口（F）の扉の摘みを開《かい》にして応接間に引き返し、通路に出る扉（E）も開にしておきます。この二つの扉は用心のため外側に鍵穴はありません。外部から通路に侵入できないわけです。さて、早苗はそうしておいてサンダルを手に持ち廊下に出ると、こんどは応接間の扉（D）を外側から施錠《せじよう》し鍵を差し込んだままにしておいた。そして、次に応接間と書斎の境の扉（C）を、書斎側から施錠し、掛け金をかけておいた。それから廊下へ出ると、書斎の扉（B）の鍵はかけず、半開きにしておいて、玄関から外へ出ました。サンダルを履いて裏口へ回ります。扉（F）を押して通路に入り、摘みを閉《へい》にしておきます。そして応接間に入る扉（E）もあらかじめ開にしてあったので、ここから応接室に入って内側から摘みを閉めておきます。九時四十分に着いてから、この作業が終わったのは九時五十五分だった。気息を整えた早苗はちょうど十時に、この部屋から警察に通報したのです。片栗さんのラーメンの屋台が九時半から裏口にいて誰も通らなかったと偽証したので、早苗が裏口を利用した可能性もあると疑いながら、指摘できなかった。早苗自身はもちろん、そんな偶然を当てにしてこんな芝居をしたわけではない。あくまでも《何者かに外側から閉じこめられた》と、架空の犯人の存在をほのめかし、かれが首を放置したように思わせた。通路から逃げられるのはわかっていたけれど、ただ、恐くて部屋で震えていたと言い張るつもりだった……。事実、早苗はラーメン屋のことは聞かされていない。警察が起訴できたのは、本人の自供で刃物が見つかったからです。パズルの部分はとんだお添えものだったわけです」

話しおえて砧はこんな感想を漏らした。

「外国の有名な作品にこんなのがあった。五分遅れて現場に到着したばかりに、そこにあった書庫が、ちょうど五分前に移動していたのを探偵は知らなかった……。今、それをふと思い出したんだ。屋台がもう五分早く現場へ来ていれば、早苗が裏口から入って行くのを見たかもしれない。屋台は本当は十時に来たのに、九時半からそこにいたように思われ、この架空の時間と現実のわずかな差が密室をこしらえてしまった。いままでいろんな犯罪にぶつかったが、こんどのは僕にとって珍しい出来事だった」

# ふしぎな死体

## 【問題編】

二つの死体をめぐる謎の事件に、捜査一課から応援に駆けつけたのはあの須潟賛四郎《すがたさんしろう》警部である。「書類ロッカーの移動」だとか「顔のない死体」の仕掛けのくだらなさに、またかというように顔をしかめた。

しかしながら、あの男女ふたりの死体を見て、須潟警部がすばらしいカンの冴えをみせて発した言葉は、まさに事件の核心をつくものだった。警部はこういった。『ホテルで発見された死体の女性と、トランク詰めの顔のない死体の男性は、計画的に、同一人物の手によって死ぬ運命にあった……』

確かにあたっていた。しかし、落ち着いて考えてみると、警部があの時点であのような断定的な発言をしたことは、いったい、どのような論理的思考に基づくものなのか、不思議でならない。それだけの材料はなかったはずだ。あれは、やはり噂に聞く超推理癖のヤマカンに過ぎないのではないか。案外、警部のハッタリだったかも知れない。それだけがいまだに解けざる謎である。

# 1

春先の、妙に重苦しい金曜日の夕刻だった。社長の上田克義《うえだかつよし》は、誰もいない事務所の机で、ぼんやり物思いに耽《ふけ》っていた。

暮れに、あの大きな不渡りをつかまされたのが、ケチのつきはじめだった。どうにか年を越したものの、それ以来、彼の事業も目に見えて落ち目になってきている。

(この事務所もいずれ他人に渡ることになるだろう……)

上田は、寂しくつぶやいて吐息をついた。

五十二歳という年齢では、きょうび、まだまだ働き盛りなのに、小鬢《こびん》に白いものが目立っている。彼の事業の衰退が、肉体にもその兆候を刻んだように、近頃、彼の顔色はあまりさえなかった。

『まあ、仕事も大事でしょうが、当分、静養なさることですな』

クリニックの尾形《おがた》医師は、注意して慎重な口振りだったが、彼には、自分の本当の容体がよくわかっていた。

《もう、だめよ、あなた……》

突然、耳元に、若い彩子《あやこ》夫人の嬌声《きょうせい》を聞いたように思えた。

《堪能《たんのう》したわ……うちの人ったら、さっぱり元気がないんだから》

《フフ、そんなことを言って……まさか、ご亭主は、感付いてはいないだろうね》

《大丈夫——仕事のことで、せいいっぱいだわ。バレたって、今更、どうってことないけど》

あざけるような彩子の声がする。それに、あいつだ。車のセールスに来て、ついでに彩子を誘惑した二宮秀雄《にのみやひでお》の顔が、目に浮かぶ。

（あいつまで、おれの自滅をよろこんでいる……、畜生）

ホテルの一室で、二宮と彩子が戯《たわむ》れている想像——いや、これは想像だけでないことも、彼はよく知りぬいていた。興信所の調査報告は、無慈悲に事実を伝えていた。一方では否定したい気持ちもあったが、すべてに打ちのめされたいまでは、疑惑に打ちかつ気力すらなかった。

（ふん、なにもかもご破算にしてしまえ）

上田は、いまわしい幻を追い払うように首を振った。そして、また自嘲《じちょう》に似た吐息を漏《も》らした。彼は、引出しから金側の懐中時計をとりだした。いまどき珍しいネジまき時計である。しみじみ手にとってみる。その時計にまつわる華やかな過去を、上田は、今、にがい思いでかみしめていた。

（こいつも止まっている……ふん、みんな狂っているんだ）

事務所の時計は、五時半を示していた。

上田克義は、やおら椅子から身を起こし、コートをはおると、事務所を出ていった。

『上田商会』の建物からいくらも離れていない商店街の角に『木村時計店』という店がある。上田は、散歩のついでにちょっと覗いてみるといった恰好で、ショーウインドウに近づいた。ちょうどその時、店内に二人の婦人客がいて、店員が応対しているのを見ると、上田は肯《うなず》いて、ゆっくり店の中に入った。

「いらっしゃいませ」

「非常に急ぐのです。この時計を、今夜の八時半までに修理できませんか」

「珍しいものですね、お客様。いまどき、修理といっても、電池の取り替えがほとんどなので、さあ、できますかどうか」

店員は、チラと時間をみた。店内の装飾にもなっている重々しい振子時計は、そのとき五時四十分を指していた。手早く裏蓋を開けてみて、安心したように店員はいった。

「八時半ですね。承知しました。なんとか間に合わせましょう。ああ、お客様、修理票をお渡ししておきます」

やはり同じ商店街の並びに『大洋軒』という小体《こてい》な西洋料理店がある。ステーキは定評があった。上田克義がこの店に顔を出したのは、あれから、四十分ほど経《た》ってからである。正確にいうと六時二十分であった。

「近頃はどうですか、社長さん——そう言えば、コンペにはお見かけしませんでしたね」

「いや、マスター、なにかと予定があって」

「結構ですな、お忙しくて」

上田は、笑顔でとりつくろった。

食後のコーヒーをのみながら、考える。

（六時五十分か。そろそろ事務所へ戻らなくては……）

レジの女性に、上田は釣銭の紙幣を渡した。「とっておきたまえ」

「あら、すみません、社長さん」

「岡野《おかの》君は、最近見えますか」

「たまにお出《いで》になりますわ。ハンサムなかたね。社長さんの甥《おい》ごさんなんですって？」

上田は、青いビニールカバーをしたポケット・ブックをとりだした。

「これを岡野に借りていたんでね。今度彼が寄ったら、渡してほしいんだが」

「わかりました。お預かりしておきます」


『大洋軒』を出た上田社長は、七時に事務所へ戻った。疲れた様子で椅子にぐったり座ったが、まだやることがあった。テレフォン・メモをみながら『旭配送サービス』の番号を押した。

「……ああ、上田です。お願いした荷物の発送準備はできてます。僕は、もう帰りますがね。ビルの管理人に言ってありますから、八時ごろまでに取りに来てください。お願いしますよ」

発送荷物というのは、ダイヤル錠のついたスチール製の書類金庫で、事務所の一隅《いちぐう》にぽつんと置かれてあった。

上田は、念のために発送先の『篠原《しのはら》化学研究所』にも電話を入れた。

「篠原さん……僕、上田です。先だってお願いしてあった書類金庫ですが……、いよいよ事務所を引き払うことにしましたので、当分、ご面倒でも研究所の倉庫に預かってください。……ええと、荷物は、明日の早朝便で『旭配送サービス』の車が高槻《たかつき》に行きますので、途中、お宅によってもらうよう話してあります。では、よろしく……」

電話をかけおわったとき、事務所の時計は七時十五分を指していた。そのあと、上田氏は姿を消した。七時半に、『旭配送サービス』が荷物を取りに来たので、ビルの管理人は、上田商会の事務所を開けて、書類金庫の積み込みに立ち会った。そして、金庫はその夜、『旭配送サービス』の倉庫に厳重保管され、翌朝『篠原化学研究所』に届けられるまでは、第三者のつけいるすきは絶対になかった。

★

同じ金曜日の夜——

駅の大時計は九時を指していた。

公衆電話のボックスから出てきた男は、ざわついた表通りを抜け、駅の裏側にあるビジネスホテル『富士』を訪れた。

「夕方、電話した上田だが……」

「上田克義様ですね。はい、四号室にお部屋はとってあります」

ホテルの使用人は、彼を部屋へ案内した。

「あとで二宮という客がくるはずだ。部屋へ通してくれ」

「はい、承知しました」

「それから、きみ、ご苦労だが……」

彼はチップをはずんで、こんな用事をたのんだ。

「駅のロッカールームの横に、荷物の預かり所があるね」

「はい」

「あそこへ旅行用のトランクを預けてあるんだ。ああ、チッキはこれだ。そいつをすぐ受け出して、部屋まで運んでほしいのだ」

「はあ……トランクですか」

「特大型のだ。大きくて気の毒だが、注意して運んでくれたまえ。済まないねえ」

同じ夜の、九時少し前であった。

『桜ホテル』の帳場に、押し殺したような男の声で、怪しい電話がかかってきた。

「はい、そうです。桜ホテルでございます。あいにく満室なんですが」

「いや、そうじゃないんだ。あんたのところの二階五号室に、女が殺されているんだ」

「えっ……?」

「わかったね、五号室だよ。ウフフ……女が死んでいる」

「もしもし……もしもし」

そのまま、向こうでガチャンと受話器がおかれた。

ピンクのカーテンを巡らせた窓際のダブルベッドに、女は仰向けにのけ反《ぞ》っていた。

型通りの検証が進められ、凄艶《せいえん》な死に顔に容赦なくフラッシュが浴びせられた。

「絞殺されています。死後三時間というところでしょう」

警察医はこう所見を述べた。ホテルにあの奇怪な電話があったのは九時少し前である。だから、犯行は、夕刻六時ごろということになる。

死体の身許は分からない。連れ込み宿で起こったことだ。いずれ情痴《じょうち》のもつれの凶行であろうと、係員はたかを括《くく》っていた。

桜ホテルの使用人は、こんな証言をした。

「この部屋は、昼頃中年の紳士が予約されたのです。夕方六時少し前に、この女性が部屋を訪ねました。六時半に、もう一人の男が来たようですが、間もなく立ち去りました」

「ふむ……」

これは、医師の判定と、ほぼ一致する。犯行はこの間になされたとみていい。

「すると、死体を置きはなして、ふたりの男が消えてしまったことになるね」

「ええ、この通り出入りはわりと自由なものですから――しかし」

「なんだね」

「あとから部屋を訪ねて直《す》ぐ立ち去った男のほうは、私、見覚えがあるのです」

「ほう、誰ですか」

「でも、人違いだといけません。そのかたに迷惑をかけても困りますし……」

「その心配はありません。うまくやりますよ。この際、われわれとしては、どんな些細なことでも知りたいのです」

使用人は、客商売の手前、うっかり口を滑《すべ》らせたことを後悔したに違いない。しかし、係員の巧みな誘導に、やっと重い口を開いた。その第二の男というのは、「週刊スポーツ」の記者で小島康夫《こじまやすお》という男によく似ていたというのだ。ただし、最初に部屋を借りた男については、中年の紳士という印象だけで、はっきりした記憶がなく、さっぱり要領が得られなかった。

サイドテーブルに被害者の持ち物らしいハンドバッグがあった。ありふれた中身だが、そのなかに一枚の名刺が交じっていた。二宮秀雄という名前で、住所はA区大塚町七番地となっている。名刺の裏に鉛筆で〈六時―桜ホテル五号室〉と走り書きしてある。なによりも、これは貴重な手がかりであった。

それから、ドアのノブに、ホテルの使用人とちがう不明の指紋が浮かんだ。まず、この指紋の照合と、被害者の身許の割り出しが必要だった。同時に、関係者として名前の浮かんだ男性、つまり二宮秀雄と小島康夫という二人の人物をつきとめ調査しなければならない。

係員が所轄署に引き揚げたときは、だいぶ夜も更けていたが、明日からの捜査に向けて、主任からてきぱき指示があたえられた。

## 2

市の外《はず》れにある『篠原化学研究所』に、土曜日の早朝、二個の荷物が届けられた。

ひとつは、午前六時に、『旭配送サービス』のトラックが早朝便で高槻へ向かう途中、研究所に立ち寄って書類金庫を降ろしていった。これは、昨夜、上田氏が篠原所長に連絡してあったものだ。

それと、次に、午前七時に『小林運送店』の車が、旅行用の特大トランクを届けてきたことだ。木札がついていて、宛名は篠原様となっているが、差出人は書いてなかった。

所長の篠原虎治《とらじ》は、いつも午前八時にキチンと研究所に現われる。この朝は、所長の出勤を待ち構えていたとみえ、助手の岡野良一《りょういち》がすぐに所長室に顔を見せた。

「お早うございます。所長、今朝がた書類金庫が届いたので、倉庫に置いておきましたが……」

「そうかね。ご苦労さん」

「それと、別の運送屋が所長宛のトランクを運んできましたので、それも一緒に倉庫に入れてあります」

「わたし宛に……？　なんだろう。心当たりがないねえ」

「ごらんになりますか」

「うむ」

資材倉庫は、研究所とは別棟になっていて、入口の鍵は、いつも岡野が厳重に保管している。篠原所長は、岡野と二人で倉庫に入った。

「このトランクですが……開けてみますか」

「そうだね、やってみてくれ」

岡野は、初めからその心算《つもり》らしくピッキングに使う針金を用意してきた。錠前を開けるのは彼の特技でもある。トランクは、わけもなく開いた。

「あっ、これは……」

所長は絶句した。なかみは、黒っぽい洋服を着た男性の死体だった。その顔面は、強烈な薬品を浴びたかのように焼けただれて、ふた目と見られぬ凄いものだった。


八時半には、連絡により所轄署の一行が、現場に到着した。

まず、問題になったのは、死体の身許だった。顔は見分けがつかない。しかし、死者の衣服から現われたいくつかの所持品が手がかりになった。

やや古風な金側《きんがわ》の懐中時計。キーホルダー。それに「ホテル富士No. 4」というプレートのついたキーが一個。まだあった。一枚のレシートで「木村時計店」のものだ。昨夜八時三十二分のタイムが打たれていた。

「ああ、その懐中時計は、叔父が大事にしていたものです」

「岡野さん、でしたね。あなたの叔父さんといいますと」

「上田克義といって『上田商会』というちいさな店の社長です」

「では、この死体は……」

「まさかと思うのですが、どうも体つきが似ているように思えるのです」

「ふむ……」

係員はうなずいて、側にいる篠原所長のほうに向き直った。

「篠原さん、あなたは、その上田克義というひとをご存じなのですか」

「それはもう……古くからの友人です。この岡野くんにしても、彼の縁故者ということで、うちへ勤めるようになったのです」

「そうですか。で、あなたはどう思われました？　トランクの死体を見たとき」

「顔は見分けもつきませんが、やっぱり、岡野と同じ考えでした。不安な気がしたものですから、一一〇番したあと、直ぐに上田の家に電話してみましたが、事務所も自宅も応答がないのです」

係員は、慎重にうなずいた。

「まだ、被害者が、その上田克義というひとに決まったわけではありませんが、いちおう、住所と電話番号をおしえてください。それから、上田氏について、なにか心当たりのことがあれば、聞かせてほしいのです」

「上田は、最近、健康を害したのと、どうも事業のほうも思わしくないらしく、事務所を一時たたむようなことを言っていました」

「ほう……」

「昨夜、七時十五分に、本人から電話があったのです。書類金庫を送る手配をしたから、しばらく預かってほしいというのです。その話は前もって聞いていました。だから、いよいよ事業も行き詰まったらしいことは察しがついたのですが、もちろん、私もそれには触れませんでした。電話の声は、そう落ち込んだ様子ではなかったので、まあ、それほど深刻に考えていませんでした」

「書類金庫というのは、あれですね」

係員は、倉庫の片隅に置かれてあったスチール書庫に目をとめた。

「ああ、その金庫でしたら、今朝六時に届きました」

「あなたが受け取ったのですか、岡野さん」

係員は、あらためて岡野良一の顔を見つめた。三十がらみの年恰好で、技術家タイプの青年だ。まじまじ見つめられて、岡野は、さりげなく視線を逸らした。

「ゆうべは仕事が忙しかったので、研究室で徹夜をしました。今朝《けさ》がた、やっとひと区切りついたので、ホッとしたところへその金庫が届いたのです。それから、また一時間ほどして、この大型トランクが届きました。ですから、私が二個とも受け取り、運転手に指図して倉庫へ運び入れたのです」

「そのあと、誰も倉庫へは入りませんでしたか」

「倉庫の鍵は、私が保管していますので、所長が八時に見えるまで、荷物は、もちろん、そのままになっていました。誰も触ってはいません」

その日の午後——被害者は、身許不明のまま解剖にふされたが、直接の死因は、青酸化合物による中毒死で、顔面の損傷は、死後加えられたものである。死んだ時刻は午前一時ごろ、これに前後一時間の幅をみて報告されたが、これも、あとで間違いのないことがわかった。

★

被害者の衣服にあったキーを手がかりに、捜査員はビジネスホテル『富士』を難なく探し当てた。そして、ホテルの支配人立ち会いのもとに、当事者の小川《おがわ》という男から、事情を聴取した。

「きのうの夕方、上田克義とおっしゃる方から、二日間宿泊するから部屋をとってほしいと電話があったのです。上田様がホテルにお見えになったのは夜の九時でした。それで四号室へご案内したのです。その時、あとで二宮という人が訪ねてくるから、部屋へ通してほしいと言われました」

調子のいいホテルマンの小川は、大型トランクを、彼の依頼で、駅の荷物預かり所から、部屋まで運んだことを話した。

「ほう、大型トランクをね。それは、今どこにあります?」

「それがですねえ、刑事さん。この近くに『小林運送店』というのがあるのですが、今朝の六時半にですよ……そんな早い時間に、トランクを受け取りにきたんです」

「ふむ、……」

「運転手とは顔見知りですし、委任状がわりに、添え書きした上田克義様の名刺を持ってきましたので、四号室をあけてトランクを渡しました。刑事さん、やっぱりなにかあったのですね。へんだとは思ったのですが」

「いや、いまのあんたの話では、九時に泊まりにきた上田さんが、朝がた、トランクを取りにきたときに、ご本人は、すでに部屋にいなかったように、聞こえるが」

「そうなんです。キーをお預けにならず、ゆうべそっと、外出なさったものと思っていました」

「二宮という来客は……?」

「それも、おいでになったかどうか、……私、ずっとフロントにいたのですが、お見かけしませんでした」

「そうですか、よくわかりました。ところで、支配人さん、四号室を見せていただけませんか」

「いちおう、上田さんが二日間予約しておられますので」

「つぎのニュースの時間には、報道されると思いますので、お話ししますが、実は上田さんと思われる死体が、今朝、トランク詰めになって発見されたのです」

「えっ、それでは」

「その前に、今いわれた『小林運送店』に、届け先を確認しなければなりません。で、間違いなければ、このホテルの四号室が、問題になってくるのです。そんなわけで、ちょっと部屋を見たいのです。状況によっては、係に至急連絡しなくてはなりません」

所轄署の捜査員は、ちょっとした聞き込みにホテルに寄ったつもりだったが、意外な収穫に緊張した。

四号室は、まだ予定の宿泊期間だったから、部屋はそのままだった。サイドテーブルに、グラスがふたつ置かれてあり、少量の液体が底に残っていた。シガレットケースが、側にあった。それ以外に変わったところはない。

捜査員は、『小林運送店』の当事者から、トランクを『篠原化学研究所』に運んだことを確認したうえで、所轄署に電話を入れ、一応、四号室の鑑識を要請した。

3

上田克義と思われるトランク詰め死体が発見されて、この猟奇的《りょうきてき》な犯罪に捜査当局が騒然としたさなか、前夜『桜ホテル』で絞殺されていた女性が、上田氏の妻、彩子夫人と判明したので、事件はさらに複雑なものになった。

最初の現場である所轄署に捜査本部がおかれ、主任捜査官として、一課の須潟賛四郎警部がベテラン牧田《まきた》部長刑事以下の手勢をひきつれて、乗り込んだ。

被害者彩子夫人のハンドバッグにあった一枚の名刺——その名前の二宮秀雄という男に彼女は誘い出されたふしがある。名刺にあったアパートに行ってみると、二宮は一昨日から不在である。管理人の話では、闇ブローカーのような世渡りをしているらしく、月に数えるほどしか姿をみせないのだという。

この二宮という名前は、あのビジネスホテル『富士』の使用人の口からも聞いている。だから、この二つの事件に、二宮秀雄なる人物がなんらかの関わりを持っていると考えるのは当然だった。

そして、もう一人の男がいる。彼は、彩子夫人が殺害された『桜ホテル』の部屋から慌《あわ》てて立ち去るところを、ホテルマンに見られている。証言によると「週刊スポーツ」記者の小島康夫に似ていたという。

刑事が社に問い合わすと、小島という男は、いることはいるのだが、社に籍はなかった。正式の記者ではなく、フリーのライターだった。取材の便宜上、記者を名乗っているのであろう。それはいいとして、その小島康夫も、言い合わせたように、事件の夜いらい姿を消していた。

『桜ホテル』のドアに残された指紋は、ビジネスホテル『富士』の四号室にあったシガレットケースの指紋と、同一であった。もちろん、この指紋については、コンピュータで照合されたわけだが、思わぬ収穫があった。詐欺罪《さぎざい》で前科のある砂川健一《すながわけんいち》という男の指紋と、ピタリ一致したのだ。

「その砂川健一を挙げた担当の係員に会ってきました」

牧田部長刑事が須潟に報告した。

「砂川というのは、なかなか知能犯で、容易に尻尾《しっぽ》を摑ませなかったそうです。二宮という偽名なんかつかって、住所も別々にするという奴なんです」

「なるほど、……そいつが二宮か」

「それから……主任、もう一つ、おかしなことを聞き込んできました」

そう前置きして、部長刑事は話を続けた。「あのトランクの死体は、いまのところ上田克義と断定はできないのですが、そうかといって当の上田氏は、やはり行方が知れません。で、いちおうあの晩の、上田氏の行動を調べてみたのです」

「ふむ……」

「午後五時四十分に『木村時計店』そして六時二十分に『大洋軒』に寄っています。七時十五分に研究所の篠原所長が、本人からの電話を聞いています。ところが、八時半に『木村時計店』に現われたのは、別人らしいのです。黒眼鏡をかけ、マスクをしていました。年齢も若いようでした。しかし、先に渡した修理票を持ってきたので、代理の人を寄越したのかと思って、懐中時計を渡したそうです。そのとき、代金のレシートを渡していますが、それらは、死体の所持品のなかにありましたね」

「すると、そのあと午後九時に、上田と名乗ってホテル『富士』にやってきたのも、その黒眼鏡の男だというのかね」

「そのとおりです。彼は四号室にトランクを運ばせたあと、ホテルからそっと姿を消した。そのあと『小林運送店』に現われたのも、黒眼鏡の男です」

「なるほど」

「ホテルからトランクを受け取り、必ず、明日の午前七時に『篠原研究所』に届けるように依頼し、運送賃をたっぷり置いていったそうです」

警部は、おおきく肯《うなず》いていった。

「ご苦労だったね、牧田くん。……大体読めてきたぞ。これは、明らかに計画犯罪だ。上田と名乗ってホテル『富士』の四号室を借りた黒眼鏡と、彼を訪ねてきた二宮がその部屋で会ったことも想像される。残されていたシガレットケースの指紋は、二宮のものだ。それに、残っていたグラスの片方から、青酸カリが検出されているのだ」

そして、慎重な警部はこう付け足した。

「計画者がたちまわった『木村時計店』とか『大洋軒』など、僕もこの目で見ておきたい。案内を頼むよ」

★

『篠原化学研究所』を訪れた須潟警部は、岡野良一に会って、あらためて事情を聞いた。

かりに死体が上田克義と確認された場合、甥であり保険金受取人に指定されている岡野に、多額の金が入ってくることを、須潟警部は聞き込んでいた。それに、岡野がポーカー賭博《とばく》で擦《す》って、その穴埋めにサラ金から借り捲《まく》っていることもわかっている。彼も、二宮におとらず注意人物なのである。

「岡野さん、あの夜、あなたが『大洋軒』で食事をされたことは、わかっているのです。その時、上田克義さんにお会いになったのではありませんか」

「いいえ、あの日は午後七時まで、この研究所で皆と仕事をしておりました。それから外出をしたので『大洋軒』に寄ったのは、七時半でした。叔父は食事をして帰ったあとでした。レジの娘が、叔父からポケット・ブックをことづかっていて、それを受け取りましたが、叔父とは会っていないのです」

「そのあと、どちらへ行かれました?」

「研究に疲れていましたので、すこし頭をやすめようと、夜桜をみながら公園を散歩しました。シュークリームを土産《みやげ》に買って、研究所に帰ったのが十時でした。この間、知った人には誰とも出会いませんでした」

彩子夫人は午後六時頃、〈顔のない死体〉のほうは午前一時頃死んでいるのだから、岡野のアリバイは、いちおう成立する。七時から十時の外出時間の空白を除いては、ずっと研究所にいて、同僚と一緒だったからだ。

「ところで、岡野さん、あなたは、二宮秀雄という男をご存じですか」

「知っているどころか、あいつの口車に乗せられて、金銭的にも大損をしました。逃げ回っているようですが、今度見つけたら、ぶん殴ってやりたいぐらいです」

須潟警部は、所長の篠原虎治にも了解を求めて、あの晩の行動をきいた。

「あの日は帰り支度をしていたとき上田克義から、電話があったのです。それが、午後七時十五分でした。そのときは、夕食に岡野くんは出たあとでしたが、研究室に三人残っていましたので、私は皆にことわって、七時半にここを出ました。自宅に帰ったのは十時半ごろでした」

「途中、どこかに寄られたのですか」

「大衆酒場に立ち寄りましたが、いちげんの店だもので、それを証明してくれる人がいそうもありませんな」

「いや、結構です。それで、翌朝八時に出勤されたとき、すでにあのトランクが届いていたのですね」

「はい、それと上田から送られた書類金庫が、早朝便で届いていました。このことは、先日来られた刑事さんにも話してあります」

「聞いております。じつは、その書類金庫なんですが、差し支えなければ、内容を拝見したいのですが」

警部の言葉に、所長は表情をゆるめた。

「あれにも死体がはいっていると、お考えですか、警部さん。手頃な大きさですからな。いいでしょう。ダイヤル錠のナンバーは、上田から聞いています」

篠原所長は、あっさり承諾して、金庫の扉を開いて見せてくれた。なかには、書類がギッシリ詰まっていて、なんの変哲もなかった。

★

たいした収穫もなく、捜査本部に須潟警部が戻ると、思いも寄らぬ情報が待ち受けていた。

『桜ホテル』の現場から立ち去ったまま姿を消していた「週刊スポーツ」のライター小島康夫がアパートに舞い戻ったところを、張っていた刑事に捕まったというのだ。

「あの日の夕方、男の声でへんな電話があったのです。前につきあっていた女からの言伝《ことづて》で、桜ホテル五号室で会いたいというのです。六時過ぎに行くと、彩子夫人が殺されていたので、ぼくは慌てて逃げたのです」

「その場で、なぜ、ホテルに知らせなかったのだ」

「それは……別に理由はありません。疑われそうな気がしたのです」

「あの晩、九時に黒眼鏡をかけ上田克義を名乗ってホテル『富士』に現われたのは、きみではなかったのかね」

「冗談じゃありません。違いますよ。七時ごろ、飲み屋でチンピラと喧嘩して、あの晩は留置所に泊められていたんですよ」

これは、照会して事実とわかった。それなら、小島康夫にもアリバイはあったといえる。しかし、彼の指紋を調べてみると、『桜ホテル』五号室のドアのノブから採取された指紋と、ピタリ一致したのであった。

「そうか、あのドアの指紋は」

こう言いかけたとき、係員が飛び込んできた。

「警部、わかりましたよ。確認のため、上田克義の主治医だった尾形医師と、歯医者の小山氏に、顔のない死体を診てもらいました。歯型がとってあったそうです。それによるとあの死体は……」

【解答編】

「警部、わかりましたよ。確認のため、上田克義の主治医だった尾形医師と、歯医者の小山氏に、顔のない死体を診てもらいました。歯型がとってあったそうです。それによるとあの死体は、やはり上田克義ということです」

係員の報告に須潟警部はうなずいた。

「彩子夫人を殺した二宮秀雄が、そのあと上田克義を殺し、顔をメチャメチャにして自分が殺されたように見せかけて、姿をかくしたという推理は、これで成立しなくなったね」

「二宮が犯人とちがうのですか」

「彼は犯人ではない。二宮というのは偽名で、本名は砂川という詐欺師だ。彼は性懲《しょうこ》りもなく、こんどは小島康夫という偽名をつかって、二重生活をつづけていた。しかし、指紋が一致したことで、それもバレてしまった。でも、皮肉なことに、これが彼の無罪を証明することになった」

「なるほど、あの晩は警察の留置所に泊められていたから、犯行は無理ですね」

「時間的な空白を考えると、上田克義にも妻の彩子を殺す機会はあったはずだ」

「そうですね。『木村時計店』をでて『大洋軒』に現われるまでに、殺人は可能ですね」

間もなく、従犯その他の容疑で、岡野良一が捕えられた。彼の自供で真相はすべて明白となった。

事業の失敗、妻の不倫、そして病気の不安に日夜さいなまれ、上田克義は絶望におちいっていた。すべてを清算するため自殺を決意したものの、妻を奪った二宮に対する激しい憎悪が、このような異常な計画にまで発展したのだ。嫉妬《しっと》に狂った彼は妻を殺し、その嫌疑を二宮にかけようと、悪意の自殺を遂げたわけだ。

午後六時に、彩子夫人を『桜ホテル』で殺した上田は、そのあと『大洋軒』に立ち寄り、ポケット・ブックのカバーに時計の修理票を挟んでレジに預けた。

事務所に帰った上田は、電話をかけたあと、書類金庫の中に隠れた。中の仕切り棚を取り外せば、すっぽり体が入るのだ。ダイヤル錠を内側から回せば、扉は施錠できる。それとは知らず『旭配送サービス』はこの金庫を引き取り、その夜は会社の倉庫においた。暗い倉庫のなかで、金庫に潜んでいる上田は、時刻を見計らって、午前一時に、青酸ウイスキーを飲んで自殺を遂げたのである。

一方、保険金を餌《えさ》に、この奇妙な犯罪に加担した甥の岡野良一は、やはり異常性格というべきであろう。

彼は、上田との打ち合わせ通り午後七時半に『大洋軒』で食事をする。そして、ポケット・ブックを受け取り、上田がカバーの下に隠してあった時計修理票を手に入れる。黒眼鏡とマスクをして人相をかくし『木村時計店』で時計を受け出した。

午後九時前に『桜ホテル』に、公衆電話から彩子の死を告げる。それからビジネスホテル『富士』に現われ、あの大型トランクを四号室まで運ばせる。もちろんこのときは、トランクに死体など入ってはいない。体重相当の書類が詰まっていた。

四号室に、二宮の指紋が付いたシガレットケースを置き、毒物の残ったグラスをおいて偽装工作をしたあと、偽の上田はホテルをそっと抜け出した。それから『小林運送店』により、トランクの配達を依頼した。配達時刻を翌朝午前七時に指定したのは、計画を成し遂げるのに、大切な意味合いがあったからである。

こうして周到な工作をしたあとで、黒眼鏡の男はもとの岡野良一にかえり、十時には研究所に戻ると、何事もなかったように、同僚と徹夜仕事をつづけた。

翌朝、手筈通り研究所に相前後して金庫とトランクが届いた。同僚にはこの時間仮眠をとるように勧めておいた。彼は別棟の倉庫の鍵を専任でまかされている。彼は倉庫を締め切ると、書類金庫のダイヤル錠を開け、上田の死体と、トランクの書類を入れ替えた。もちろんウイスキーの小瓶は取り上げ、昨夜持ち帰ったホテルの鍵や懐中時計を死体のポケットに入れた。

その際顔面をメチャメチャにしたのは、人別を誤認させるのが目的ではない。なぜなら、上田克義の身許はあとで主治医の診断でわかるのを予期していたし、また保険金を得るためにも正しい鑑別が必要であった。では、なんの為にそうしたのか。それは、上田の死体を他殺にみせかける為の手段であった。

そして、ホテルに、あらかじめ奪った二宮の指紋のついた遺留品をおいて、彼を罠に陥れようとしたのだ。もちろん、上田は、彼の二重生活を知っていた。危険を感じた小島は二宮の人格を抹消するであろうことも予想できたが、その時は、岡野が指紋その他を証拠に、彼の秘密を暴く手筈になっていた。警察は小島の二重生活によけい疑いを深めるであろうから……もっとも、警察当局も指紋の照合で、二宮の秘密に気づいていたことではあるが。

しかし、ここに計画者にとって思いも寄らぬ誤算が生じた。あの夜、小島は桜ホテルを出たあとで騒ぎを起こし、留置所にいたためアリバイができてしまったのだ。

岡野良一は、殺人に直接手を下したわけではないが、犯罪行為に加担しているのを理由に、保険会社は支払いを拒否することもありうるだろう。あまり利口なやり方とは思えない。いくら叔父の頼みといっても、こんな常軌を逸した計画に参加した彼の心理は、理解し難いものがある。

捜査本部が解かれたあと須潟警部は、久しぶりに肩の荷を降ろした思いだったが、いつもはノーコメントの彼も、クラブで記者に捕まったとき、

「特異なケースだろうね。運送店の暗い倉庫のなかで、上田は金庫に閉じこもっている。深夜だ。小型ライトで時間を確かめたあと用意したポケットウイスキーを呷《あお》って自殺した。残忍な微笑を漏らしていただろう上田の、その時の病的な神経は何としても理解できない。嫌な事件

だった」
やりきれない表情で、こう述懐するのだった。

# ロッカーの中の美人

男の眼のうちに凶悪な殺意をみてとった彼女は、ハッとして身をひいた。叫ぼうとして、声がでない。強い暗示にかけられたように舌がこわばってしまう。おそれすくんだ獲物をさいなむかのように、男は残忍な笑みさえうかべて、にじりよった。

手袋をはめた大きな二つの触手が、恐怖にみひらかれた綾子《あやこ》の眼のまえいっぱいにひろがる。蒼白な彼女の面《おもて》に、じっとり脂汗がうかんだ。呼吸が乱れる。一歩一歩あとずさりした軀《からだ》が、ひょうしに卓の器物をたおして、リノリウムの床に転がった。——瞬間、綾子はハッキリ意識した。ああ、わたしは殺される……

いよいよ死に臨んだギリギリの場で、はじめて彼女は恐怖を覚えた。そして、声のかぎり叫んだ。だが、その悲鳴はまったく打ち消されてしまった。八時三分——折から上り特急車が窓外の高架線をふるわせ通過する。ちょうどその時間だった。きっと犯人は、それさえ計算にいれていたにちがいない。

ああ、みるも無残な死のパントマイム、声のない断末魔の不気味さ……

轟音《ごうおん》がさって、ふたたび元の静寂がかえってくる、なにもかも元のままだ。しっとりした夜風に、ネオンがまたたいている。窓外は静かな秋の夜だ。たった今おそろしい殺人のあったことなど、だれも気づいていない。なにもかも元のままだ。床にたおれている綾子をのぞいては……

男は、そっと被害者を抱きおこす。まったくことされているのをみすますと、今度は、部屋のなかを丹念にみまわした。

（ちょっとした遺留品から足がつく、慎重に、慎重に……）そんな思いいれである。

大丈夫、なにもおちてはいない。満足そうに肯《うなず》く、すべては終わった。ほんの短い時間だった。五分とは経《た》っていない――

★

こうして、何者かに綾子が殺された同じ土曜日の夜――ひさしぶりの休暇にくつろいだ須潟《すがた》警部は、桜アパートにある岡田《おかだ》社長の部屋で、サントリーをなめながら、静かにレコードをたのしんでいた。

あとで問題になったロッカー（書類金庫）を、運送屋のオート三輪が運んできたのは、もう九時に近いころだった。

「え？　ロッカー、なんだっていま時分運ぶのだ。あすで構わないんだ」

「でも、ぜひ、今夜のうちにアパートまで運んでほしいとのお電話でしたので」

「電話――」

「貴方《あなた》じゃなかったのですか」

「知らないナ――もっとも、S町の事務所は近々引き払う予定で、社員の並川《なみかわ》に打ち合わせはしてある。しかし、奴さん、バカに早手回しだナ。まあいい、ここに置いてくれ給《たま》え」

こんなやりとりがあって運転手は中型ロッカーを助手とふたりで社長の部屋に運んだ。警部が彼のアパートを辞したのは、それから小一時間のちであった。

★

却説《さて》、さらに挿話するなら、やはり同じ夜の八時すぎ――同じ桜アパートの住人で、岡田社長の隣室に起居しているブローカーの大島《おおしま》は、S町にある酒場クインの隅っこのボックスで、最前から人待ち顔である。

「やけにしけてるのね。待ち人きたらずって辻占《つじうら》ね。それより、ね、内緒の話――」

女給のユミがもたれかかるようにより添う。

「あッ、いてて……いてえじゃないか」

「ご免なさい。まあどうなさったの」

右の手首に白い繃帯《ほうたい》がいたいたしい。不自由な恰好で、大島は吐きだすように、

「とんだ武勇伝さ」

「またチャンバラ騒ぎ？　およしなさいよ。ビス謙ったらしつこいんだから」

「ちがうんだ。一昨日いきなり闇討ちをかけやがった。卑怯じゃねえか、畜生、治ったら今度はただじゃおかねえ」

「ああ呆《あき》れた。いい加減にしないと……さ、とにかく乾杯、ね、おごって頂戴《ちょうだい》」

そいつを邪慳《じゃけん》にはらうように、

「おい、何時になる」

「まだ九時前よ、宵の口よ、なにさ急に」

おかしいナ、というふうに、大島は首を傾《かし》げる。その時、制服の給仕が卓に近づいて封筒を手渡した。心まちしていたらしく、レターペーパーを読みすてると――

「君、急いで車をよんでくれ」

★

翌朝――書類整理のため、某会計士をアパートに招いて立ち会いのもとに、岡田社長は昨夜運ばれたロッカーを開いて、
「あッ――」と思わず息をのんだ。

送られてきたのは、書類ではなく蠟《ろう》人形のように蒼ざめた、つめたい綾子の死体であった。

★

「やれやれ今度は金庫詰め美人の巻か」

調書をひろげながら、須潟警部はちょっとおどけた口調でこういったが、いつになく真剣な面持《おもも》ちで、

「被害者綾子は、N銀行常務の田坂《たさか》氏の愛妻だが、実は、Aキャバレーの歌姫でならしたユリー絹川《きぬがわ》というのが、彼女の前身だ。殺人の動機はこんなところにあるんだナ。失恋したブローカーの大島だの、大和商会の並川という連中は、かなりいれあげていたからね。それから、夫の田坂氏にだって動機はある。彼女、浮気がすぎるんだ。相手が大和商会の岡田社長——この男、今でこそチャチな闇会社とはいえ、とにかく社長さまでおさまっているが、前歴にいわくがある。例の××取引で、大川組のボスが殺されたが、あの件で、当時情婦だった綾子がなにか此奴《こいつ》の弱点をにぎっているらしく、しつこく女の方から離れない。だから岡田社長にだって、容疑は十分あるんだ……」

殺人現場は、当然、あの夜金庫の発送されたS町の大和商会事務所と推測された。

ここは、ずっと町外れにあって、付近に電車の便もない場所なので近々移転するという。整理中の部屋はガランとして、寒々した感じだった。

つと、警部はかがみこむと、コンクリートの床におちていたキラキラ光るものをつまみあげた。イヤリングだ。

「これでハッキリしてきた。ほら、金庫詰め死体の右の耳にだけ着いていた……」

「なるほど、ここで争った時、片っ方落ちたんですね」

西野《にしの》刑事が肯《うなず》く。

「医師の所見によると、凶行は八時前後だ。昨夜、アポロ座で七時半に彼女の姿をみかけたものが数人いる。それから、金庫がここから送られたのが八時半、つまり、この間に殺されたことは情況的にも辻つまが合う」

「すると、八時前後の行動を洗え、ということになりますね。やってみましょう」

西野刑事はハリきってとびだしたものの……

★

「警部、残念ながら四人とも皆アリバイが明白なんです。大島は 某《なにがし》から取引の電話をもらって酒場クインで七時からまっていた。ところが、なかなか相手が現われないのでいらいらしていると至急浪速《なにわ》ホテルへきてくれと伝言がきた。急いで車をとばしたが、やはり相手がみつからない。ヘンに思って桜アパートに帰ったのが十一時です。すると留守の間に空巣が入ったらしく部屋の中は荒されている。訊《ただ》してみると、以前にドアの合カギを紛失したことがある。これは何者かが、計画的にオレをおびきだして、部屋を探ったにちがいない。おっと、刑事さん、麻薬をかくしてあるなんて、とんでもない。違いますよ……なんて言訳です」

「奇妙なアリバイだナ。狂言かもしれないね。もっとも、大げさな手の傷は本当だ。かなり深《ふか》傷《で》で、一昨日から本町の外科で治療をうけている……それじゃ、並川という男は？」

「並川ですか。岡田社長以外に金庫の組み合わせを知っているのは此奴だけなんです。ところが、土曜日の夕方、T町のクラブであくどい賭事をやっていて、サツにあげられた。皮肉なことに、警察に一晩厄介になったお蔭《かげ》で、明白すぎるほどのアリバイができた……」

「なるほど」

「つぎに、夫の田坂氏は、銀行幹部の懇談会とかで、午後から白浜に旅行中で、これも問題になりませんよ」

「すると残る容疑者は岡田社長だが……あの晩夕方から十時まで、僕は彼の部屋にいた。トイレなどに中座することはあっても建物から一歩もでていないことは証明できる。念のため、アパートの出入りを管理人にたずねてみたが、五時ごろ、若い女がだれかの部屋に泊まりにきたくらいのもので他に出入りはないという。とどのつまり、みんな白じゃないか、完全アリバイだ……」

　さすがの警部も途方にくれた体であったが、何かハッと思い当たることがあるのか、くわえタバコをおとして、

「しまった……とんでもない錯覚をしている。君、分かったよ。やはりこの四人のなかに犯人

はいる」そして、自信ありげにこうつけ加えた。

「勿論《もちろん》、単独犯だ。それも恐ろしく巧妙なやり方だ。巧《うま》い手品をつかったものだ。ねえ西野君、奇術師は空っぽの箱からだって、お望みの品物をとり出すことができるんだぜ」

【解決編】

利《き》き腕に深創《しんそう》を負うている大島は絞殺犯人ではない。

留置場にとめられていた並川をのぞいて金庫の動かせるただ一人の男――岡田社長が犯人である。

いうまでもなくS町にある事務所は偽装現場である。イヤリングも彼女のものではない。予《あらかじ》め犯人が、発見されやすいようにおいたものだ。その夜、偽電話で隣室の大島を郊外におびき出し、彼女をその空部屋に呼び寄せる。自室で警部と話しながら、トイレにたったわずかの時間に彼女を絞殺し、再びなにくわぬ顔で部屋にもどり、ロッカーの運ばれるのを待つ。警部が帰宅してから送られた金庫の書類と綾子の死体を入れ替え（この時、イヤリングの片方をつける）、翌朝、立ち会い人の前で金庫を開いて、死体を発見してみせた。

# 密室の夜

# 1

一月十三日金曜日の夜、立花ビル一階にある『ナス測量』の事務所は、煌々《こうこう》とあかりが点《とも》っていた。夜——といっても、まだ六時半だから宵《よい》のくちだが、今日いちにち小雨《こさめ》が降っていたし、それに、この建物は国道からひとつ裏の通りにあったから、あたりは思ったより閑静で、建物の周囲はもうすっかり夜の気配だった。

田村辰男《たむらたつお》は、ボーナスで奮発した角型のカルチェをちらとみて、同僚に声をかけた。

「向井《むかい》君、ぼくは七時に、ちょっと人と会う約束があるんだ。わるいけれど、お先に失礼するよ」

「ああ、どうぞ。こちらも加藤《かとう》さんが終わったら、直《す》ぐ帰るから」

事務室の片隅では、梅田《うめだ》金庫店の出張社員が、保管庫のダイヤル錠をしきりに調整していた。

この三段抽斗《ひきだし》の保管庫は、同じビルにいた大野商事が暮に移転したときに、譲りうけたものである。先日、梅田金庫店からスチール書庫を購入したので、向井邦夫《くにお》はその時、保管庫のダイヤル・コンビネーションをサービスで組み替えてくれないか、と頼んでみた。

それで、つい先刻、金庫店から加藤がやってきたわけである。

「さあ、これでいいでしょう。やってみて下さい」

出張社員の加藤はそう言って、メモを向井に渡した。

〈R30－L41－R07〉向井が、数字を無作為にえらんで書いた紙片である。彼は、一応メモを見ながら、ダイヤル錠を試してみた。上乗だった。

厚く礼を言って加藤を帰したあと、向井は時計をみた。六時四十分だ。まだ教室には間に合うと思った。

最近、向井はチェスを習い始めていた。偶々《たまたま》、美章園《びしょうえん》会館四階で、ダイニチ新聞社主催の《チェス入門短期教室》が開かれることを知ったので、受講することにした。毎週火曜と金曜、午後六時から八時までで、会場はこの立花ビルからバスで四つめくらいだから、退社後通うのに都合よかった。

向井は、社長室をノックした。

「ああ——」

と、短い返事があった。ドアを開けると、社長の那須吾郎《なすごろう》は気難しい顔をして、なにか書類をひろげていた。やっと五十歳になった筈《はず》だが、小びんに白いものが目立ってきている。光線の加減か、書類から目をはなして此方《こちら》をみた社長は、ばかに老けた表情にみえた。

「ああ向井君、ぼくは、ちょっとまだ調べ物があるんだ。きみ、先に帰ってくれ給《たま》え」

「そうですか……」

保管庫のことを言おうとしたが、いつになく不機嫌な様子をみて、報告は明日にしようと思った。向井は一礼して、社長室の扉をそっと閉めた。

チェス講座は半分終わっていた。向井邦夫がそっと一番うしろの席に着いたとき、教室の電気時計は丁度七時を指していた。

★

七時から0チャンネルで《スターにそっくり大会》がはじまった。
ご機嫌よう、そっくりさん
びっくりしたぞ、そっくりくん
あなたは誰だ、ホラ、また間違えた
そっくり同士が、はち合わせ
にぎやかなテーマ・ソングが流れ、派手な格子の上衣《うわぎ》を着た司会の村上洋《むらかみひろし》が、笑みをたたえて現れた。
〈会場の皆様、全国お茶の間の皆様、《スターにそっくり大会》の時間がやってまいりました。今週のスターは、花村《はなむら》ちえこさんです。さあ、今週はどんなそっくりさんが登場いたしますか、たのしみですね。それでは、最初のそっくりさん、どうぞ――）

ひっそりと静まりかえった立花ビルの管理人室で、中原浩二《なかはらこうじ》は即席ラーメンをすすりながら、はなやかに揺れ動くカラー・テレビの画面をながめていた。尤《もつと》も、彼は正式の管理人ではない。このビルの守衛をしている叔父が、正月に田舎に帰ったので、臨時にアルバイトをかってでたのである。昨年の夏休みにも一度やって様子が判っていたし、小さなビルのことだから、会社員とも馴染《なじ》みになっていた。

中原は法学部の四回生で、就職先もきまっていた。秀才の大学生が《そっくり大会》を観てはいけないという規定はなかった。花村ちえこは憧れのスターである。それに中原は、TVを観ながらラーメンを食べ、《週刊ジャーナル》の頁《ページ》をめくり、そのうえ、ビルの守衛の役目もちゃんと果たしている心算《つもり》である。

番組が終わったのは、七時半だった。その時『ナス測量』の社長那須吾郎が、事務所を閉めて廊下を歩いてきた。

「社長さん、いまお帰りですか」

「ご苦労さん、これ頼みます」

言葉少なく言って、那須は、事務所の鍵を受付の窓から寄越した。そして、ゆっくりした足どりで、ビルの玄関を出て行った。

この小さな貸ビルには、幾つかの会社が同居しているが、この時間には大抵引き揚げている。その夜、一番おそくまで残業していた二階の大木《おおき》商事の社員が、七時四十分に帰って行った。

が、それと殆《ほと》んど入れ違いに、一度帰った筈の田村辰男がビルにやってきた。

「田村さん、どうなさったのです」

「うム、ちょっと仕事が残っているんだ。社長、帰った――?」

「ええ、たった今です。七時半にお帰りになりました」

「そうか、じゃあ、鍵を貸してくれないか」

田村は、事務所の鍵を受け取り、廊下を奥の方へ入って行った。


那須吾郎はビルを出ると、ゆっくりした足どりで国道の方に向かった。歩調はゆっくりしていたが、なにか落ち着かない様子であった。

雨はあがっていたが、舗道はまだ濡れていて、もやのような夜気がたちこめている。うっとうしい晩であった。那須吾郎は、杭全《くまた》ロータリーの歩道橋をこえた。

先刻、那須が建物を出たときから、見えかくれに一人の男がつけてくるのを、彼は全く気付かなかった。男も、ゆっくりした足どりで、同じ間隔を保ちながら社長のあとをつけた。那須は関西本線の高架下を通って、北の方角へ向かった。そこから、塗装工場と倉庫にはさまれた狭い路がつづいている。

さすがに殆んど人通りはなく、あたりは暗かった。工場の塀に所々防犯灯が点《つ》いていて、其《そ》所《こ》だけがボーと明るかった。黒い影は着実に間隔をつめた。那須が、本能的に身の危険を察して振り向いたとき、黒い影は体当たりで襲ってきた。

那須は辛うじて身をかわした。防犯灯のあかりで、相手の正体が判った。

「き、貴様ッ……」

男は無言で、次の襲撃にうつった。

暮にミナミの酒場で、ホステスの加代子《かよこ》をめぐってひと悶着《もんちゃく》あった。男は、寺井《てらい》といって加代子の情夫だった。暴力団寒月会《かんげつかい》の組員だった。加代子とは別れ話がでて、喧嘩《けんか》の絶え間がないところを、偶々、那須が加代子を彼女のマンションに車で送ったのが、事の始まりである。相手がわるいと思ったから、一度の浮気で、那須の方は手を切った心算だったが、寺井は執拗《しつよう》に恨んでいたのだ。

夢中だったので、それほど痛みを感じなかったが、那須は脇腹を押さえて、路上にうずくまった。

★

「こんどは黒の手番ですね。クイーンが当たりになっています。おまけに、白からナイトをf7とはねられると、メイトになります。ちょっと弱りました。が、ここで妙手があるんです……」

狭い教室には大盤を前にした三十人ばかりの会員が、おとなしく講師の説明に耳を傾けていた。

向井邦夫は遅れて出席したから、そっと後ろの席にすわったのだが、素早く視線を走らせて、洋子《ようこ》の姿を求めた。いちばん前列の席に彼女の姿をみつけて、向井はホッとした。この前の火曜日と同じライトグレーのスーツを着ていた。会員は学生やサラリーマン、かなり年輩の人も交じっていたが、OLらしい若い女性の中にいても、彼女の美貌《びぼう》はひと際《きわ》目立った。

向井邦夫がはじめて津川《つがわ》洋子と出会ったのは、昨年の秋、東鉄バスのなかだった。停留所で降りようとした若い女性が、硬貨がなくて千円札を出し、ワンマンカーの運転手にことわられていた。

「どなたか千円札を両替できませんか」

運転手が乗客に呼びかけたが、満員の客は誰も答えなかった。彼女の背後に立っていた向井も、丁度降りるところだったので、

「これをお使いください」

そう言って、持っていた回数券の綴《つづ》りから一枚きって、彼女に渡した。

バスをおりて「本当にたすかりましたわ」と彼女は丁重に礼を言ったが、

「いや、いいんですよ」

向井は、足早に別れた。

しかし、余程彼女に縁があったのかもしれない。翌日、区役所に所用で立ち寄ったとき、廊下で再び彼女と出会った。備え付けの長椅子にすわって、しばらく会話をかわしたが、その時はじめて、彼女の名前が津川洋子といい、阿倍野《あべの》ビル八階にある『新協商事』の秘書課員であ

ることを知った。

向井は、彼女に仄《ほの》かな好意を抱いた。彼女は、わりと他人行儀な姿勢で、ただ、先日の向井の親切に対し、そっけない振りもできないので、義理に会話をしているというふうだった。だから、向井の方では交際を深めたい気持ちがあったが、それ以上の進展は望めそうもなかった。是非、もう一度お会いしたいですね。その一言を到頭《とうとう》向井は言いそびれた。

そんなことがあってから年末のある日——那須社長が、若い女性を伴って事務所に入ってきた。彼女の顔をみて、あっと思った。向こうでも気がついたらしく、目礼して、彼女はそのまま黙って社長室へ入っていった。

社長室で二人は十五分程いて、それから、社長は事務所の扉のところまで、彼女を送って出た。

田村辰男はおどろいたように見ていたが、「美人だなア、ちょっと江原《えはら》いずみに似ているじゃないか」と言った。

向井はやっと気が付いた。はじめて会ったときから、何故《なぜ》か以前に会ったような気がしていたのだが、成程《なるほど》、彼女は江原いずみにどことなく感じが似ている。いや、そう言われてみれば、津川洋子のあの憂《うれ》いのある横顔は、まさに江原いずみそのものだった。

江原いずみは五年ほど前に登場した歌手で、その清純さに中年男性をも魅了する人気だったが、どうしたわけか、ある夜、豪奢《ごうしゃ》なマンションの一室で、致死量の睡眠薬を呷《あお》って、花の命を散らした。

この日は、何の用事で津川洋子が社長を訪れたのか、それは判らない。漠然と、私的な用件ではないか、と思った。なにかそんな雰囲気だった。彼女と社長の間を想像して、向井はあわてて打ち消した。しかし、社長に彼女のことを訊くのは、何故かためらうものがあった。その次に、向井が彼女の姿をみかけたのは、このチェス教室であった。

一月十日の火曜日が開講日だったが、その時、全員のなかに彼女をみかけて、向井邦夫は心をおどらせた。絶好の機会ではないか。教室が終わるのをまって、話しかけると、彼女も度々の再会におどろいた様子であった。そして、彼女の方から向井を喫茶店に誘った。

それは、先日のお返しの心算であったらしい。喫茶店で向かいあって、改めてみる彼女は気品があり、貫禄めいたものがあった。名の通った会社の秘書課員である津川洋子にくらべて、小さな企業の一技術屋にすぎない向井は、多少の引け目を感じた。

だから、彼女の方から喫茶店に誘ってもらったものの、儀礼的であったから、それ以上打ちとける気配もなかった。十五分程いて、彼女は伝票をもって立ち上がった。それでも向井はようやくのことで、彼女の住居は阪和線の富木《とのき》にあることを聞き出している。しかし、そんなことでますます向井は情熱の火をかきたてられた。

今晩はチャンスだと思った。教室が了《しま》ってから、是非とも、もう一度喫茶店に誘う心算であった。遅れてでも出席したのはそのためだ。チェスの講義はうわのそらであった。

やっと八時になって、終講のベルがなった。教材を片付けて、会員がぞろぞろ帰りかけた。みると彼女は、スーツのうえに洒落《しゃれ》たコートをはおると、ショルダーバッグを肩にみんなのあとに続いた。向井は、すばやく彼女の後から狭いビルの階段をおりた。

ビルを出たところで、彼女に声をかけた。

「津川さん、先日はどうも」

洋子はゆっくり振り向いた。一瞬、気のせいか、眉をひそめたようであったが、微笑して会《え》釈《しゃく》をかえした。

「あの、よろしかったら、お茶でも如何ですか」

「あの、すみません、今日は、ちょっと寄るところがありますので……失礼します」

丁寧な口調でことわった。それ以上寄せつけない態度がみえた。彼女は向井に背をむけると、ヒールの音をひびかせて立ち去っていった。

向井は、しばらく放心したようにその場に立ち止まって、彼女の後ろ姿をながめていたが、急にムラムラと、炎のようなものが湧きあがってきた。

向井はゆっくりと彼女のあとをつけていった。用事があるといっていたが、口実かもしれない。真直ぐ帰るなら阪和線の美章園駅へ向かう筈だが、彼女は、本当に何処《どこ》かへ寄り道するらしかった。

彼女は大通りの角にある洋菓子店に入っていった。向井が通りの反対側にある並木のかげで、タバコをふかしながら待っていると、しばらくして彼女は紙包みを携《さ》げて出てきた。みていると、彼女はバス停の所に立った。市バスに乗る心算らしい。折柄《おりから》、丁度幹線②の出戸《でと》ターミナル行きが停留所にとまった。

都合のいいことに、バスは適当に混んでいたので、向井は彼女の乗ったあと、駈けよると他の人に混じってうまく乗りこんだ。どうやら気付かれずに済んだようである。ひょっとすると、彼女は向井が乗ったことを知っていて、素知らぬ振りをしているのかもしれない。彼女は、全く振り向かなかった。

バスが桑津《くわづ》町東口の停留所を過ぎたとき、彼女は窓際のボタンを押した。緑のランプが点く。次の停留所で降りる合図だ。とすると杭全町だが、そこは先刻、向井が教室へくるとき乗ったバス停ではないか。

向井は、ちょっと困ったナと思った。

同じバス停で下車すると、向井がつけてきたのが判ってしまうではないか。みると彼女は、運転席の側に立って、バスが停まったとき真先《まつさき》におりた。つづいて、他の乗客が二人おりた。

ワンマンカーが扉をしめて発車しかけたとき、ハッと気付いた態《てい》をよそおい「おい、降りるぞ！」向井は、大きな声で叫んだ。

「つづいて願いますよ」

運転手はぶっきらぼうに言ったが、発車しかけた車をとめてくれた。手早く料金箱に硬貨を投げ込むと、向井はバス停におりた。

彼女は、気付いた様子もなかった。そして、公衆電話のボックスに立ち寄った。

こちらは暗いから見える筈はない。向井は少し離れたところから、ボックスを〝監視〟した。そこから明るい照明のある電話台の内部はよくわかった。横顔をみせて、彼女はなにかしゃべっている。向井は、なにげなく腕時計をみた。八時三十五分だった。

★

八時になったとき、中原はビルの玄関のシャッターをおろした。そうして十分ほど経つと、田村辰男が管理人室に姿をみせた。

「おや、もう表、閉めちゃったんだね」

「すみません。八時には閉めることになっています。田村さんがまだなのは判っていたのですが、ぼく、アルバイトですから一応言われた通りやっておきませんと……仕事は終わったんですか」

「うム、なんとか」

田村はあいまいに頷いた。

「事務所の鍵、返しておくよ」

「確かに……田村さん、済みませんが裏口からおねがいします」

玄関の廊下を、奥につき当たって、左に曲がった端に裏口があった。中原は、そこまで一緒に付いていって、田村を表に送り出すと、内側から鉄扉の錠のつまみをおろした。

それから中原は、念のために、懐中電灯を持ってビルの三階から、各部屋・トイレなどを見てまわり、異常のないのを確かめると、管理人室へ引き返して、大きく伸びをした。やはり、玄関があいている間は気になる。これでやっと静かに、本も読めるというものである。

八時三十五分に電話がなった。

「はい、立花ビルですが……」

受話器をとりあげた中原浩二は、やや緊張した声で答えた。すると、いきなり若い女性の声がひびいてきた。

「中原さん――今晩は、私よ」

「なんだ、洋子か」

「いま、近くまできています。どう、淋《さび》しくない。わたし、差し入れにいってあげる」

「それは、有難いけれど――いけないよ。ここは、ぼくひとりなんだ」

「退屈なさっているんでしょう」

「退屈どころか――やっぱり、気楽なようでいて、内心は緊張するんだね。ゆうべなんか何度も目が覚めたよ」

「ねえ、中原さん、いってもいいでしょ」

中原と洋子は、中学のとき同級で、同じ放送部員としてクラブ活動も一緒だった。洋子の方で、学級委員をつとめている中原に淡い好意を寄せているのを、彼は気付かなかった。

卒業後はお互いに消息をしらなかったが、昨年『なんば東劇』のロビイで彼女に声をかけられたとき、中原はわが目を疑った。

洋子は短大の英文科を出て、現在は商社に勤めているそうだが、すっかり社会人として成長し、洗練されたOLらしい物腰に、まだ学生の中原浩二は、同じ年齢の彼女に年上の女性を感じさえした。

二度目に会ったとき、何気なく中原は訊いたことがある。

「洋子、江原いずみに似ているっていわれたことない？」

「以前に、誰かにそう言われたことがあったわ。でも、いまは……」

うっかりして自殺した歌手の名前を出したことで、洋子の気にさわったのかもしれない。中原はあわてて謝った。

「済まない。わるいことを言ったナ」

「いいのよ。でも……人の運命って判らないものね」

洋子はしんみりと言った。薄命の清純歌手に似た面立《おもだ》ちが、彼女を落ち着いてみせるのかもしれない。快活な中原の話術が、何時《いつ》しか、そうしたうわっつらの感じをとり払ってしまった。彼女はつき合ってみると、根は快活な娘だった。中学のクラブ時代のフランクな親しさが、直ぐ戻ってきた。

モータープールのかげで様子をうかがっていた向井邦夫は、洋子が公衆電話ボックスから出ると、再び尾行をはじめた。

ひとりの女性のために、こんな真似をしているのは、情けない気持ちがしないでもなかったが、こうなると意地も手伝っていた。

夜になって人気《ひとけ》のない通りであった。向井は気付かれはしないかとためらった。もし、洋子が彼がつけているのを知っていたら、さぞ軽蔑していることだろう。いや、とっくに気付いているのかもしれない。彼女は相変らず振り向きもしないで、薄暗い夜の道を北の方角に向かって歩いている。

向井は、オヤと思った。彼女の歩いている方向は『ナス測量』のある立花ビルの辺ではないか。

やはり、そうだった。向井の予感は当たったようだ。道の右側にビルが見えてきた。向井は妙な気がしたが、あながち偶然とも思えなかった。津川洋子は、一度那須社長と一緒に事務所にきたことがあったから――

道路の中央に灯があって、人が二、三人いるようだった。近附《ちかづ》くとそれは夜間工事の人達であった。マンホールの周囲に保安柵《さく》をめぐらせ、注意灯を赤々と点けてなにか工事をやっていた。その工事をやっている場所に、丁度、ビルの裏側の路地があった。みると彼女はその路地に入って行った。向井は用心して、同じ間隔をとりながらあとを追ったが、路地を曲がると、彼女の姿は消えていた。

路地を入って三軒目くらいの所に立花ビルの裏口があった。片側は幼稚園の塀である。路地の奥は行き止まりになっていた。ビルの裏口にくると、門灯が点いていたが、裏口の鉄扉はピタリ閉ざされていた。

向井は、へんに思って路地を出ると、道の北側にあるビルの表通りにまわってみた。玄関のシャッターは閉ざされており、当直室の窓にひとつ灯が漏れるだけで、三階建のビルの灯火は消えてしんと静まりかえっていた。

向井は玄関のブザーを押そうとして、思いとどまった。

向井邦夫は、未練がましく、また裏の路地へ廻ろうとした。工事場所を通ろうとすると「向井君じゃないか……」作業衣にヘルメットを被《かぶ》った男が呼びとめた。

不意に名前を呼ばれて、向井は立ち止まった。

「やっぱり、向井君だ。ぼくだよ……」

「なんだ、岡島《おかじま》じゃないか。久し振りだナ。今どうしてるの」

「お見かけ通りだ。市の水道局にいる。いま中央配水管事業所というところにいるんだ。でも、妙なところで会うじゃないか」

「いや、実は……その立花ビルに会社があるんだ。ちょっと所用で引き返したんだが、もう帰ってしまったらしい。いま、今川町のアパートにいる。ここなんだ。また寄ってくれ給え」

しばらく旧友と立ち話をして、向井はもと来た道を引き返した。本当は、もう少しあの路地の周辺を張っていたかったのだが、工事人の目があるので諦《あきら》めることにした。

向井邦夫はバス通りまで戻って、飲み屋のガラス戸をあけた。なにか夢の中にいたのが、ホッと正気に戻ったような気がする。熱燗《あつかん》の酒がしみわたった。つい先刻、現実に起こったことなのに、黒いコートの後ろ姿が街灯に照らされてゆっくり立ち去って行く光景を、まぼろしのように思いうかべていた。

## 2

四畳半のアパートのカーテンの隙間から、朝の光が這入《はい》ってきている。向井は、ハッとして気がついた。昨夜は、あれからまた松崎《まつざき》町のバーに梯子《はしご》して、相当荒れたのを覚えている。

頭がズキズキする。土曜日だし、休暇をとろうとして、今日は田村が出張なのを思い出した。東亜《とうあ》工機の吹田《すいた》工場の測量に、田村が相手方の社員と一緒に現場へ行く予定になっている。『ナス測量』の事務所は、彼と田村、もう二人技術屋がいて、ほかに外交員がふたり、雑用に昨年商業高校を出た女の子がひとりというスタッフだから、今日は、向井が事務所にいなくては困るのだ。休暇をとるわけにはいかない。

始業の九時を少しまわって、向井は事務所の扉をあけた。

「お早よう、向井君、早速だが……昨夜《せ》あれから書庫を動かしたかね」

田村辰男が、向井の顔をみるなり急きこんだ調子で尋ねた。

「書庫って——あの新しいのか。いいや、どうして」

「ないんだ」

「ないって……?」

昨夜、田村辰男は知人と約束していたので、六時半に事務所を出た。阿倍野で会って、また事務所に引き返したのは、七時四十分だった。土曜日に外交員が、受注先の会社へ設計の見積書を持って行くことになっている。田村は出張の仕事があるので、それを今晩中にやっておく必要があった。仕事は三十分ほどで片付いたが、仕舞《しま》おうとして、その時、事務室の隅に置いてあった新品のスチール書庫が無いことに気がついた。

「ぼくが先に帰ったとき、金庫屋さんがきていたから、あとで書庫を何《ど》うかしたのかと思ったんだ。今朝、きみに訊けば判ると思っていたんだが……あの中には、出張に持って行く資料鞄とカメラが納《い》れてあるんだ。きみ、本当に知らないのか」

「ぼくだって、あれから直ぐ帰ったんだ。さわるものか。そのときは、間違いなく書庫はあの隅にあったよ」

「すると、社長が動かしたのかな……きみ、いちど社長室を見てくれよ」

「社長は――もう直ぐみえるんじゃないかな。今日は、何処へも寄るということをきいてないけど」

向井の返事に、田村は焦々《いらいら》した様子で時計をみた。

「急ぐんだよ。九時半に天王寺《てんのうじ》で、東亜工機の上杉《うえすぎ》さんと待ち合わせているんだ。開けてくれないか。社長室の予備鍵は保管庫にあるのは判っているんだが、生憎《あいにく》、昨夜組み合わせを変えたところじゃないか。ぼくは先に帰ったから知らない。向井、きみだけなんだ。あれを開けられるのは」

向井邦夫は、田村が焦々して自分の出勤を待っていた理由が、やっとわかった。向井は、保管庫のダイヤル錠をといて抽斗を開けた。事務室から社長の個室へ通じる扉の鍵は、社長が一個もち、もうひとつは、不時に備えて保管庫にいれてあった。その予備鍵をとりだして、向井は社長室の扉をあけた。

「やっぱり、あったよ」

一緒になって社長室をのぞいた田村が、ホッとして叫んだ。

社員が帰ったあと、一体、社長は何の為に、事務室に置いてあった書庫を、社長室に移動したのだろう。二人で運べばそうでもないが、一人だと、動かすのに骨をおったことだろう。そのせいか、書庫は社長室を入ったところに、少し斜めになって置かれていた。

「向井君、ついでに書庫の鍵をかしてほしいんだ」

「鍵って……きみには合鍵をつくって渡したじゃないか」

「落としたんだ。ゆうべ、バスのなかでね」

田村は、まの悪そうな顔をした。

梅田金庫店が、新品の書庫を納入したのは、つい一昨日のことである。年末に事務所を清掃したあと、書類庫が一台ほしくなり、年がかわって直ぐカタログを取寄せ、ＪＩＳ3号のスチール書庫を注文したのだった。

引き違い戸の鍵が二個ついていた。一個を社長にわたし、一個は保管庫にいれたが、その時、向井は直ぐに合鍵を一個作らせて、田村に渡しておいたのだ。

「合鍵を落としたって？　どうして」

「申し訳ない。昨夜は阿倍野で知人とあって、それから先刻も言ったように、もう一度会社へ引き返したんだが……バスをおりるとき、料金を払おうと思って、ポケットから硬貨を出したはずみに、鍵も一緒に落ちたんだ」

「………」

「あの合鍵は、きみから渡されたばかりで、ホルダーにも付けず、そのままポケットに入れておいたんだが、ぼくも不注意だった。慌ててバスの床を見たんだが、なにしろ満員でね。ほかに降りる人もあったので、諦めておりてきたんだ。名札と車両番号をみておいたから、あとで届ける心算だが」

「作ったばかりじゃないか。仕方がないな」

向井はそう言いながらも、保管庫に置いてあった予備鍵をとりだして、田村に渡した。

田村辰男は、スペア・キーを受け取って書庫の戸をあけた途端——さすがに悲鳴こそあげなかったが、恐怖の表情で向井を見返り、だまって書庫の内部を指さした。

なかから若い女性の死体が現れた。そのスーツに見覚えがあった。紛れもなく津川洋子のかわりはてた姿であった。艶やかにシルバーグレイの塗装をほどこされた鋼鉄《スチール》の柩《ひつぎ》——そのなかにひっそり閉じこめられ、美しくも凄惨な死に顔をみせて、彼女はこときれていた。

向井の驚愕は田村以上であった。しばらくは言葉もなく、二人は顔を見合わせていた。

「一体、だれがこんなことを……」

「あッ、あんな所にある」

思考が定まらないときに、田村の言葉はひどく場ちがいな気がした。田村の言っているのは、本来その書庫から取り出そうとした資料鞄とカメラのことであった。そう言われて気が付くと、社長の机の上に、二つの品物がちゃんと置いてあった。

「社長が殺《や》ったのか」

「まさか……とにかく一一〇番だ。きみ、社長のマンションにも一応かけてみてくれ」

電話をとりあげようとしたとき、女子社員があわてた口調で告げた。

「向井さん、警察から電話がかかっています。責任者の方っておっしゃってますが」

ときがときだけに、警察ときいて、向井は一瞬ドキッとした。

「こちらH署ですが、お宅の社長さんは那須吾郎さんといいますね。実は、その那須さんがですね、昨夜刺されまして、いま平泉《ひらいずみ》病院に緊急入院しているんですが」

「えッ、社長が……」

そういえば、朝刊に小さく出ていた。昨夜七時五十分頃、杭全町の工場裏で男が刺されているのが発見された。意識がなく、名刺入れ等がなくて身許不明だった——。

「やった男が、いましがた自首してでましてね、被害者がお宅の社長さんと判ったんです。とにかく、どなたか直ぐおいでいただきたいのですが」

蒲生《がもう》のマンションは、社長が独身だから、会社の方へ連絡してきたのだろう。

「はい、お世話になりました。直ぐうかがいます。実は、いま一一〇番しようと思ったところなんですが、それが、こちらも大変なんです。社長室で書類入れのスチール・キャビネットから、女のひとの死体があらわれたんです」

★

《刑事もの》のＴＶドラマさながらに現場検証が行われ、遺体が運ばれたあと、関係者の事情聴取に、ビルの会議室があてられた。

暖房のきいた快適な小部屋だが、ここがそっくり警察の取調べ室であるかのように、気詰まりな雰囲気にかわっていた。

「そんなわけで、梅田金庫のひとが帰ったあと、私が事務所を出たのは、六時四十分でした。七時から八時まで美章園会館のチェス教室にいました。津川洋子さんもおりました。私は帰り際にお茶に誘ったのですが、用事があるといってことわられました。私は彼女に少々関心を持っていましたので、誰か他にデイトの相手でもいるのかと思って……お恥ずかしい話ですが、そのときは一途《いちず》な気持ちで、彼女のあとをつけたのです」

向井邦夫は、話しながらも神経の昂《たかぶ》りをおさえきれなかった。なにかまだ自分が、ＴＶの登場人物のひとりであるかのような気がしてならなかった。

「すると、あなたは、津川洋子の後をつけて、立花ビルの裏口になる路地のところで、彼女の姿を見失ったというんですね」

「そうです。それが八時四十分でした。あの裏口から入るには、たとい合鍵があったとしても、内側から掛け金がかけてありますから、誰か内側から手引きしない限り入れないのです」

「だれかが、ビルの内側から彼女をさそい込んだというのですか」

「いや、ですから……彼女は、路地をまわって何所《どこ》かその辺に隠れたと思ったんです。急いで、ビルの玄関へまわってみましたが、ビルはシャッターが閉まって、ひっそりとしていました」

「フム……」

応援にかけつけた捜一のベテラン小津《おづ》刑事は、思慮深げに頷いて、慎重に質問をくりかえした。

「津川洋子がビルの裏口のあたりで消えたという時間は、八時四十分に間違いありませんか」

「丁度その時間に、路地の入口で水道の工事をやっていました。友人の岡島という男が監督をしていましたが、多分、工事をしていた人達も気付いていると思いますが」

刑事は、工事人のことを手帳にひかえ、一応向井をひきとらせた。彼は、ホッとした表情で部屋を出て行った。

つづいて小津は、田村辰男に事情をきいてみることにした。向井よりいくつか年長の田村は、世馴れたところがあって、話し振りもよどみがなかった。

「私は六時半にビルを出て、バスで阿倍野へ出ました。正確にいうと、六時五十分から七時二十分まで、ステーションビルの喫茶店で知人と話をしていました。阪堺《はんかい》高校の教師で塚本《つかもと》という男です。趣味でやっている謡《うたい》の会の打ち合わせです。私は社にちょっと仕事が残っていたので、またバスで会社へ引き返しました。申し上げておいた方がいいかもしれません。実は、そのバスのなかで、書庫の合鍵を落としたんです」

「書庫というと、あの死体の入っていたスチール書庫のことですね」

「そうです」

田村辰男は、合鍵の紛失、保管庫にはいっていた予備鍵のこと、それから死体発見の経緯などを、委《くわ》しく話した。小津は念のため、田村が前夜ビルに引き返して、その後、裏口から退社したときの事情を再確認して、彼への聴取を終わった。

続いてもう一人、重要な証人がいた。アルバイト守衛の中原浩二である。

なんといっても、事件の当夜、建物の出入りを管理していたのは、この青年である。なにか新しい情報が得られるかもしれない。しかし、この事件に重要な意味をもつと思われるビルの出入りについては、前の二人と全く同じ証言しか得られなかった。

「すると中原君、きみは八時に玄関を閉め、それから、八時十分に田村さんを裏口から送り出して戸締まりした。その後は全く出入りはない。今朝も、戸締まりに異常はなかった、というんですね」

「そうです」

「八時四十分頃、津川洋子が裏口のあたりできえた、という人があるんだがね」

「向井さんがそう言ったんでしょう。でも、裏口からは入れませんよ。鍵は一個だけあってビルで保管しているので、誰も使えない筈です。おまけに内側から、もう一箇所掛け金がかかります……」

そのことは、先刻、向井邦夫の証言もあったので、裏口扉を実地に調べてある。なるほど外側からは固い。しかし内側からだと、鍵がなくても、つまみを廻すだけで、扉は容易に開閉できるのだ。向井はそれが判っているから、あんな言い方をしたのだ。

小津刑事は冗談めいた口調で、ちょっと中原を揺さぶってみた。

「それだとおかしいナ。一体、いつの間に被害者が社長室に入り、しかも書庫のなかに詰められていたんだろうね」

「さあ、それは判りません」

「まさか、きみが裏口をあけて、津川洋子を入れたんじゃないだろうね」

さすがに中原は、ムキになって否定した。

「ぼくが、殺された津川洋子という女性を手引きしたと仰言《おつしや》るんですか。刑事さん、まさか……それは、絶対ありません」

★

H署に設けられた捜査本部から久松《ひさまつ》・林の両刑事が、市バスの車庫に出向いて事情を話した。名札と車両番号が判っていたので、直ぐにつきとめられた。料金箱の下の方から、問題の書庫の合鍵が発見されたのである。

「林君、どう思うかね。田村のことを」

「当夜、この合鍵を落としたことといい、事務所へ戻ったことといい、色目でみれば疑いたくなりますね。例えばですよ……七時四十分に事務所へ戻ったとき、守衛の中原に気付かれず、裏口を開けてX氏を引き入れる。自分はそしらぬ顔をして八時十分に帰る。次に、八時四十分に、事務所にひそんでいたXが、裏口をあけて彼女を誘いこむ。そして殺害して逃亡する……というのはどうです」

「ぼくもそれは考えてみた。だが、いくつか細かい点が気になるね。Xがどうしてビルから脱出したかということ。それから、死体は鍵のかかった社長室の、しかも鍵のかかったスチール書庫のなかで発見されたんだよ。鍵は、二個とも、那須社長が所持したまま奇禍《きか》に遭って、病院に運ばれている」

「予備の鍵があるでしょう」

「スペアは両方保管庫に納《い》れてあった。しかし、当夜ダイヤル錠を組み替えたばかりで、開けることができたのは、向井ひとりだ」

「向井は、彼女の跡をつけていたくらいだから、それ以前にビルに入ることは出来ませんね……どうも判らなくなってきた」

「誰かが本当のことを言ってない、とぼくは思うんだがね」

　二人の刑事が、次に訪れたのは、中央配水管事業所である。向井の証言のウラをとるため、当夜工事の補導をしていた岡島に面会を求めた。

「あそこは、南北に一〇〇粍《ミリ》の配水管が通っておりまして、此所に単口消火栓がついています。この消火栓の嵩上《かさあ》げ工事をやっていたんです。これが復旧報告書です。午後七時半から九時半まで、請負《うけおい》ですから、奥田組の作業員が三人でかかりました」

岡島は几帳面《きちょうめん》な性格らしく、説明も無駄がなかった。久松刑事は、当夜の時間的な点にふれて質問をした。

「現場の監督をするときは、他所《よそ》も廻りますから、其所だけじゃないんです。まあ、私の知っている限りでは、八時十分頃男の人が裏口から出てきました。それから、八時四十分頃若い女性が路地に入って行きました」

「その女性のことなんですがね。彼女は、行き止まりの路地に入ったまま消えてしまった、というのですが」

「いや、彼女は、ビルの裏口から入って行きましたよ」

「えッ、それは間違いないですか」

久松刑事は念をおした。やっぱりそうだったのか——内部の誰かが、彼女を手引きしたのに違いない。

証人は話を続けた。

「その後で、若い男が裏口の辺りでしばらく立ち止まり、それから、表側にまわったりしてウロウロしていました。私は見覚えがあるんで、向井君じゃないか、と言って呼びとめたんです。工業高校の同級生でした。彼は、女性をつけてきたなんて決まり悪いから言う筈ありませんし、私も口には出さなかったんです。で、近況を話し合って、そのまま別れたんです」

「その後、誰も通りませんでしたか」

「そうですね、私は九時半にもう一度立ち会ったんですが……この奥田組の人達に訊いてみれば、なにか判るかもしれません」

丁度都合よく、当夜の作業員がきていたので、刑事は今の質問を繰り返した。

彼等の証言も、岡島の言った通りであった。しかし、ここで思いがけぬ情報が得られた。なかの一人が、こう言ったのである。

「しかし、刑事さん、ビルに入った女性は、あとで帰って行くのを見ましたよ」

「えッ、帰って行った——いつ頃ですか?」

「仕事をしまいかけた九時二十分頃でした。ビルの裏口が開いて、そこから、また先刻の若い女が出てきました。そのとき岡島さんは、現場をはなれてましたから、そのことは知らない筈です」

刑事は顔を見合わせた。予想外の収穫ではないか。もしこのことが事実だとすると、考えられることは、一つしかない。

## 3

奇禍にもかかわらず、那須吾郎は辛うじて生命をとりとめた。彼の希望で新館の個室に移った那須は、予後も順調に退院をまつばかりだった。

そんな或る日、中原浩二が見舞いに訪れた。

「社長さん、如何ですか。お顔の色もいいようですね」

「ありがとう。どうやら命拾いしたらしい。きみにもいろいろ迷惑かけたね」

「いいえ、でも、同時に事務所であんな事件が起こって、ほんとにびっくりしました」

「昨日も、そのことで警察の人がこられて、いろいろと訊かれたよ。なにしろ、ぼくの部屋で死体が発見されたんだからね。彼女とはどういう係わり合いがあるのかって、当然のことだが、拗《し》つこく尋ねられた。あの津川洋子さんはね、亡くなった友人の娘さんなんだ」

「そうなんですってね。なんでも新協商事の専務の甥ごさんに見染められて、近々、婚約発表するところだったというじゃありませんか……それなのに」

そのとき、病室のドアが開いて、ライトグレーのスーツを着た女性が、花束を持ってあらわれた。その女性の姿を見て那須は、一瞬、ハッとしたようだ。恐怖の色さえうかべた。女性はそんな那須吾郎の顔をじっとみつめた。

「社長さん、ぼくのガールフレンドです。木村《きむら》さんといいます」

若い女性は、だまって会釈した。

「こ、これは一体、どういう心算なんだ」

那須は、思わず気色《けしき》ばんだ。

「ふたりしてお見舞いに上がったんですよ。おや、社長さん、どうかなさったのですか。お身体《からだ》にさわりますよ」

落ち着いた中原の声に、さすがに那須は、すぐ冷静にかえった。

「いや、なんでもない。きみ、タバコをとってくれ給《たま》え……ありがとう。ねえ、中原君、ぼくになにが言いたいんだね」

「もちろん、事件のことです……実は、ぼく自身多少疑われもしました。疑われても仕方のない状況だったんです。それに、警察に対して隠していたことがあります。そのため捜査がよけい難航したと思うのです。でもいつまでも隠しきれるものではありません。いずれ判ってしまうことです。でもその前に、一度社長さんに、ぼくの推理をきいてほしいと思うんです」

「………」

「みんなが事務所から帰ったあと、ビルにいたのはぼく一人ですから、かりに、ぼくが津川洋子を裏口から誘いこんで殺した、と仮定します。事務所の鍵は預かっているので中に入れますが、社長室と書庫の予備鍵は保管庫に納《しま》ってあって、ぼくには出せないのです。だから犯人としては失格です。第一、ビルの守衛が犯人というのでは、反則になりますからね」

中原はニヤリとしてつけ足したが、この冗談は、那須には通じなかった。彼は、だまってタバコをふかしていた。

「さて、鍵といえば、死体の発見されたスチール書庫ですが、それにはどの鍵が使われたか。こう考えてみれば、簡単に謎が解けるじゃありませんか。書庫の鍵は全部で三つあった。事件に使われたのは、このうちどの鍵でしょうか。田村さんは、あの夜バスの中に合鍵を落としてしまったのです。ですから犯行には使えなかった。それから保管庫の予備鍵は、ダイヤル錠を組み替えたばかりで、向井さん以外には取り出すことができなかった。当の向井さんは、アリバイがあるしビルに入れない。とすると、犯行後、死体を詰めた書庫に使われたのは、社長さんの鍵ということになります」

「……」

「社長が路上で刺されたのは七時五十分頃ですが、それから病院に運ばれたとき、キーホルダーに付いていた社長室と書庫の鍵は一緒に病院についていった。すると、どういうことになりますか。書庫に鍵をかけることの出来たのは、社長が刺される以前、つまり社長がビルを出た七時半以前ということになります」

「なるほど……犯行に使われたのは、ぼくの持っている鍵だった。しかし、その鍵はぼくについて病院にあった。だから、鍵の使われたのは七時半以前だ、と言うんだね。きわめて明快な論理だが……すると、六時四十分に向井君が帰ったあと、七時半までひとりで会社に残っていたぼくが、彼女を殺して書庫に詰めたというのかね」

「その通りです……」

「でも、昨日向井君が見舞いにきたとき聞いた話では、津川洋子は八時までチェス教室にいた。そのあとをずっと尾行して、彼女がビルの裏口にきたのが、八時四十分だというんだ。その時分、病院に担ぎこまれていたぼくにやれる筈がない。それに、刑事さんにも言ったのだが、なにも人を殺すのに、わざわざ自分の社長室で殺して、おまけにご丁寧に箱詰めにすることもないじゃないか。そんな疑われるようなことをすると思うかね」

「それは、心理的な逃げ道にすぎませんよ。社長、あなたが死体を書庫に詰めたのは、運び出すためだった。小型車を雇い、一旦自分のマンションに持って行く。それから浴室でゆっくり解体作業をして、目立たぬよう少しずつ遺棄する。そんな心算じゃなかったんですか」

「莫迦《ばか》ナ……そんな面倒な計画をたてる奴があるか――人を殺しておいてから、運送車を呼びに行くのかね」

「だから、そうせざるを得ない事情があったのでしょう。あの晩、ひとり会社に残ったあなたは、七時頃に裏口を開けて津川洋子を室内にいれた。路地の入口で夜間工事が始まったのは七時半ですから、彼女の入ったのは誰も見ていない。おそらく彼女の方で、内緒にあなたとのアポイントメントをとりつけた。話の途中で、彼女は油断をみすましあなたを殺そうとした。おそらく飲み物に毒を入れようとしたのでしょうか。それに気付いて、あなたはカッとした。争っているうち、気が付くと、彼女は首を絞められてぐったりしていた」

「………」

「あなたと津川洋子との間に殺意が生じる程のどんな理由があったのか、第三者には判りませんが、およその推察はつきます。彼女は計画も空しく、返り討ちにあった。そして、あなたはその事情を公に説明するより、むしろ殺人を糊塗《こと》しようと考えたのです……」

那須吾郎は、悪夢のようなあの夜の光景を思いうかべた。

洋子の死体を詰めた書庫は、明日社員が出勤するまでに運び出す必要があった。私物をいれてマンションに運んだからとでも言えば、言い訳はつくと思った。杭全町に親しい運送店があったから、直接出向いて、何とか理由をいって、出来れば今夜中に運んでもらおう。

杭全町の工場裏を通ったとき、予期せぬ事件が起こった。もとはといえば、その災難の種子も那須が自分で播《ま》いたものだった。よくよくあの晩は、命を狙われる運命にあったのだ。

「そうだ、その通りだ……」

弱々しく那須はうなずいた。はりつめていたものを急に失った諦観《ていかん》の表情であった。

中原は、なにかに憑かれたように、容赦なく告発の言葉をつづけた。

「この事件が、津川洋子の計画犯罪であったことを裏付ける一つの証拠があります。それは、彼女は犯行予定時間の七時前後に、スタンドインを使ったことです。自分によく似た女性をチェス教室において、衆人環視のもとに後々のアリバイ作りをしたわけです。殺人を果たした後、洋子は社長の死体を残して裏口から脱《ぬ》け出る予定だった。その時間には、アリバイが作ってあるので成功する筈だったのです。ところが洋子は、あべこべに殺されてしまった。そして、事後処理をしようとしたあなたが、また、その途中で奇禍に遭って、殺人現場が中途半端に放置されたというのが真相です。ここで、皮肉なことに、本計画の失敗にもかかわらず、替え玉のアリバイトリックだけが、ふしぎな役目を果たしたのです。いや、本来の目的を離れて、勝手にはたらきだしたというべきでしょう。替え玉の女性は、チェス教室で役目を終わったあと、今度は自分の意志で立花ビルを訪れた。向井さんが彼女をつけたのも、そうなる経緯はあったとしても、偶然がうまく重なったのです。彼女の行動については、工事人の証言もあり、替え玉であることは夢にも思わなかった向井さんが、確信的な態度で、津川洋子が八時四十分まで生きていたことを証言したものですから、あのように説明のつかない状況が生じたのです」

しばらく重苦しい沈黙があった。

そうだ、偶然がうまく重なったのだ。いや、そうではない。本当は、すべてのことが無意識のうちに計算され、運ばれていたのだ。ある心理学者のとなえる〝意味深い偶然の一致〟は、時として、思わぬかたちで人生に起こりうるのだ……。

いままで中原の側《そば》で、じっと見守っていた若い女性が、緊張をやぶるように、このときはじめて口を開いた。

「社長さん、ご免なさい。私は、会社の友人をかつぐんだから、と洋子さんに頼まれて、あまり疑いもせず、あの人と同じこの服装でチェス教室へ行ったのです。まさか、あの人がこんな切羽《せっぱ》詰まった気持ちでいるとは、思いもよりませんでしたわ」

「いいんだよ、お嬢さん……あの晩、洋子がアリバイ造りに替え玉をつかったというのは、昨日向井君の話をきいて、ぼくには容易に推察できた。そのため疑いを免《まぬか》れていることもね。でも、それはほんの一時凌《しの》ぎで、いつかスタンドインの女性が、ぼくの目の前に現れることもあると思った。それが、あんただったんだね」

「…………」

「津川洋子とのことは、話せば長くなるが、あれが学生の頃たちのわるいローンにひっかかって困っていたのを、ぼくが助けたことがある。年齢がちがっていたが、そんなことがきっかけで、ぼくはひそかに彼女の援助をする立場になった。彼女は古風な顔に似ずドライな近代娘で、二年近くつづいたぼくとの〝契約〟を解消して、幸福な結婚を選んだ。当然のことだろう。しかし、年甲斐もなくぼくは嫉妬《しっと》にくるい、懇願《こんがん》し、しまいにはぼくとの過去をばらすとまで言ってしまった」

告白者があらわした沈痛な表情に、ちょっとうたれたのか、中原は真面目な態度で言った。

「社長さん、ぼく達がよけいな事をしたようですね。でも、ぼくが取り調べに対してありのままを言えば、直ぐにでも警察は真相が判ったことでしょう。しかし、ぼくはそこにいる彼女のために、あえて偽証したのです。彼女は、八時四十分にきて九時二十分に帰りました。もちろん、二人はプラトニックです。やましいことはありません。二人でインスタント・コーヒーをのんで、差し入れの洋菓子をたべ、映画の話などしていただけです。最近、彼女は事情があってある人と婚約がまとまったのです。ぼくを訪れたのは、彼女の軽率だったかもしれません。彼女に訣別《けつべつ》の意志があって、ぼくがそれを知らぬ振りで押し通したのかもしれませんが、とに角、ぼくは彼女を裏口から入れてしまったのです。何時までも隠し通せないのは判っていました。それに殺人事件にからむことですから、彼女の了解をとって届ける心算でした。しかし、その前にぼくの推測が間違っていないかどうか、あなたに直接確かめてみたかったのです」

那須吾郎は、微笑をみせて言った。

「判ったよ。ひとつ訊きたいことがあるんだ。お嬢さん……木村さんといいましたね。津川洋子に本当によく似ている。縁続きになるんですか……まさか、そうじゃない。どこで、どうして洋子と知り合ったんです？」

★

H署の捜査本部に、林刑事が勢いよくかけこんだ。

「小津さん、やっと手に入れました。一冊だけ残っていたんです」

何年も前の《週刊テレビ芸能》であった。

「ホラ、ここに出ているでしょう。これで、どうやら私の推測も裏付けがついたというものです。いま、テレビで《スターにそっくり大会》というのをやっているでしょう。あの番組の前身で《替え玉ショー》というのがあったんです」

「フム……」

「歌手の江原いずみの替え玉ショーに出たのが、もう五年ほど前のことですが、当時大学二年だった津川洋子です。その時、このショーには他に〝替え玉さん〟が三人でました。そのうちの二人は、主婦におさまっていて、現在では顔かたちも少し違っています。本命は、この女性だと思います。当時高校三年だったこの女性がそうなんです。この番組に出たことで、お互いに知り合ったのでしょう」

「なるほど、替え玉さん同士なら、お互いに似ているわけだナ」

「尤も、代役の彼女の方で、犯罪に加担する心算《つもり》だったのか、うまく口車にのせられ代役をつとめたのか、それは、訊いてみないと判りませんが」

小津は、林のさしだした週刊誌の写真に、じっと見入った。

「君がいうのは、この娘かね、殺された津川洋子の代役をつとめたというのは。似ている……それに、名前まで同じじゃないか」

小津刑事は、ふと運命の空《むな》しさを覚えた。

はなやかな公開番組のステージ中央に、人気絶頂の江原いずみが清楚な美しさをほこり、彼女の左右に、同じ衣裳をまとった四人の女性が、微笑をたたえて居並んでいる。そのなかに、まだハイティーンの木村洋子がいた。となりに津川洋子がいた。

小津の目には、彼女の微笑が、あの凄惨《せいさん》なデスマスクの印象と重なって映った。ありし日の、その甘美な表情も、グラビアの頁に、うつろに、冷たくはりついたまま、いまは動かない。

# 京都発〝あさしお7号〟

1

土曜日の午後——島田悦子《しまだえつこ》は、俊雄《としお》の乗用車で、京都駅まで送ってもらった。

「じゃあ、皆さんによろしく。それから、そのビデオテープも頼んだよ」

「大丈夫よ、あなた」

悦子は、松江にある親戚の法事に招かれていた。俊雄の方は、あいにく会社の一泊研修があるというので、悦子ひとりが行くことになったが、そのついでに、用事を頼まれてしまった。深夜劇場で録画した《ザ・ハウスⅡ》のビデオテープを、福知山《ふくちやま》の友人に手渡してほしい、というのである。

「沖《おき》とは、電話で打ち合わせてあるからね。テープは送る心算《つもり》にしていたんだ。でも、悦子が松江に行くというので、そう言ってしまった。頼むよ、福知山のホームで待っている筈《はず》だから」

夕刻に近く、旅行者のグループや乗降客の行き交う構内は、なんとなくあわただしい気配で、アナウンスの声にも急《せ》きたてられる。そのなかを、新調のツウ・ピースが際立つ恰好《かっこう》で、悦子は人波を分けた。

山陰本線下り京都発十六時三十二分特急〝あさしお7号〟は、定刻に発車した。

彼女は、普通車の三両目に乗った。自由席はほぼいっぱいだったが、うまく窓際の席がとれた。晩秋のこの季節だから、日没がはやい。夕映《ゆうば》えの市街地を離れると、間もなく窓外に暮色《ぼしょく》がひろがっていった。彼女は、ホッと吐息をもらした。向かいにすわった中年男性の無遠慮な視線を無視するように、新書判のミステリーを読みはじめる。

福知山へは十八時十一分に到着した。三分間の停車である。いくらか乗降の客があった。

彼女は相客に席をたのみ、封筒を手にしてゆっくりシートを離れた。車両から降り、ホームで待っている筈の沖の姿をさがした。

もちろん、彼女と沖とは初対面である。沖孝吉《こうきち》は、島田俊雄の大学時代の友人でS銀行の行員だが、現在こちらに赴任《ふにん》している。怪奇映画の収集マニアで、未公開のTV映画の放映予定を知って、俊雄に録画を頼んできた——彼女はそう聞いている。

すっかり日が落ちて、ホームは宵闇《よいやみ》に包まれていた。蛍光灯のあかりを受けて、目印にTV情報誌を手にした若い男が立っている。

彼女が近付くと、彼の方でも察したらしく笑顔をみせた。

「島田君の奥さんですね。はじめまして——沖です」

「よろしく……これ、お持ちしましたわ」

「ほんとに無理いってすみません」

停車時間が短いので、そんなに話している余裕はない。彼女は、直《す》ぐ車両に戻った。列車は、なにごともなく発車した。


音村伸治《おとむらしんじ》の事務所は、新大阪駅の北西『笠井《かさい》ビル』の二階にあった。煉瓦《れんが》造りを模した外観は洒落《しゃれ》てみえるが、四階建ての、いかにも小さなビルだ。管理人室の横にある狭い階段をあがると、とっつきの部屋が二〇一号室で、ドアには《音村調査事務所》というプレートがはってある。

四年前、こみいった事情があって、音村は警察を中途で辞めた。三十二歳だった。辞めたあと脱サラ商法ではじめた仕事は、不渡りをくらって、あっけなく倒産してしまった。その後、ある大手の探偵社に少しの間勤めたが、一年前に独立して、個人の探偵事務所をやるようになった。しかし、業績はあまりかんばしくない。

さて、同じ十七日土曜日の午後――

音村が階下へ下りて行くと、タイミングよく、配達の少年がボックスに夕刊を入れるところだった。

音村は、夕刊をとって、事務所へ戻り、ソファーにくつろいだ姿勢で新聞をひらいた。

そのとき、ドアのチャイムが鳴った。音村がのぞくと、きちんとビジネス・スーツを着込んで書類鞄《かばん》を携《たずさ》えた男が立っている。

「お久しぶりです、社長。――黒川《くろかわ》です」

「やあ、きみか――まあ、入ってください」

音村は、訪問者を事務室へいれた。

「元気そうじゃないか。いま、どうしているの？」

「こういうところへ勤めています」

黒川道夫《みちお》は、《木村《きむら》商会》の社名のはいった名刺をとりだした。

「よく、ここが分かったね」

「先日、梅田《うめだ》で田中くんに会いましてね――社長のことをお聞きしたものですから、ちょっとご挨拶《あいさつ》に寄せてもらいました」

そういいながらも黒川は、OA機器のカタログをとりだして、彼自身の商談をはじめかけた。

音村はうんざりした。

「ごらんのとおりだ。とてもそんな余裕はないよ。それより、黒川君、人と会う約束があってね。待っているところなんだ」

音村は、セールスマンに引きとってもらった。黒川が探偵事務所にいたのは、ほんの五分ほどである。死の使者が訪れたのは、黒川が帰った五分後であった。

同じ土曜の夜、米子《よなご》駅――午後十時に近い。

岡山発〝やくも15号〟が米子に到着するのは二十一時四十二分。二分停車の後、終点出雲《いずも》市駅へ向かう。その次に京都発の〝あさしお7号〟が到着した。定刻の二十一時五十九分である。はきだされた乗客がホームにあふれると、ひとしきりざわめきが夜気をかきたてる。

島田悦子は、米子駅で二十二時十四分発の知井宮《ちいみや》行普通車に乗り換えた。揖屋《いや》には、二十分ほどで到着する。

かなり空席の目立つ下り最終列車の座席で、悦子は、もう直ぐだと思いながら、本を閉じた。神経が別のところをさまよっているようで、落ち着かない。バッグに本を戻そうとして、指先にあのキーホルダーがさわった。

振り払おうと思っても、思考はやはりそこに戻ってくる。キーホルダーのアクセサリーは、悦子の手作りのものだ。忘れることはない。何故、あそこにあったのだろう……。

〈いやぁ……、揖屋……〉

駅のアナウンスに、悦子は現実にかえった。

ホームに降りたつと、晩秋の夜気がひんやり襟元《えりもと》にまつわりついた。

2

現場の応接机に《文具・事務機　㈱木村商会　営業部　黒川道夫》の名刺があった。会社の住所は、東淀川《ひがしよどがわ》区淡路《あわじ》×丁目×番×号となっている。床にはOA機器のカタログが落ちていて、これには被害者の血痕《けっこん》がついていた。状況からみて、黒川というセールスマンと応接した後で、音村は殺されている。

名刺にあった『木村商会』というのは、淡路商店街の一角にあった。国鉄東海道本線を境にして区名が変わっているが、現場である淀川区宮原×丁目の『笠井ビル』からは東へ二十分ほどのところだ。

緒方行雄《おがたゆきお》は、所轄署の細井《ほそい》刑事と連れだって『木村商会』を訪ねた。

なんとなく遣《や》り手のセールスマンを予想していたが、当の黒川は、むしろ柔和なタイプの男だった。刑事の視線をまともに受けて、途惑《とまど》うように目《ま》ばたきをした。

「昭和五十六年でした。大国町《だいこく》の小野ビルにある『音村企画』という小さな会社に一年ほどおりました。そのときの社長が音村さんなのです。会社が解散した後ずっと会ってなかったのです。ところが、先日、梅田で当時の同僚だった田中という男に、バッタリ出会いました……」

思いがけず、音村伸治が、宮原町のマンションビルで探偵社を開いていると聞いた。それなら、いまの会社の近くだし、いちど挨拶かたがたセールスに寄ってみよう。昔のよしみで事務機など売り込めるかもしれない。黒川道夫はそう考えたのだという。

「あなたが音村さんに会ったとき、変わった様子はなかったですか」

「いや、それが、あの事務所に私がいたのは、ほんの五分ほどなんです。人に会う約束があるから、また今度寄ってくれと言われましたもので」

「黒川さん、あなたはそのとき、名刺とカタログを置いていかれましたね」

「はい」

「実は……被害者の血痕がカタログについていたので、あなたが帰ったあと、その約束した人物がきて犯行に及んだのかもしれない。で、そこのところ、時間関係をハッキリさせたいのですが」

「音村さんの事務所を出て、すぐ会社へ電話したんです。主任さん、あれは六時二十分でしたね」

黒川は、同意を求めるように〝主任さん〟の方をみた。

「ですから、あの探偵事務所に私が寄ったのは、大体六時十五分から二十分の間です」

「それは、間違いありませんか」

緒方が念をおすと、主任が説明を加えた。

「土曜日は、社員たちは六時に退社したんです。ところがセールスの黒川ひとりが出先から戻らないので、私は時間を気にしながら待っていたんですよ。六時二十分に電話があったことは確かです。彼がここへ帰ってきたのは六時四十分でした。あそこからまっすぐに帰ると、ちょうどそんな時間になるでしょう」

夕方になって、江坂の喫茶店『ローズ』から、所轄Y署に置かれた捜査本部へ、通報が寄せられた。ニュースでみたのだが、土曜日十七日の夕方、殺された当の音村が喫茶店に来ていた、というのだ。

「音村さんという人は、私、はじめてなのですが、口髭《くちひげ》をはやし縁なし眼鏡をかけていました。テレビに映った被害者の写真とそっくりなので、それに名刺を貰っていましたから、すぐあの人だと分かったのです」

「その人がみえたのは、何時頃でした」

「五時五十分頃でした。なんでも、上田という人と会う約束をしたら、この店を指定されたのだそうです。でも、自分の方に急用ができたので、ここで会えなくなった。宮原町の事務所で七時まで待っているから、上田氏が見えたら、そう言ってほしい、というのです。この名刺を置いていきました。だから、音村さんがうちへ来たといっても、ほんの僅《わず》かの間です。注文したコーヒーに手もつけず、帰って行かれました」

「相手の上田という人は、おたくによく来られるのですか」

「いいえ——それが、店の者もみんな知りません。そのあと、上田という人は、とうとう訪ねてきませんでした」

音村伸治の死体が発見されたのは、十一月十九日月曜日の昼である。寿司桶をとりにきた店員がみつけている。音村は、果物ナイフで胸を刺されていた。捜査本部は所轄Y署に設置された。

二十日の夜、Y署会議室で主任捜査官の大槻《おおつき》警部を囲んで、検討が行なわれた。

解剖の結果、死亡時刻は、一応、土曜日午後四時半から六時半という鑑定がでているが、犯行時間帯の状況は、およそこんなふうに思われた。

午後四時四十七分＝夕刊を配達した少年は音村の姿を見ている。音村は五時三十分頃事務所を出て地下鉄（東三国《ひがしみくに》―江坂）に乗った。

午後五時五十分＝江坂駅前の喫茶『ローズ』に音村は姿をみせた。そして、ママに伝言した後すぐ地下鉄で事務所に帰った（ママに渡した名刺には音村の指紋があった）。

午後七時＝ビルの管理人が玄関詰所に来る。それ以後、外来者の出入りはない。

「セールスの黒川道夫が訪ねて行ったのは、時間的にみて、音村が『ローズ』から引き返した、すぐ後ですね。だから、音村は来客と約束があると言って追い返している」

「その客というのは、上田という人ですか」

「それは考えられない。上田某は、自分で指定しておきながら喫茶店にとうとう来なかった。音村は、急用があると言って、上田への伝言を頼み直ぐ事務所へ引き返しているのだから、別の人物と、急に会う約束ができたとみていい」

「ビルの管理人は、午後七時以後、住人以外に出入りはなかったと言っていますから、犯行時間は、黒川の帰った六時二十分から七時の間とみていいでしょう」

「状況的にはそうなるね。午後四時半から六時半の間という死亡推定時刻と比べ合わせると、おそらく、セールスマンと入れ違いに犯人が来て、すぐ犯行に及んでいる。六時半がギリギリの線だろう」

3

参考人の一人として、大井貞夫《おおいさだお》の名前が浮かび上がった。音村の事務所へ何度か出入りしていたらしく、また、先夜、被害者の音村が行きつけのスナックで彼と口論していたという聞き込みがあったからである。

緒方は、阿倍野《あべの》の商事会社に勤めている大井貞夫を訪ねた。

緒方が前もって聞き込んできたところでは、大井貞夫は三十二歳、独身で岸の里《きしのさと》のアパートに住んでいる。関西の私大を出ているが、学生時代には演劇にも熱中したことがあるらしい。

緒方が会ってみると、ハンサムな容貌《ようぼう》から受ける印象はわるいものではなかった。

「彼が大国町で『音村企画』という会社をやっていたとき、私の当時勤めてた会社が同じビルにあって、麻雀《マージャン》をやったりするうち、気心が合うのでつきあうようになりました。いまでも、時々会って飲むことがあったのです」

「音村氏があのような災難に遭われたことで、あなた、心当たりはありませんか。仕事上のトラブルがあったとか、そんなことをお聞きになっていませんか」

「いいえ、なにも——ただ、彼のくちぶりでは、いまの仕事があまりうまくいかないようで、もう一度やり直すんだと言ってはいましたが」

「音村氏が、ほかに付き合っていた人たちについてお訊きしたいのですが」

「彼とは個人的な付き合いなので、他の交友関係については、私はなにも知らないのです」

「そうですか。――上田という人のことでなにか聞いていませんか」

大井貞夫は、それも否定した。

「大井さん、気を悪くしないでください。一応、皆さんにもお訊きしているのです。十七日土曜日、あなたはどうしておられました。差し支えなかったら話してください」

「いや、それは構わないです。聞いてもらったほうが、関係のないことがハッキリしますからね。土曜日は、整理する仕事がありまして会社を出たのが午後四時十分でした。高校の友人と六時半に千里《せんり》で会う約束があったので、覚えています。会社を出てそこの『大軌《だいき》ビル』八階にあるサウナへ行きました。そこを出て天王寺《てんのうじ》から五時四十分頃地下鉄に乗りました。千里中央駅に六時二十分頃着いたのですが、友人の尾崎《おざき》もちょうど待ち合わせ場所にきたところでした。そのあと駅前のレストランで食事をし、バーに寄り十時に別れたのです。会社にいた時間は同僚が証明してくれますし、尾崎と会ってからのことは、彼や立ち寄った店の人が証明してくれるでしょう。しかし、サウナは、どうですかね。指名じゃなかったんです。それに、地下鉄では誰も知人と会いませんでした。でも刑事さん、誰だって特定の日のアリバイを証明しろと言われれば、困るんじゃないですか。そんなふうに証明できない部分があるのが、ごく当たり前だとおもいますがね」

大井と別れた後、緒方は、彼の話に出た尾崎東一《とういち》を千里ニュータウンに訪ねた。スポーツ洋品『みその千里店』の主任をしている尾崎は、快活な男だった。

「大井君とはたまに会います。十七日は、千里中央駅で六時二十分に会いました」

結局のところ、大井の言うように、退社した四時十分以後、六時二十分までのチェックは難しいが、それ以後の行動はハッキリしていた。尾崎の証言を信用する限り大井が音村を殺すことは、時間的に不可能である。

★

音村は優秀な警察官だった。しかし、マスコミにも取りあげられた不祥事に、巡査部長の彼が関係していることが判った。公表はされなかったが、依頼退職のかたちで音村は警察を辞めている。緒方が、かつての同僚であるその音村と思わぬかたちで再会したのは、ちょうど一年後、五十六年の十月であった。

今里《いまざと》に起こった資産家の老人殺害事件で、このとき一課の緒方は所轄の捜査本部に来ていた。その容疑者の一人に、被害者の経営する不動産業の事務員で田村尚美《たむらなおみ》という女性がいた。緒方は、彼女の身辺を調べていくうちに、事件当日はアリバイのあることが分かった。

男性とドライブしていたという。その男性というのが、警察を辞めて以来、音沙汰のなかった音村伸治であった。

その後、資産家老人の甥《おい》が、自殺死体となって発見された。老人とは生前仲が悪く、疑いの目で見られていたので、この甥の犯行とみなされて、事件は一応解決している。この事件を担当した緒方は、またそれから三年後に、音村の非業《ひごう》の死に直面し、そこになにか因縁めいたものを深く感じた。

そうだ、あの田村尚美という女性に会ってみよう。そう思ったのは、緒方の警察官としてのカンであった。

事件の後、尚美は名古屋に転出している。現地の警察に連絡をとって、彼女が、中区新栄《しんさかえ》×丁目の『ブティック・かわい』に勤めていることを確認した。

緒方は単身で出張した。N署の好意で、城戸《きど》巡査が聞き取りに同行してくれた。四十恰好の如才《じょさい》ない物腰だが、経験を積んだ、いかにもベテラン刑事らしい風格がある。

『ブティック・かわい』は小さい店だが、目抜き通りの角にあって、華やいだ雰囲気をふりまいていた。そのゴージャスな空気を壊すように野暮ったい二人が店内に踏みこんだ。

「ああ、あのときの刑事さん――」

彼女は緒方を覚えていた。三年ぶりに会った彼女は、三十歳になる筈《はず》だが、緒方は、落ち着きを加えたなかにも、華やかに成熟した尚美の容姿に目をみはった。

「あの今里の事件があったのは、思い出すのも嫌ですが――五十六年の秋でしたわね。あれから音村さんとは会っていません。もちろん、今度のことも全く関係ありませんわ」

尚美は、キッパリ否定した。

「そうですか。あの当時交際しておられたあなたに、音村氏の交友関係などお訊きしたかったのですが」

「そこまで、私、存じません。交際と言いましても、たまたまスナックで知り合って、ドライブに誘われたという程度のお付き合いなんです。音村さんの私生活がどうだったか、その当時でも判りませんのに――」

とりつくしまもなかった。

「それでは、あの音村の殺された土曜日、あなたはずっと名古屋にいましたか」

「それも、事件と関係ありませんとお答えしたのでは、愛想がありませんわね。わざわざおいでになったのに――あの日は、私、夕方の新幹線で姫路《ひめじ》まで行きました」

「えっ、姫路へ行かれたのですか」

緒方は意表をつかれ、思わず聞き返した。尚美は、軽くうなずいて話を続けた。

「日曜日に恩師の還暦祝いをかねて『キャッスルホテル』で久し振りに同窓会をやりました。私は、土曜の夜着いて、豊沢《とよざわ》町の岡田《おかだ》という友人の家に泊めてもらったのです」

「そういえば、あなたの出身地は姫路でしたね……何時の列車に乗りました?」

「〝ひかり163号〟です。名古屋発十九時二十七分、姫路着二十一時十八分です。自由席で行きました。誰も知った人に会いませんでしたわ」

「このお店を何時頃出られました」

「店を出たのは……ええと、ここを三時過ぎに出させてもらいました」

「そうすると、お店を出てから新幹線に乗るまで、四時間ほど余裕がありますね。どうしていました」

「映画を見ました。お店にいらっしゃるお客様と話しているとき、洋画の《望郷》の話がでまして、その方が『新栄シアター』のチケットを届けて下さったのです。私は、話題を合わせただけで、是非見たいというわけでもないのですが、やっぱり、行かないと具合が悪いでしょう。そう思って劇場へ寄りました」

「なるほど」

「私、わりと神経質なんです。劇場のような人混みにいると、きまって咽喉《のど》が変になりますの。映画を見たあと、橘《たちばな》ビルのアオキ薬局に寄って、咳《せき》どめドロップの〈クール・エス〉を買いました。ちょうど六時でしたわ」

「その間、誰か知った人に会いましたか」

「いいえ、……それも証人がいないと駄目なんですか」

尚美は、ヤレヤレと言いたげに小首を傾《かし》げたが、つと立ち上がって、小机の引き出しを探ってなにか紙片を取りだした。

「よかった――ケースに挟《はさ》んだままでレシートが残っていましたわ」

緒方が手に取ると、『アオキ薬局』のレシートは、五十九年十一月十七日の日付で18:01のタイムもはいっていた。

「それで、お役に立ちますかしら。映画館の半券もありましたわ。でも、この方はあまり証拠になりませんわね」

緒方は、それで引き揚げるほかはなかった。念のため、城戸刑事に案内を頼み『アオキ薬局』へ寄ってみた。

ビルの地下街にあって客の出入りの多い店だから、つい先日のことでも、店員の記憶はアヤフヤだった。女性客に売ったというくらいの記憶しか残っていなかった。

名古屋まで出向いて無駄足だったかもしれない。緒方は、城戸刑事に礼を言って大阪へ帰ることにした。しかし、一応、最後の詰めはキッチリしておこうと思った。緒方はその足で姫路まで直行して、土曜日に尚美が泊めてもらったという友人の家を訪ねた。

岡田初子《はつこ》は、タバコ店の主婦であった。

「尚美さんは、間違いなくこちらへ来ました。家へお泊めしたのですから……」

「何時に着きました」

「二十一時十八分着のひかりだと聞いていましたので、私、駅へ出迎えに行ったのです。駅の改札を出るところを、人混みでうっかり見損なったとみえて、背中を彼女に叩かれて、びっくりしたんです」

帰りの車中で、緒方はひどく疲れを覚えた。

(やっぱり、おれの思い過ごしだったか)

音村の過去の女性の線を洗うのは徒労かもしれない。しかし、ここまでやったのだ。ついでに、緒方は、もう一人会ってみたい女性がいた。

それは、尚美のことで、音村に再会した翌五十七年の夏である。久し振りに休暇をとった緒方は『南一劇場』のロビーでバッタリ音村に出会ったのだ。

音村伸治は、妙齢《みようれい》の女性を伴っていた。島田悦子さんだと言って彼女に紹介された。そのとき一緒に食事をして別れたのだが、その後、彼女はどうしているであろうか。音村の死に関連して、彼女に会ってみたいと思った。

4

島田悦子は、毎朝、西大路《にしおおじ》から国電で大阪へ出て、扇町《おうぎまち》にある『ヒカリ設計事務所』に勤務している。緒方は、細井刑事を伴って、直接、彼女の仕事場を訪ねた。

「覚えておられましたか。その節はどうも」

緒方は表情をゆるめた。悦子は、上司にことわって、二人を応接室へ案内した。

「音村とは、あの年の暮れに別れました。それから探偵事務所を開いたことは聞いていましたが、交際はずっとありません。殺されたことを知って、それは、やっぱりショックでしたわ――でも、音村とは少しの交際で別れましたから、どんな深刻な事情があったのか、それは、私、全く存じません」

悦子は否定した。

「主人には、音村とのことは話しておりません。だから、京都のアパートに直接来られるよりましですけど――」

「そのことでは、決してご迷惑かけませんよ。まあ、あなたに会えば、音村のことでなにか事情が分かるかと思ったものですから」

「お役にたちませんで……済みません」

細井刑事が、単刀直入に問いかけた。

「それでは、お尋ねしますが――十七日土曜日は、あなたはどうしておられました。差し支えなければ、聞かせてください」

「松江の親戚に法事がありまして……主人は会社の都合で行かれませんで、私ひとり参りました。あの日は京都駅で〝あさしお7号〟に乗りました。京都発十六時三十二分です。行先が松江の手前の揖屋という所ですので、米子で二十二時十四分発の普通車に乗り換えました。揖屋に着いたのが二十二時三十五分でしたが、親戚の市川愛子さんが駅に出迎えに来てくれていました。翌日に法事がありまして、私は月曜日の午後こちらへ参りました」

「そうでしたか、それならハッキリしていますね。一応、念のためにお訊きしますが、列車の座席は、覚えておられますか」

「いいえ、指定ではなく前から三両目の自由席です」

「知り合いの方に会いませんでしたか」

「そう言われましても……でも、京都駅で乗る前にチョコレートを買いました。キオスクに勤めている小山さんは、同じアパートの人です。あ、それから、福知山のホームで主人の友人に会いましたわ」

「ほう――」

「福知山に停車したのは、午後六時十分過ぎくらいで、もう日は暮れていました」

悦子は、夫の俊雄から、ビデオテープを沖孝吉に渡すように頼まれた事情を説明した。

「沖さんとは、短い停車時間にホームで挨拶しただけで、すぐ別れました」

「沖さんの住所は、分かりますか」

「S銀行の福知山支店にお勤めだとか聞いておりますが」

★

捜査は停滞していた。こんなとき緒方は、名古屋から耳よりな電話を受けとった。

「実はですね、緒方さん。うちの交通係の若い巡査のガールフレンドで藤本《ふじもと》という短大生が、たまたま、アオキ薬局でバイトしていたんです」

「………」

「その女性が〈クール・エス〉を買ったときバイトの藤本さんは直接応対したわけではないのですが、側《そば》にいたから、その買物客は小川明子《おがわあきこ》さんだと気がついたそうです」

「薬を買いにきたのは田村尚美じゃなかった、と言うの――？」

「藤本さんの同級生に小川という子がいて、あれは、その子の姉さんだと言うんですね。それでね、緒方さん、その小川明子という女性は、尚美と同じ『ブティック・かわい』の店員なんですよ」

「えっ……それじゃあ」

「尚美は、どうも小川明子という女性を替え玉に使ったのかもしれませんね」

困っていたときに思わぬ情報だった。緒方は、名古屋に急行した。


「田村さん、正直におっしゃってください。このあいだの話では、あなた、三時過ぎに店を出て『新栄シアター』に行った。そのあと六時に『アオキ薬局』で薬を買い、商店街ですこし時間をつぶして、七時過ぎの新幹線に乗った、と言われましたね。本当は、もう少し早い時間に乗られたんじゃないですか」

緒方は、決め付けるように言った。

「早い時間って……なぜ、そんなことをおっしゃるんですか」

「〈クール・エス〉を買ったのは、あなたではなく、小川明子さんだと分かったんです。たまたま、あの薬局に明子さんを知っている人がいたものでね」

尚美はハッとしたようだが、しばらく黙ったままでいた。どう緒方に対応したものか言葉をさがしているようでもあった。

「悪いことはできませんね。そう分かっては、仕方ありませんわ。いま、早い時間と言われたのは」

尚美は揶揄《やゆ》するように笑顔を見せた。

「つまり、私が店を出て寄り道せずにすぐ新幹線にとび乗った、と疑ってらっしゃるのでしょう。疑われても無理ないと思います。たしかにアリバイをつくりました。でも、殺人のためではありません。私、本当は岡崎へ行っていたんです」

「岡崎……？」

「岡崎でデートの約束があったんです。店長先生に知られるとイヤなので、あとで訊かれたときの口実にと思って、小川さんに頼んだのです。彼女はなにも知りません。とがめないでやってください」

「岡崎で男性に会われたとすると、それではあなた、三時に店を出て……」

「はい、名古屋発十五時二十五分の快速に乗りました。岡崎へ着いたのは十六時です。帰りは十八時二十二分に乗って、十九時六分に名古屋に着きました。それで、十九時二十七分のひかりに乗ったわけです。姫路着が二十一時十八分です。これで分かっていただけましたかしら」

「いや、よく分かりました。でも――ここまでお訊きしたのですから、差し支えなければ、そのデートの相手の方はどなたか、教えていただけませんか」

「まだ、信じてもらえないのですか。プライベートなことですから……そこまでは困ります。私の方はともかく――相手の方は妻帯者ですし……」

南区にある服飾メーカー『㈱サンライズ』の社屋に行きついたときは、もう退社時刻だったが、緒方は、うまく南原和夫《なんばらかずお》に会うことができた。

南原は、刑事より二つ三つ若い感じだが、落ちついた物腰で身なりも洗練されていた。緒方は、名刺を差しだした。

「ほう、大阪府警捜査一課の方が、わざわざお越しになったのは、穏やかじゃないですな——一体、どういうご用件ですか」

「『ブティック・かわい』に勤めている田村尚美という女性について、ちょっとあなたに伺いたいのですが」

緒方は、ズバリ用件をきりだした。

南原の整った顔に険しいものがはしった。ほんの数秒だが彼は口をつぐんだまま返事に窮《きゅう》した恰好だったが、素早く計算したとみえ、尚美のことは否定しなかった。

「彼女とは、仕事の関係で付き合うようになりましたが、何かあったのですか」

「くわしい事情は、いまは言えません。尚美さんには内緒であなたにお会いしているんです。つかぬことを伺いますが、南原さん、あなた、十一月十七日、土曜日の午後はどうしておられました」

「ふむ、そのことですか」

南原は、また、一呼吸おいた。

「あの日は、岡崎で田村さんと会いました」

「何時頃でした」

「午後四時に会い、別れたのは六時です」

「どこにおられました」

「それはもう勘弁してください。とにかく、彼女と二時間一緒だったことは認めます」

緒方は、もうそれはどうでもいいと思った。尚美が四時間の空白を利用して犯行に及んだと思っていたのだが、彼女にはアリバイがあった。それも店長に知れたとき困るからという単純な理由からだ。彼女はこの時間に、デートのため岡崎を往復しているのだ。

大槻警部を説きつけて再度の名古屋出張だっただけに、空振りを報告するのは辛かった。緒方は、おそい新幹線で大阪へ舞い戻った。


しかし——二日後、事件は予期せぬ展開をみせた。

「緒方くん、田村尚美というのは、たしか、きみが名古屋へ調査に行った女性だね」

「そうです。なにか」

「今朝、ここの管内でコロシが起きた。いま、現場から連絡があった。阪急三国駅うらの『竹《たけ》内《うち》旅館』で女性客が絞殺されていたのだが、所持品などから名古屋市中区新栄×丁目在住の田村尚美ということが分かった」

「警部、それですよ……」

「チョウさん、やっぱりあんたのカンが当たったようだ。一課からは倉吉《くらよし》班が行っているんだが、とりあえず、われわれも三国の現場へ行ってみようじゃないか」

★

翌朝、八時六分発ひかりで新大阪を発《た》った大槻警部と緒方は、九時十七分に名古屋に着いた。地下鉄を伏見《ふしみ》で3号線に乗り換え鶴舞《つるまい》で下車すると、N警察署の庁舎はすぐ目の前にある。

N署の刑事課長と挨拶をかわした大槻は、早速、同署の係員を交《まじ》え大阪で発生した事件の概要を説明しにかかった。

「現場は、大阪市淀川区新高《にいたか》×丁目×番地、『竹内旅館』といって、経営者は竹内トメ、六十七歳──阪急宝塚線三国駅の西側にあるめだたない旅館です。この地図でみられるように、本市のはずれで、神崎《かんざき》川を境に豊中市と隣接しております。さて、一昨日夜、つまり十一月二十八日午後十一時ごろ、男女のカップルが投宿したのですが、女性客のほうはかなり酔っていたようです……」

翌朝十時前に、使用人の和子《かずこ》が呼ばれた。男性客は、和子に向かって『酔っていて財布を紛失した。でもカードを持っている。銀行で引きだしてから、宿泊料の精算をしたい』と言った。部屋をのぞくと、女性客は、まだ布団から頭だけ出して向こうむきに寝ている様子だった。

銀行は、駅をはさんで旅館とは反対側の商店街にある。男は、和子に案内してくれといった。その方が安心だから、竹内トメも和子を一緒にやった。

男は銀行に入り、和子を椅子に待たせておいて、仕切りのボックスに向かったが、間もなく戻ってきた。『これお駄賃だよ。とっておきなさい』男は、和子に千円札をわたした。それから男は、果物店でリンゴを買い紙袋を和子に持たせた。『ちょっと、ここで待っていてね。ついでに、煙草とフィルムを買ってくる』そう言って、マーケットに入った男は、なかなか戻ってこない。

ひょっとしたら入れ違いに旅館へ戻ったかと思って和子が帰ると、まだだと言う。部屋をのぞくと、女性客は絞殺されていた……。

前からの経過があったから、緒方は、もういちど城戸刑事に同行してもらって、南原和夫に会った。

「田村尚美さんが、大阪で殺されたことはご存じですか」

「はい――」

「先日、お伺いしたときにですね、あなたは、十七日の午後、岡崎で尚美に会っていたと言われましたが、間違いありませんか」

「実は……そのことなんですが、尚美と会ったのは他の日です。ところが、あなた方が来られる直前に、彼女から電話があって『十七日に逢ったことにしてほしい』と言われました。事情が分からないままに、先日は、ああお答えしたんですが——あとで尚美にわけを聞こうとして、そのままになっていました。彼女はアパートにも帰っていない様子で、心配していたのです」

南原に先日の虚勢はない。ほほがこけ顔色も冴えなかった。尚美の死が相当こたえたとみえる。殺人当夜のアリバイはなかった。が、翌朝九時には出社している。犯人が旅館から消えたのは、午前十時頃だから、南原とは別人である。

彼がしょげているのは、尚美への哀しみなんかではなく、スキャンダルが明るみに出たから

| 尚美の自供 | |
|---|---|
| 名古屋発 15:25 ↓ 16:00 岡崎着 岡崎発 18:22 ↓ 19:06 名古屋着 | 快速 |
| 名古屋発 19:27 ↓ 21:18 姫路着 | ひかり163号 |

| 緒方の推理 | |
|---|---|
| 名古屋発 15:27 ↓ 16:34 新大阪着 | ひかり137号 |
| | |
| 新大阪発 20:36 ↓ 21:18 姫路着 | ひかり163号 |

【表1】

であろう。彼は、この殺人事件の本筋には関係ないのだ。
だが、収穫はあった。田村尚美が工作した名古屋における四時間の行動はすべて偽装であった、ということである。
具体的には、こんな計算ができる。【表1】
動機の点は不明だが、彼女には、音村を殺すチャンスがあったのだ。しかし、事態は思わぬ方向へ展開した。犯人と目した当の尚美が殺されたのだ。緒方は頭を抱えこんだ。

★

そうした混迷のさなか、小野杉子《おのすぎこ》と名のる中年の女性がY署を訪れた。彼女は、もと大阪の教師であったが、おそくに結婚して、現在神戸市に住んでいるという。

「実は、事件のありました『竹内旅館』の和子という娘は、私の遠縁にあたります。あの旅館で、田村尚美さんが殺されたのを知って、それは驚きました。私は、田村さんとも知り合いなのです。それも、先日、思わぬところで会ったばかりです……」

とるに足らぬことかもしれないが、被害者の生前の行動が、何かの手掛かりになれば……そんな気がして警察に話す気になった。そう断りながら、杉子は話を続けた。

「十一月十七日の土曜日に私は所用で、豊岡《とよおか》から姫路行きの急行に乗っていました。自由席に坐っていたのですが、和田山《わだやま》から乗って来られた女性を見て気がつきました。それが田村尚美さんでした」

「ほう……」

「五年ぶりに会ったので様子が変わっていましたが、私が話しかけると、もちろん私のことを覚えてはいましたが、妙によそよそしいのです。以前はあんなに親しかったのにと思ったのですが、……それで、私も遠慮してあまり話をしませんでした」

「十一月十七日とおっしゃいましたね。何時の急行ですか」

「〝但馬《たじま》8号〟です。姫路へ着いたのが、午後九時頃でした」

緒方は、時刻表の頁をくった。

「和田山十九時四十五分、姫路着二十一時一分。これですね。彼女は、ずっとあなたと一緒だったのですか」

「はい――彼女も姫路で降りました。そのときも、私にちょっと会釈《えしやく》して、急ぎ足で改札を出て行かれたのです」

緒方の考えでは、尚美は、名古屋から姫路へ向かう途中、新大阪で下車して音村を殺し、そして二十時三十六分発の〝ひかり163号〟で姫路に着いたとにらんでいたのだが、思いもよらぬ小野杉子の話は、彼の推理を根底からくつがえしてしまったことになる。

尚美は新幹線で姫路へ行ったのではなく、播但《ばんたん》線急行に乗って姫路へ着いたのだ。尚美が和田山でこの列車に乗ったのは、十九時四十五分発に間に合ってのことだから、大阪での犯行後その時刻に和田山に現れるのは、困難であろう。しかし、殺人のチャンスがなかったとはいえ、尚美の行動はますます不可解である。いったい、何のために……?

「五年ぶりに会った、とおっしゃいましたが、そのころのことを聞かせてください」

「天下《てんが》茶屋《ちやや》のアパートに、隣どうしで住んでいました。『喜楽荘』という建物でしたが、今はありません。田村尚美さんは、当時二十五歳でしたが――近くの個人商店に勤め、夜は洋裁学校へ通っていたようです。私は、当時T小学校へ奉職しておりまして、尚美さんとはひとまわり年齢がちがっておりましたが、親しくおつきあいしていたのです。あの時分のスナップがありますわ」

小野杉子はバッグから一葉の写真を取りだした。カラーのスナップ・ショットで、アパートの部屋らしくテレビや整理タンスがちまちま置かれたのを背景に、三人の女性が微笑《ほほえ》んでいる。鮮明な写真で、彼女たちの表情はいきいきしていた。

まん中の女性は小野杉子で、右側が尚美、左側の美人に目をとめた緒方は、ハッとした。ヘアスタイルが変わっているし、五年前だから表情もいくらか若々しい……が、紛れもなく彼女だ。緒方は、浮きたつ声をしずめ、確かめるように杉子に訊いた。

「このひとは誰ですか」

「あら、そのひとは尚美さんのお友達で、よくアパートにも遊びに来ておられましたわ。島田悦子さんというひとです」

## 5

「つまり、その写真のおかげで、悦子さん、あなたと尚美の、現在では目に見えない結びつきが分かったのです。それで尚美が、なぜ〝但馬8号〟に乗っていたかという疑問に答えるひとつの解答をみつけたのです」

緒方は、手ずれした小型時刻表を取りだした。所々色鉛筆で印がしてある。

「和田山で〝但馬8号〟に乗るため、尚美は店を出たあと岡崎へは行かず、すぐ十五時二十七分の新幹線に乗っているはずです。京都着が十六時十七分。ここで尚美は十六時三十二分発の下り山陰本線に乗り換えた」

「……………」

「尚美が四時間の空白を埋めるため、岡崎でデートしていたという工作は、新大阪で途中下車して殺人を犯すため、と思っていたのです。ところが実際はそうではなく、名古屋―京都―和田山―姫路というコースを隠すためだったのです。では、なぜ、それを隠そうとしたのか。姫路へ行くのに何のために回り道をして行ったのか」

「……………」

「尚美が、京都で乗ったとみられる十六時三十二分発特急は〝あさしお7号〟つまり、悦子さん、あなたが同じ日、松江に行くのに乗ったという、まさにその列車ですね……あなたと尚美は京都駅で入れ代わったのです。尚美は、あなたを装って福知山でカセットを手渡したあと、和田山で姫路に向かう列車に乗り換えた。一方、あなたは京都発十六時五十三分の〝ひかり27号〟に乗って、新大阪に着き音村と会った。あなたは目的を達したあと、なにくわぬ顔で松江に到着したわけです」

「どうして私にそんなことができます。時間的にそんな余裕があるんですか」

「尚美が和田山で下車したあと、〝あさしお7号〟は二十一時五十九分に米子に到着します。その先は普通車となって二十二時十四分発、揖屋に到着するのが同三十五分ですね。だから、つまり、他の経路で米子へ出て、この普通車に間に合えばいいわけです。丁度おあつらえのがありますね。岡山発十九時二十二分米子着二十一時四十二分〝やくも15号〟です。すると現場、新大阪からの〝ひかり11号〟が十九時十分に岡山着で、乗り換えにピッタリではありませんか」【表2】

「現職の刑事さんともあろう方が、トラベル・ミステリーの読みすぎですわ。机上の計算では、なるほど可能性がありますけど」

「なにか、問題がありますか」

「それは、とうにお気付きになっていらっしゃるんじゃないですか。あなたは、肝腎《かんじん》のところをぼやかしておられますわ」

「というと……」

「私が〝あさしお7号〟に乗らずに京都で〝ひかり27号〟に乗ったという仮定を進めてみましょう――ちょっと拝借します」

悦子は時刻表を手に取り、緒方が開いた頁《ページ》を見ながら語り続けた。

「この列車が新大阪に到着するのは十七時十分です。そこで、私が音村の事務所に立ち寄ったあと、岡山へ十九時十分に着くためには〝ひかり11号〟がピッタリなわけですが、この列車の新大阪発は十八時十二分ですね。すると私が途中下車して犯行に使える時間は、一時間ですが、実際には現場への往復時間を二十分ずつ差し引くと、正味五時半から五時五十分までの間に、私が音村と会っていたことになります……」

「新聞などで、犯行は午後六時半から七時までとされているから、それなら今の推理は成立しないではないか、というのでしょう」

「そうですわ」

「解剖の結果では、犯行は午後四時半から六時半という鑑定が出ているんですよ。それだと悦子さん、あなたが事務所に立ち寄れた時間帯に該当しますね」

「でも、セールスマンが帰ったのは六時二十分でしょう。彼の置いていったカタログに犯行の際ついた血痕があった。だから、犯行は六時半頃だとみられているのでしょう」

「よくご存じですね」

「それは私も当事者の一人ですから、テレビや新聞をとくに注意して見ておりましたわ」

「ほう、今当事者と言われましたね、ずっと関係ないとおっしゃっていたのに。では私の推理をお認めになったということですか」
「いちばん大事な部分をのぞいては、つまり、私を犯人だと指摘された以外は、ほぼ当たっていますわ」

| 悦子 | |
|---|---|
| | |
| 京都発16:53 ↓ 新大阪着17:10 | ひかり27号 |
| 殺人現場 | |
| 新大阪発18:12 ↓ 岡山着19:10 | ひかり11号 |
| 岡山発19:22 ↓ 米子着21:42 | やくも15号 |
| 米子発22:14 ↓ 揖屋着22:35 | 287M |

| 尚美 | |
|---|---|
| 名古屋発15:27 ↓ 京都着16:17 | ひかり137号 |
| 京都発16:32 ↓ 福知山18:11 ↓ 和田山着18:43 | あさしお7号 |
| 和田山発19:45 ↓ 姫路着21:01 | 但馬8号 |
| (米子着21:59 あさしお7号) | |

【表2】

★

尚美とはバイト先で、昭和五十四年に知り合いました。天下茶屋のアパートにもよく出入りするようになったのです。その頃でした。ガード下で若い男にからまれているところを、警察官だった音村に助けられたのです。

音村からあなたに紹介されたのは、五十七年の夏でしたね。だから本当は、その前の年の四月から音村と関係があったのですが、そのことを隠したのには、訳がありました。

それが、緒方さんもよくご存じの、今里の資産家老人の殺害事件です。尚美が突然訪ねてきたのです。疑われて困っている。いっそハッキリしたアリバイがあれば済むことだから助けてほしい、というのです。後になって、甥に当たる人が自殺したので事件は片付いているのですが、私は、あのときの尚美の様子をいまだに疑っています。それはともかく、そのとき私は尚美に必死に頼まれて、音村に助けを求めました。そのことで、音村が元の同僚のあなたに調べられたとき、彼は尚美のアリバイを強く主張したのです。

翌五十七年の夏です。そのころ私は音村と同棲していたのですが、あの映画館で緒方さんにはじめて紹介されたわけです。音村は警察を辞めて会社をはじめた当初は景気がいいようでしたが、次第にうまくいかず倒産しました。イライラして暴力をふるうようになりましたので、その年に音村の許《もと》を逃げだしました。その後、現在の主人と読書サークルで知り合ったのですが、偶然、ふたりの姓が同じでした。

私がその幸せに酔いしれているとき、音村が私の前に姿を現わしました。至急に三百万必要なので融通してほしい、とせがむのです。過去の音村との交際、それ以前の言えないような古傷を、嫉妬《しっと》半分に、夫に暴露すると脅すのです。俊雄は信仰心のあつい、あまりにも純粋な人なので、彼に対しては、過去のすべてをつい言いそびれていました。それに私は夫を愛しています。私は生活を守ろうと決心しました。

私は夫に内緒で音村と会うことにしました。松江へ法事に行く予定がありましたので、その日の午後五時半に彼の事務所を訪ねると約束しました。そして京都駅から〝あさしお7号〟に乗ったように夫に思わせ、新幹線で大阪へ行き、音村に会い、それから、あなたも指摘なさったコースで、岡山から米子へ出て揖屋へ着くつもりでした。ところが、その二、三日前になって、夫から、福知山で友人にカセットを渡してほしいと頼まれました。私の計画では〝あさしお7号〟は、ずっと無人の予定でしたが、代役が必要になりました。私は尚美に連絡をとり事情を話しました。彼女は、たまたま姫路のホテルで宴会があるので、それを利用して、和田山―姫路のコースを考えてくれたのです。尚美はそうすることで借りを返してくれたのですが、彼女は、私が俊雄に内緒で音村に会って話をつけるだけだと言い訳したのに頷《うなず》きながら、私が秘かに殺意を抱いていたことを暗黙のうちに了解したようです。でも、これはやっぱりデスクプランにすぎませんでしたわ。現実には思わぬ形で支障が起こるものです。私が、新大阪十七時十分着の列車を降り、ひそかに音村の事務所を訪れたのは五時半でした。音村は殺されていました。

私にさえ命を狙われるくらいだから、他でも彼に対して殺意を抱いている人がいても不思議ではありません。私はすごく冷静でした。私が直接手をかけずに済んだのだと思いました。でも、今度は、まかり間違うと私は大変な立場にいることに気が付いたのです。不自然なアリバイを作って音村に会いにきているのですから——私はすぐ事務所を出ようとして、床に落ちていたキーホルダーに気が付いたのです。

樹脂細工のデザインに覚えがあります。ずっと前に、私が作って尚美にプレゼントしたものです。尚美が音村を殺して、うっかりキーホルダーを落としていったに違いない。とっさにそう思ったのです。

でも、どうやって、尚美は私に先回りして事務所に来たのか？　彼女は、いまごろ、私の代わりに〝あさしお7号〟に乗って福知山の手前にいるのではないか。先回りできる筈がない。それでは、何故、彼女のキーホルダーが死体のそばに落ちていたのだろう。こんなふうに話すと長いのですが、そんな思考がいっぺんに頭のなかをよぎり、私は、その場に立ちつくしていました。

## 6

「ねえ、城戸さん、聞き込みの段階で、思わぬところから情報が得られることがありますよね。偶然と言ってしまえばそれまでだが、刑事稼業をながくやっていると、そうとばかり思えないことがあります。みせかけは偶然だが、なにか深いところでつながっているような……うまく言えませんがね。今度のヤマで言えば、あの小野杉子という女性なんですが、彼女の遠縁の娘が働いていた旅館で尚美が殺された。その尚美は杉子の昔の知人だった。まあ、これは偶然でしょう。また、列車の中で、尚美と杉子がバッタリ出会ったのも偶然と言っていいでしょう。しかし、小野さんにしてみれば、二つの偶然が重なったので警察に話す気になった。そして、当時のスナップを見せてくれた。あの写真を見たことで、尚美と悦子のつながりが判って事件が解決したんですからね」

「しかし、それも、無駄かもしれないと思いながらも、アンテナを張りめぐらせていたからじゃないですか」

「それは言えますね。尚美にしても悦子にしても、音村の周囲にいた女性だから注意していた。結果的には、それが正解でしたがね」

「彼女たちが列車を利用してアリバイを作ったことが、解決の緒《いとぐち》になったと聞いたのですが、あれは、どういうことですか」

「つまりですね——島田悦子の行動を列車の時刻表から割りだすと、犯行現場に午後五時半から同五十分までいた計算になるのですよ。彼女は、そのときすでに音村は殺されていたと言っています。彼女の言葉をそのまま信用するか、あるいは、彼女がこのとき殺人を犯したと疑うか、どちらかです。私は、彼女の言葉を信用しました。すると、五時半には死んでいる筈の音村は、喫茶『ローズ』に五時五十分に姿を見せるのは不可能です。また、セールスマンの黒川が六時十五分に音村に会えるわけがない……」

「そうですね」

「だから、黒川を徹底的に追及してみたのです。黒川はとうとう白状しましたよ。彼が音村の事務所を訪ねた本当の時間は、午後四時五十分です。五分ほど立ち話して、そこをでた。帰りに友人の奥さんに出会ったので、六時二十分まで『夢の館』というところにいたそうです」

「えっ、ラブ・ホテルですか」

「近頃は会社の昼休みになんていうのもありますから、おどろくこともないのですが、職場へは〈いま音村事務所を訪ねてきた。すぐ帰ります〉と電話しておいて、なにくわぬ顔で会社へ帰った。そこまではよかったんだが、思いもよらぬことに事件が起こってしまった。名刺やカタログを置いてきている。仕方なく音村に会った時間を六時十五分から二十分までと押しとおしてしまった。第三者が否定できる材料がなかったから、黒川の偽証が通ってしまったんですよ」

「ふーむ」

「黒川道夫が音村事務所を出た本当の時間は、午後四時五十五分です。真犯人がやってきたのは、その五分後のちょうど午後五時でした。犯人が音村を殺し部屋を出たのは、五時二十分、彼はキーホルダーを落としたのに気がつかなかった。なんともきわどい時間の差ですが、そのあと五時半に島田悦子が知らずにやってきて死体を発見する。しかし、彼女は自分の立場を考え、黙って立ち去ろうとした。このとき彼女は、自分が作って尚美にプレゼントしたキーホルダーが落ちているのを見つけておどろいた。とっさの判断でそれを拾って現場を脱《ぬ》けだしたのです」

「すると緒方さん、肝腎の真犯人のたてた殺人計画そのものは、ごく単純なものだったんですね」

「そうです。犯人は音村を殺《や》ったあとで、用意したつけ髭と縁なし眼鏡で彼らしく変装して喫茶店を訪れた。殺害後も音村が生きていたように見せかけて自分のアリバイを作るという、ありふれたトリックだった。ところが、取材陣が来たりして応対しているうちに、喫茶店のママさんは、テレビの被害者の映像と、音村を装った犯人の印象が一緒になってしまったらしく〈午後五時五十分に音村が『ローズ』へきた〉ことを強調し続けたわけですね。ママが受けとった名刺の指紋は、もちろん、犯行直後に犯人が死体からとったものです」

「なるほど、普通ならすぐに分かってしまうような小細工なんですがね……それがうまくいった」

「それと、いま言ったようにセールスの黒川は、情事がバレては困るので証言を取り消そうとしなかった。このことも犯人のアリバイ工作を助けたのです。だから状況的に判断して、『ローズ』から帰った音村が事務所で黒川と会い、その後六時半から七時の間に殺されたという判断の誤りをまねいたのです。実に莫迦《ばか》ばかしいことなんですが、単純なだけにかえってママの錯覚とセールス氏の偽証が崩せなかった」

「なるほど――それを解くきっかけになったのが、島田悦子のアリバイ工作だったというわけですね。よく分かりましたよ」

「城戸さん、あなたの協力で尚美や悦子の列車アリバイを追いかけたのは、無駄じゃなかったんです」

「いや、そう言っていただくと……。ところで、彼が音村を刺した直接の動機はなんなのです」

「彼と音村は、スナックで、ハイミスのOLと知り合ったのです。彼女は三十八歳、地味であまり目立たない女性なので、音村は相手にしなかったが、彼と女性は関係ができて結婚の約束をしたのです。そこで分かったのですが、彼女、実は吉野に山林を持つ大金持ちのひとり娘なんです。そこで打算的な音村がふたりの間に割り込んだので、男たちの仲が険悪になった、というわけです。事務所で音村を刺したのは、口論していて突然やったことで計画的な犯行じゃない、と彼は言うんです。つけ髭や眼鏡は……、いや、それは忘年会の余興にと思って、買ったのを持っていたんです。とっさの思いつきで、アリバイに利用したまでです。しきりに言っていましたが、弁解の余地はありませんよ。過去にあった尚美との情事が尾を引いて、彼女まで殺す羽目になったのですから……縒《よ》りを戻すと、OLとの結婚の邪魔になるし、それに自分の犯行を知っている尚美を生かしておけないと思ったのです」

私は松江の法事から帰って、そっと尚美に会いました。「現場にあなたのキーホルダーが落ちていた」と言って尚美に渡しました。

「私が殺れるわけがないじゃないの」尚美は否定しながらも、懐かしそうに言いました。「今里の事件があった後で、音村と彼と私たちで麻雀をやったことがあるわね。私は彼に好意を持ったわ。私のアパートの鍵を付けて、このキーホルダーを彼に渡したの。一、二度彼は訪ねてきたけれど、それからあと、私は名古屋へかわって、彼との仲はそのままになっていたんだわ。でも、まだ持っていてくれたんだわね」

尚美の死を知ったとき、私には直ぐ事情が分かりました。まさか、と思っていたのに尚美は大井に会いに行って、殺されたんです。私は卑怯《ひきよう》でした。犯人を知っていながら、なにもできなかったのです……。

★

今夜は、こちらの親戚に厄介になるという城戸を、地下鉄の改札口まで送り、きびすを返すと、階段の方に向かった。終発に急いで通路をすれちがう人のなかに、ふと、悦子の声を聞いたように思った。振り向くと、若い男女が肩を寄せあって歩いて行く。悦子ではなかった。

地表へ出ると夜気がつめたい。ざわめきがひいて夜の街はようやく更《ふ》けようとしている。酔いをさますには、ちょうどいいと思った。人気《ひとけ》のない歩道を、緒方はゆっくり歩きはじめた。

# 編者解題

戸田和光

一九五一年のデビュー以降、一部の本格ミステリ愛好家の間で熱く語られてきた作家の作品が、創元推理文庫に入ることになった。

編纂《へんさん》したアンソロジーに山沢晴雄作品を収録し続けた鮎川哲也が、その作風を「トリックの難解さに定評があり、一読しただけでは真相が理解できない」というように紹介したため、むしろ怖いもの見たさで話題を呼んでいた面もあるかも知れない。とはいえ、ただ難解なだけではなく、本格推理ならではの技巧を凝《こ》らしながら、同時に遊び心に溢れた仕掛けも怠《おこた》らない、作者ならではの作品群がファンを魅了してきたのも間違いなかろう。

生涯アマチュア作家に徹し、作品数も決して多くなかったため、なかなか単著の刊行に恵まれなかったが、二〇〇七年に『離れた家　山沢晴雄傑作集』（日下三蔵編、日本評論社）が上梓され、その魅力が新しい読者に知られるようになったのは、ファンとして感慨深いものがあった。今回の文庫連続刊行によって、さらに多くの読者にとって身近な作家となることを願ってやまない。

山沢は、自らのミステリ技法について、繰り返し〝手品文学〟という表現を使っていた。〝手品文学〟を具体的に定義した山沢自身の文章は見当たらないが、「手品師が観客の前でやってみせる手品を、私は、紙の上で読者にたいしてやってみせたい」（「砧シリーズ13の謎」《別冊シャレードVol. 62 山沢晴雄特集4》）とは書いている。これだけでも、山沢が目指した方向性はほぼ分かるのではなかろうか。

大前提となるのは、書きたいのは本格推理であり、小説ではない――ということだろう。優先されるのがトリックだったのは間違いない。ただし、こう説明しただけでは不十分だろう（なお、誤解してほしくないのだが、山沢は決して小説を書けない人ではなかった。幻想小説「宗歩忌《そうほき》」など、本格推理以外の作品を読めばそれは明らかで、あくまで本人が書きたかったのは手品文学だったということである）。

読者に不可思議な謎を見せておいて、結末でそれを解き明かす――といえば、単に本格推理を言い換えただけに過ぎないが、さらに〝手品文学〟には、表面に現れているのは一見シンプルな（しかし不可解な）謎でも、その裏には犯人の緻密《ちみつ》なトリック、あるいは関係者たちの複雑な行動が隠されており、その表と裏の大きなギャップを読者に楽しんでもらいたいという意味があったのではないかと私は考えている。あたかも手品師が、タネを巧みに隠しながら、不可思議を演出し、観客を楽しませるように。

そういった手品独特の興趣《きょうしゅ》を、ミステリで表現してみたかったのではないか。緻密なトリックや複雑な動きを裏に潜ませながら、表面上はシンプルな謎のみを見せる――そういった創作作法を最も活かせる形態として、本書に収録した「砧《きぬた》　最初の事件」や「京都発〝あさしお7号〟」などのアリバイものが多くなったように思うのだ。

トリックに注目すれば、山沢作品には〝手品文学〟ならではの大きな特徴（ある意味では、欠点）がある。トリックそのものよりは、それによって読者にどのような不可思議な謎を見せられるかに重点を置いているため、トリックの類似が他の本格派作家より多くなる傾向があるのだ。例えば、あるトリックでアリバイものを書いたあと、今度は同様のトリックで密室ものを書く。たとえトリックが同工であっても、舞台やシチュエーションを変えることで違う謎や不可解な事象を描けるのであれば、作品は全く別のものになる、という考えがあったのではなかろうか。小道具についても同じで、同じものを複数の作品で繰り返し使っても、それが果たす役割がそれぞれの作品で異なるなら問題はないと考えていた印象を受ける。これも〝手品文学〟故の特徴だろう。

同時に山沢は、徹頭徹尾、フェアな描写に心を砕いた。不可思議な事象を描き出す際にも、アンフェアな記述は行わない。その結果、山沢作品を読み馴れた読者には真相が気づきやすいものになったとしても、そこは問題にしなかったのだ。

山沢作品を読み進めるうち、「なんだか、同じようなトリックだな」と感じることがあるかも知れない。その時は、そのトリックから派生した事象や効果の違いに注意してもらえれば、自ずとこの作家の特徴も分かっていただけるし、山沢作品をより楽しんでもらえるのではなかろうか——。

山沢晴雄は一九二四年大阪市生まれ。本姓は山澤（読みは、ペンネームと同様〝やまざわ〟）である。大阪市役所に勤務する傍《かたわ》ら、ミステリの執筆を開始する。五一年、推理小説専門誌《宝石》の懸賞《けんしょう》に短編を複数投じ、そのうち「砧最初の事件」「仮面」の二編が候補作に選ばれ《別冊宝石》に掲載、これが活字デビューとなった（《宝石》の新人賞は短編の場合、全応募作から二十五編程度の候補作品を選び、授賞作の決定前に別冊や増刊号に掲載することを特徴としていた）。のち江戸川乱歩らによる選考の結果、「仮面」が佳作に入選している。これ以降も同懸賞に応募を続け、五三年には「銀智慧の輪」、五四年には「死の黙劇」が入選し、一貫して安定した評価を受けた。

懸賞に応募するばかりではなく、《宝石》本誌には五四年に「宗歩忌」を、五五年に「時計」を発表し、五八年までデイリースポーツや神戸新聞にも作品を掲載していた。長編も執筆し、六一年に『白い時間の影』、六六年には『悪の扉』を江戸川乱歩賞に投じて一次予選を通過している。六三年には代表作となった「離れた家」を第二回《宝石》中篇賞に投じ、候補十編に残って《宝石》増刊号に掲載されたが、これは選外となった（この年の入選は、斎藤栄「機密」）。その後、新作の発表は十年以上途絶えることになる。

七六年、推理小説専門誌《幻影城》に新作「電話」を掲載、翌年には「仮面」を原型とした

「扉」を同誌に発表。七九年には鮎川哲也編のアンソロジー『殺意のトリック』（双葉社）に「銀知恵の輪」が採用される。そしてこれ以降、九〇年代までの山沢の公的な作家活動は、ほぼ鮎川哲也と共にあったと言っていい。断続的に刊行される鮎川編纂のアンソロジーに旧作が収録されたほか、ときには新作をアンソロジーのために書き下ろし、推理作家として健在を示した。九二年には光文社文庫編集部が鮎川哲也を編集長に招いて公募企画《本格推理》を開始、山沢はこれに「砧未発表の事件」を投じて採用される（『本格推理1』に掲載）。以降、九九年の企画終了までに《本格推理》には新作「金知恵の輪」「見えない時間」が掲載された。

一方、山沢は九〇年代中盤から同人誌に活動の場を広げている。九四年、《砧順之介研究》に未発表作「ふしぎな死体」を掲載したのを皮切りに、旧作の改稿も積極的に手がけ、さらには長編『悪の扉』『砧自身の事件　ダミー・プロット』『知恵の輪殺人事件』『砧最後の事件―唄う白骨―』を次々と完成させて同人誌で発表、ファンを喜ばせた（長編については創元推理文庫近刊『ダミー・プロット』で詳述予定）。

後期における山沢の活動の主な舞台となったのはふたつの同人誌である。ひとつめは先述した《砧順之介研究》で、これは在野の研究家である手塚隆幸氏が〝名探偵研究シリーズ〟の一環として編集、発行していたものだ。山沢が創造した名探偵の名をタイトルにしている。

手塚氏による同人誌は、一九九〇年頃に発行され始めたようだ。同シリーズの他にも《日本推理作家研究シリーズ》《資料集》《随筆集》《作品集》などが並行して発行されており、そのいずれもが手軽なコピー造本だった。全貌《ぜんぼう》は不明であるが、毎回、一人の作家か名探偵を取り上げて、ファンによる評論を載せたり、様々な媒体《ばいたい》に発表された作家本人のエッセイを再録することで、作家研究を行うものが多かった。同じ作家を繰り返し取り上げることも多く、また大阪圭吉などの戦前作家から津島誠司といった現代作家まで幅広い範囲をカバーしていたのが興味深いが、これも同人誌ならではなのかも知れない。

手塚氏によるコピー誌で山沢を取り上げたものは、私が確認できた範囲では《砧順之介研究》（1集、2集）のほか、《山沢晴雄随筆集》（1集、2集、3集）、《山沢晴雄作品集》（1集、2集）があるが、これらに編集方針の大きな違いはない。山沢がさまざまな媒体に発表した小説や随筆を再録、さらには未発表小説を掲載しており、発行は二〇〇〇年まで続けられた。なお、これらに掲載された諸作は、後述する《別冊シャレード》にほとんどが再録された結果、このコピー誌でしか読めない小説はなくなっている。山沢は自らの特集への寄稿の他にも、天城一特集などにエッセイを寄せていて、手塚氏の同人誌が、山沢が活動を本格再開させる一つのきっかけとなったのは間違いなかろう。

ふたつめは、甲影会《こうえいかい》が発行していた《別冊シャレード》である。甲影会とは甲南大学推理小説研究会のOB会を母体に、福井良昌氏が主宰《しゆさい》した会で、もともとは創作同人誌《シャレード》を発行していたが、一九九三年十二月より《別冊シャレード》をスタートさせた。毎回ひとりの推理作家を取り上げ、甲影会会員やファンライターによる評論や作品解説、作家インタビューなどで構成されたものである。《別冊シャレード Vol. 1 東野圭吾特集》を皮切りに、江戸川乱歩や横溝正史などの物故作家も取り混ぜながら、新本格ミステリ勃興《ぼっこう》後にデビューした作家を数多く取り上げ、二〇〇六年十一月発行の九十九号まで続いた（ただし、そのうち五冊は未刊行）。

評論や作品評、作品リストを中心に構成した号が多い中、《山沢晴雄特集》（一九九九年から二〇〇四年までに九冊発行され、すべて手塚隆幸氏が編集を手がけた）は作家本人の積極的な協力を受けたことで、旧作の再録や改稿作品、新作の収録など、小説作品を主とした構成となっている。一九九九年九月、公募企画《本格推理》の終了と前後して発行された《別冊シャレード Vol. 51 山沢晴雄特集1》に長編『悪の扉』を一挙掲載。以降も次々と長・短編、さらには砧順之介シリーズがどのように構想され、どのように結実したかなど、作品だけでは描ききれなかった思いを記した作者のことばを掲載している。そういった意味で《別冊シャレード》の山沢特集は、この作家を研究する際には必携《ひっけい》の同人誌であると言えよう。

二〇〇七年六月にはついに、初めての単著である『離れた家　山沢晴雄傑作集』が刊行される。

二〇一三年一月三十一日、死去。

山沢の短編ミステリは、『離れた家』の刊行でその多くが読めるようになったが、創元推理文庫で〈山沢晴雄セレクション〉を編むにあたっては、全作品から新たに作品を選び、山沢作品に初めて触れる読者にも、山沢流本格推理の特徴が分かりやすく伝わる編纂を心がけてみたつもりである。

本書は、三部構成とした。収録した作品はいずれもオーソドックスな〝手品文学〟で、本格推理としての味わいに大きな違いはないが、シリーズや作品成立時期の違いなどによって、便宜的に分類している。

山沢には改稿癖があり、一度発表した作品に後で手を入れることがたいへん多かった。そのほとんどは表記の修正のみで、トリックに関わる部分はもちろん、作中年代も変更されていないが、小説作品の大半が先述した同人誌に再録されたこともあり、複数のバージョンが発行されている作品が多い。このため、初出や改稿についての説明がやむなく煩瑣《はんさ》になる点をご理解いただきたい。

また、トリックの詳細には触れないようにするが、文中で引用した作者のことばでは、そのトリックをどうやって着想したかといった点や、作品相互の関わりにも触れているため、**ここから先は本編を読了後にお読みいただきたい。**

第一部には、山沢が創造したシリーズ・キャラクター、私立探偵砧順之介が活躍する五編を並べた。山沢の原点であり、本格推理を愛する作者の姿勢が最もストレートに表れている。

**「砧最初の事件」**は一九五一年、《宝石》二十万円懸賞短篇コンクールに投じられ、同年、「仮面」とともに《別冊宝石　新人競作二十五篇集》に掲載された。のちに鮎川哲也編の鉄道ミステリ・アンソロジー『無人踏切』（光文社文庫、八六年十一月）に収録され、その際に大幅改稿されている。本書収録にあたっては『無人踏切』版を底本とした。

登場人物たちとバラバラ死体の動きが複雑に絡み合っており、山沢を評した鮎川哲也の一連の文章では山沢ミステリの複雑さを象徴する作品として挙げられることが多いので、じっくりお読みいただきたい。死体をバラバラにした理由が明快なので、そこを軸に読み進めてゆけば理解しやすくなるだろうか。トリックの複雑さ以外でも、フェアな姿勢を強調する叙述上の演出に遊び心が感じられ、デビューのころから山沢は山沢であったことが明瞭《めいりょう》に分かる作品である。この作品について山沢は「さて、《推理クイズをもうすこし複雑に書いてみよう》という考えをストレートに表現したのが『砧最初の事件』初稿であります。トリックと推理が重点で、人物は名前があるだけです」(「砧シリーズ13の謎」)と書いているが、その一方では「『無人踏切』(昭和六十一年1986年)に「砧最初の事件」が採録されたときの改定稿は、やや社会派におもねた筆使いをしています。原形の手品文学そのままでは通用しない時期だったのです」(「作者のノート」《別冊シャレード Vol. 83 山沢晴雄特集8》)と回想している。とはいえ、鮎川アンソロジーへの収録が契機となって、複雑なトリックはそのままに、より分かりやすい作品に生まれ変わったと言えるのではなかろうか。

なお、本書二四ページの〝北吉田町《きたよしだ》〟とは、当時西成区《にしなり》に存在した町名。七三年の住居表示変更で消滅した。現在の天下茶屋《てんがちゃや》二丁目の一部で、南海電鉄・天下茶屋駅の北東にあたる。

**「死の黙劇」**は一九五三年、《宝石》短篇探偵小説懸賞に投じられ、同年、《別冊宝石　新人二十五人集》に掲載された(その後、佳作入選)。鮎川哲也・島田荘司共編『パズルの王国』(立風書房、九二年四月。全五巻の本格ミステリ・アンソロジー《ミステリーの愉しみ》の第三巻)に収録され、その際に大幅改稿されている。本書収録にあたっては『パズルの王国』版を底本とした。

砧が遭遇した小さな不可思議を出発点とし、そこに潜んでいた悪意を暴いてゆく一編。導入の自動車事故を含めて、大きな仕掛けで小さな謎を演出したもの、とも読めるだろう。この作品について山沢は、「（……）岩田賛《いわたさん》のアイデアを改装して使いました。白い包帯男は高木彬光《たかぎあきみつ》原作の映画「透明人間現らわる《ママ》」のアイデアを一部分盗用したことになりました」（「砧順之介は消えた？　並《ならびに》山沢のトリック論」《別冊シャレードVol. 83　山沢晴雄特集8》）と書いている。先人の着想を借りていることを自ら公《おおやけ》にしているが、当然ながら、結果として全く別な作品になっている。作品の成り立ちを明かすとともに、先行作品に対する敬意を示しているのだ。なお、「透明人間現わる」は高木の原作ではなく原案のようである。

一種の寓意《ぐうい》とも取れるタイトルは、そのまま、山沢作品群を表わすに相応《ふさわ》しいと考えて、本書のタイトルとした。

なお、本作に登場する地名や駅名は、実在するものかどうか分からなかった。複雑なトリックを少しでも読者がイメージしやすいように、実在の地名を使うことが多かった作家だが、架空のものを使うこともあったようだ。

**「銀知恵の輪」**は一九五二年、「銀智慧の輪」のタイトルで《宝石》二十万円懸賞に投じられ、同年、《別冊宝石　新人二十五人集》に掲載、その後第一席に入選した作品である。鮎川哲也編の本格ミステリ・アンソロジー『殺意のトリック』に収録される際、タイトルを現在の表記に改めている。同書には初出誌版のまま掲載されたが、《別冊シャレード Vol. 56 山沢晴雄特集3》（二〇〇〇年八月）には改稿版が掲載された。山沢は単著『離れた家』に本作を収録した際にも、「これは一席をとった作品ですから、内容を替えては歴史をいじることになります」（『離れた家』あとがき）と書き初出誌版を載せたが、改稿版も内容に変更はなく、一方で表記などを現代的なものに改めているため、本書では《別冊シャレード Vol. 56》版を底本とし、適宜『殺意のトリック』版を参照している。

〝銀知恵の輪〟とはそもそも、江戸時代に作られた名作と呼ばれる詰将棋作品のタイトルであり、このタイトルは作品の論理的な構成に感銘した後世の人が名付けたものとされる。内容を端的に表現した命名で、かつ極めて魅力的な表現だったため、作者自らがつけたものではなかったにも拘《かかわ》らず、あっという間にタイトルとして定着したという。これにインスパイアされた山沢が、〝銀知恵の輪〟がタイトルになるようなミステリを構想したのが本編である（とはいえ詰将棋作品の〝銀知恵の輪〟と本作とは、内容的には直接の関係はない）。

成り立ちからも推測されるように、一枚の銀将が炙《あぶ》り出す計画犯罪とその崩壊までを描いた、作家の将棋趣味が色濃い一編である。山沢はいくつかのインタビューで将棋好きと答えており、多くの作品で将棋を小道具に使っている。とはいえどの作品も、将棋を知らない読者が理解できないような内容ではない。本作がその代表的な例だろう（実際、将棋が分からないことを公言していた鮎川が、本作をアンソロジーに収録している）。山沢は本作の二組の将棋駒の発想について「クロフツの『ポンスン事件』を読んだとき浮かびました。２組の同じ靴トリックに感心し（……）将棋の駒に応用したのです」（「砧順之介は消えた？　並山沢のトリック論」）と書いている。

**「金知恵の輪」**は公募企画《本格推理》に投じられ、『本格推理8』（光文社文庫、一九九六年九月）に掲載された作品である。本書収録にあたっては、同書版を底本とした。

「金知恵の輪」も「銀知恵の輪」と同じく、名作詰将棋のタイトルから生み出された作品である。題名だけでなく、殺人現場の演出方法なども「銀知恵の輪」に近い構成になっているのが面白いところだ（問題の駒が金になった理由は、ちょっと安易だが）。同じような事件を、異なるトリックで演出しようとしたもの、と考えられる。枚数の制限があったためか、やや説明不足な印象が残るのが惜しまれるところだ。

「金知恵の輪」について作者は、「アリバイトリックに共犯を使うのは（共犯者があればどんなこともできるから）安易な方法といわれています。単独犯でアリバイをつくるとなれば、はなはだ困難です。証人をだますとか、機械的トリックとか、考えられないことはないのですが、私は、共犯のほうがいろいろ変化のあるストーリーができておもしろいと思います。古今の名作にも共犯トリックを使った名作があるから、まあ、これは作者の好みの問題かも知れませんん」（「作者のノート」《別冊シャレード Vol. 56 山沢晴雄特集3》）と書いている。この考え方は、「金知恵の輪」に限らず、多くの山沢作品にあてはまるものだろう。

**「見えない時間」**は「金知恵の輪」と同様、《本格推理》に投じられ、『本格推理14』（光文社文庫、九九年六月）に掲載された作品である。本書収録にあたっては同書版を底本とした。見取り図が付されていることなどを含め、典型的な密室もの――に見えることが最大のミス・ディレクションかも知れない。

第二部には、犯人当てミステリ二編を並べた。砧順之介シリーズでは脇役を務める須潟賛四《すがたさんし》郎《ろう》警部が探偵役となる作品である。アマチュア作家の立場を貫き、SRの会（《宝石》の京都周辺在住の愛読者による集まりを母体とする、現在も続くミステリファンクラブ。初期には同人誌《密室》を発行しており、山沢も同誌に短編「罠」などを発表している）などに参加していたこともあって、作者には犯人当て作品も数多いのだが、その形態と〝手品文学〟とを両立させるためには、数々の苦心があったようだ。結果として、犯人当てとしては評価しにくい作品もあるが、そこからも〝手品文学〟の特性が垣間見えてくると私は感じてしまう。

**「ふしぎな死体」**の成り立ちを説明するために、まず、作者のことばを引用しよう。

「この作品の原型は、昭和26年に書いた『砧第二の事件』100枚です。《顔のない死体＋一人二役＋密室》を軸にしたもので、超マニア向きの作品といえるでしょう。これは活字にならなかったので、昭和30年代に【SRの会】の犯人探しの朗読用に、枚数を縮《ちぢ》め『柩』50枚として提出しました。

その後《探偵実話》誌の本格短編の依頼にこたえ『柩』を送ったのですが、書き直してほしいとのことで、当時勤務の関係で時間的余裕がなく、そのままになりました。

（……）平成5年再度手を入れ、『ふしぎな死体』40枚としてSR京都例会の犯人探しに使いました。そんなわけでこれは活字になっていませんが、この作品のトリックを裏返しにして

『砧未発表の事件』を書き、『本格推理①』に投稿したものが活字になっています」（「砧シリーズ13の謎」番外編【作者のノート】《別冊シャレード Vol. 62 山沢晴雄特集4》）

昭和二十六年に書いた——というくだりから分かるかも知れないが、もともとは「砧最初の事件」などと一緒に懸賞に応募された作品である。三編投稿され、「砧第二の事件」以外の二編が掲載されたらしい。唯一取り残された形になったためか、その後も改稿が繰り返され、最終的に「ふしぎな死体」になった訳である。この間、一度も活字にはならなかったため（「砧第二の事件」も読んでみたいものだが、同人誌に採録されなかったところをみると、作者の手元にも残っていなかったのだろう）、書誌上、《砧順之介研究》第一集（九四年八月）が初出となる。その後、若干の加筆をしたものが《別冊シャレード Vol. 62 山沢晴雄特集4》に再録されたため、本書収録にあたっては、《別冊シャレード Vol. 62》版を底本とした。

形式こそ犯人当てだが、真犯人を当てさせることより、犯人の特異な行動の描写に主眼が置かれている。タイムスケジュールに沿った犯人の行動は「砧最初の事件」と共通しており、原型作品の雰囲気が色濃く残っていると思われる。山沢が好んだ小道具であるスチール書庫やロッカーが、この作品でも重要な役割を果たすが、他の作品群とは逆の意味を持たせているのが面白いところだ。冒頭の饒舌《じょうぜつ》な語りや結末の呟《つぶや》きは、犯人当て作品としては不要な記述だろうが、これも作者の遊び心と解すべきだろう。

**「ロッカーの中の美人」**はデイリースポーツ（大阪本社版、五四年十一月十五日付）に掲載された犯人当て懸賞作品であり、解決編は翌週に掲載された。本書収録にあたっては、問題編、解決編ともにデイリースポーツを底本とした。

山沢作品としては単純明快な謎解きもの、と言えるかも知れない。個々の挿話《そうわ》を並べ、殺害シーンの描写がそのまま真相の伏線となるなど、枝葉を省いた書き方が珍しい小編である。注目してほしいのは問題編の最後の一節で、須潟警部の言葉を借りて作者のミステリ観が示されている。実際、この作品では言葉通りのことが起きていたのがポイントである。

第三部には、一九八〇年代に発表された二編を並べた。アンソロジーへの再録が行われるようになり、山沢が再評価され始めた時期の作品にあたる。「砧最初の事件」のところで引用した「原形の手品文学そのままでは通用しない時期だったのです」という作者の当時の考えを反映したものか、本格推理でありながら、リアリティに気を配った作品になっている点に着目しておきたい。

**「密室の夜」**は、鮎川哲也編の密室ミステリ・アンソロジー『密室探求 第二集』（講談社文庫、八四年一月）のために書き下ろされた作品である。本書収録にあたっては、同書版を底本とした。

一夜に起きたいくつかのエピソードが織り成す犯罪模様。山沢作品ではお馴染《なじ》みのロッカーが事件に複雑な要素を加味しているが、中心は別のアリバイ偽装トリックにある。冒頭に並ぶ挿話の意味が最後で分かったり、途中の会話に感じられる違和感が真相を暗示している点など、あくまでもフェアであろうとする本格マインドは、初期の作品にも共通するものだ。

なお、本書二七五ページなどに出てくる〝スタンドイン〟は、一般に映画などで使われる言葉である。〝出演者の代わりを立てて実際と同じように演技をする人物〟の意味で、ここでは〝身替りを演じてもらう〟意味を含んでいるのだろう。

**「京都発〝あさしお7号〟」**は、鮎川哲也編の鉄道ミステリ・アンソロジー『鮎川哲也と13の殺人列車』（立風ノベルス、八九年七月）のために書き下ろされた作品である。本作の成り立ちについて、原型は百枚あったと前置きした上で、作者は「アンソロジーのときは、60枚くらいに短縮してほしいという版元の要請で、これを削ったのですが、大変苦労しました」（「京都発《あさしお7号》」【作者のノート】《別冊シャレード Vol. 65 山沢晴雄特集5》）と書いている。この原型版は後日〝完全版〟として《山沢晴雄作品集》2集（二〇〇〇年六月）に掲載され、そのまま《別冊シャレード Vol. 65 山沢晴雄特集5》（〇二年四月）に再録されている。本書に収録するにあたり、どちらのバージョンを収録するか迷ったが、〝完全版〟は捜査手順の描写やトリックを説明する際の丁寧《ていねい》さを優先する余り、冗長に感じられる箇所が数多く残っているのが最大の欠点になっている。作者が存命であれば完全版に手を入れてもらい収録するべきだろうが、他界された今、そのまま掲載するなら商業出版されたアンソロジー版の方が読みやすいと考え、こちらを選んだ。ご理解いただきたい。したがって本書収録にあたっては、『鮎川哲也と13の殺人列車』版を底本とした。

列車ダイヤをトリックに絡めた鉄道ミステリの一編。鉄道そのものがアリバイ・ミステリと相性が良く、長編では列車による小旅行をアリバイ工作に採り入れるなど、山沢も様々な形で鉄道を描いているが、真正面から列車ダイヤを扱っているのはこの作品だけである。ただ、それがそのまま解決に結びつくのではなく、別なアリバイ工作を浮かび上がらせる構成が、この作者らしいところだ。冒頭を注意深く読めば、真相への手掛かりが極めてあからさまな形で提示されているのだが、どれだけの人が気付いたことだろうか。

なお、本書二八七ページの〝知井宮《ちいみや》〟とは、現在の西出雲《にしいずも》駅。九三年に改称されている。出雲市駅まで乗り入れている伯備線特急の車庫が西出雲駅の西側にある関係で、伯耆大山《ほうきだいせん》―西出雲間が山陰本線で数少ない電化区間となっており、当時からこの駅止まりの電車が運行されている。また、二八八ページの〝大国町《だいこく》〟は大阪市浪速区にある地下鉄御堂筋線、四つ橋線の駅名。ただ、同区の行政町名には大国があり、そちらを指していた可能性もある。

各底本から本書へ収録するにあたり、ご遺族の了解を得て、誤字などの修正および表記の整理などを行なっている。あわせてご了解いただきたい。

創元推理文庫からは続いて長編『ダミー・プロット』を刊行する予定である。皆さまのご支援をお願いいたしたい。

編集注記

同一作品内での表記の不統一については読み易さを旨として整理し、必要に応じ揃えた。

作中には、現在の価値観からすると、偏見・差別を想起させる要素や表現を含むが、執筆当時の事情を考慮し、また著者が故人であることを鑑み、原則としてそのまま収録した。

**著者紹介**　1924年大阪府生まれ。51年、《宝石》20万円懸賞短篇コンクールに投じた「砧最初の事件」「仮面」が《別冊宝石》に掲載される。2007年に『離れた家』を刊行。13年没。



死の黙劇
〈山沢晴雄セレクション〉

2021年7月30日　初版

著者　山《やま》沢《ざわ》晴《はる》雄《お》

編者　戸《と》田《だ》和《かず》光《みつ》

発行所（株）東京創元社
代表者　渋谷健太郎

162-0814/東京都新宿区新小川町1-5
電話　03･3268･8231-営業部
03･3268･8204-編集部
URL　http://www.tsogen.co.jp
DTP　キャップス
暁印刷・本間製本



ISBN978-4-488-44721-2　C0193

鮎川哲也短編傑作選Ⅱ

BEST SHORT STORIES OF TETSUYA AYUKAWA vol.2

# 下り"はつかり"

**鮎川哲也**　**北村薫 編**

創元推理文庫

◆

疾風に勁草を知り、厳霜に貞木を識るという。
王道を求めず孤高の砦を築きゆく名匠には、
雪中松柏の趣が似つかわしい。奇を衒わず俗に流れず、
あるいは洒脱に軽みを湛え、あるいは神韻を帯びた
枯淡の境に、読み手の愉悦は広がる。
純真無垢なるものへの哀歌「地虫」を劈頭に、
余りにも有名な朗読犯人当てのテキスト「達也が嗤う」、
フーダニットの逸品「誰の屍体か」など、
多彩な着想と巧みな語りで魅する十一編を収録。

◆

収録作品＝地虫，赤い密室，碑文谷事件，達也が嗤う，
絵のない絵本，誰の屍体か，他殺にしてくれ，金魚の
寝言，暗い河，下り〝はつかり〟，死が二人を別つまで

泡坂ミステリのエッセンスが詰まった名作品集

NO SMOKE WITHOUT MALICE◆Tsumao Awasaka

# 煙の殺意

**泡坂妻夫**

創元推理文庫

◆

困っているときには、ことさら身なりに気を配り、紳士の心でいなければならない、という近衛真澄の教えを守り、服装を整えて多武の山公園へ赴いた島津亮彦。折よく近衛に会い、二人で鍋を囲んだが……知る人ぞ知る逸品「紳士の園」。加奈江と毬子の往復書簡で語られる南の島のシンデレラストーリー「閏の花嫁」、大火災の実況中継にかじりつく警部と心惹かれる屍体に高揚する鑑識官コンビの殺人現場リポート「煙の殺意」など、騙しの美学に彩られた八編を収録。

収録作品＝赤の追想，椛山訪雪図，紳士の園，閏の花嫁，煙の殺意，狐の面，歯と胴，開橋式次第